마왕인 내가 노예 엘프를 신부로 삼았는데 어떻게 사랑하면 되지? 9

지음/테시마 후미노리 • 일러스트/COMTA • 옮김/권미량

NEXT

커버 그림·본문 일러스트 **COMTA**

Contents

✡ 프롤로그

성도(聖都) 라지엘――대륙의 중심에 위치하고 교회가 본부를 두고 있는, 마술사에게는 최대의 적지로 여겨지는 도시. 그곳에서 귀족이나 귀한 손님만 이용하는 것으로 알려진 호화 숙박 시설 '라지엘의 눈동자', 그 최상층의 한 방에 자간과 네피는 있었다.

눈앞에는 킹사이즈 침대가 하나.

하지만 베개는 둘.

――이 상황은 도대체 뭐지……?

다른 방도 있지만 침실은 이것 하나뿐.

잠옷과 그릇은 2인용이 준비되어 있다. 숙소측에서도 이용객(자간과 네피)이 둘이라는 점을 파악하고 있다는 증거다. 그쪽의 착오는 아니다.

머뭇거리며 옆을 본다.

끝이 뾰족한 네피의 귀…… 는 말할 것도 없고 뺨까지 새빨개져 있다.

예전에는 남녀 사이의 곁잠이라는 의미조차 이해하지 못했던 그녀이지만 지금 반응을 보면 당시와는 다르다는 것을 알 수 있다. 아마 마뉴엘라 같은 녀석들이 넌지시 가르쳐줬을 것이다.

곧이어 네피도 도움을 구하는 것처럼 자간을 올려다본다.

"“…….”"

엉겁결에 눈이 마주친 두 사람은 허둥지둥 시선을 돌린다.

"후, 후하하……."

"우, 우후후……."

서로 마른 웃음을 흘리다가 다시 침묵한다.

——어떻게 하면 되지? 최근에는 포레나 부하들이 있는 게 당연했기 때문에 네피와 단둘이 있으니까 뭘 어떻게 하면 될지 모르겠잖아!

그런 후에 네피가 가만히 중얼거린다.

"시, 신혼여행에는 이런 방이 배정되는군요……."

긴장하고는 있지만 그 목소리에서는 그 어떤 저항의 빛도 느껴지지 않았다.

——이미 이 상황을 받아들이고 있는…… 건가?

각오적인 면에서는 이 소녀가 한 수 위인 것 같다.

자간도 숨을 크게 내쉬고 결심한다.

"네, 네피!"

"아, 네!"

일단 부르긴 했지만 다음에는 무슨 말을 하면 좋을지 몰라서 자간의 뺨을 따라 땀 한줄기가 흘러내린다.

사건의 발단은 며칠 전 아침으로 거슬러 올라간다.

제1장 ✡ 기적적으로 단둘이 있게 되어서 신혼여행을 가기로 했다

그곳은 어둡고 추운 장소였다.

얼어붙을 정도로 추운데 폐를 불태울 것처럼 메마른 공기. 따뜻한 바람인데도 살을 에는 것처럼 찔러댄다.

주위에는 돌로 만든 기둥이 몇 개나 늘어서 있다. 이끼가 낀 초록 기둥인데 하나하나의 굵기가 작은 오두막 정도는 된다. 도대체 무엇을 떠받치고 있는 건가 싶어서 고개를 들어보니 그 거대한 기둥들은 끝이 보이지 않을 정도로 높이 이어지고 있었다.

천장은 없었다.

그저 밤인지 해질녘인지 애매한, 타르처럼 시시각각 색이 변하는 하늘이 펼쳐져 있을 뿐이다.

——여긴 어디지?

왜 나는 이런 곳에 있는 걸까.

몸을 일으키려다가 쓰러져 있다는 사실을 깨닫는다. 머릿속에 안개라도 낀 것 같은 느낌이 들어서 머리를 흔들었더니 둔탁한 통증이 느껴졌다.

그 둔통이 왠지 낯익게 느껴진다.

"어라……? 예전에도 이런 일이 있었던 것 같은데……."

언제였더라?

전에도 이 광경을 보고 있지 않았던가?

"그때는, 그래……."

이곳에 다른 사람이 한 명 더 있었다.

굉장히 아름다운 사람이었다. 땅에 닿을 정도로 길고 아름다운 머리를 가지고 있지만 쓸쓸하고 너무 슬퍼 보이는, 보고 있기만 해도 가슴이 아려오는 표정을 짓고 있었다.

도저히 목소리가 나오지 않아서 그 사람을 바라보는 것 말고는 아무것도 할 수 없었다.

"그 후에……?"

'무언가'를 본 것 같은 느낌이 든다.

무엇이었을까. 이 오묘한 색을 한 하늘 너머…… 아니, 줄지어 늘어선 기둥 너머, 그 끝에서 일렁이는 어떤 것. 그것은 마치 이 세상의 끝과 같은…….

"아니야. 좀 더 무서운 어떤 것이었어……."

그때 난 무엇을 봤던 것일까.

주위에 있는 기둥은 두 줄로 늘어서서 길을 만들고 있다. 그 광경을 보고 느낀 건 신전 같은 엄숙함이 아니라 장례 행렬 같은 서늘함이다.

그 끝을 확인하려고 눈에 힘을 줬을 때였다.

작은 손이 시야를 가렸다.

「——그 끝을 봐서는 안 돼요.」

그 순간, 릴리스는 잠에서 깨어났다.

"어……?"

눈을 뜨자 최근에 들어서야 익숙해진 돌로 된 천장이 보였다.

그리고 파란 머리를 가진 세이렌의 눈동자가 자신을 살펴본다. 같은 방에 있는 셀피다.

"릴리스 짱, 괜찮아? 가위에 눌린 것 같던데?"

"셀피……?"

그러고 보니 온몸이 땀으로 흠뻑 젖어 있었다. 심장도 터질 것처럼 미친 듯이 뛰고 있고 숨도 거칠었다.

"꿈……?"

그 살을 에는 듯한 추위도, 머리를 흔드는 고통도, 목구멍을 태울 것처럼 마른 공기도 도저히 꿈이라고는 생각하기 힘들었다. 무엇보다 몽마의 공주인 릴리세라가 자신의 꿈도 제어하지 못하다니, 굴욕도 이런 굴욕이 없다.

몸을 일으키자 흐트러진 붉은 머리카락이 빈약한 가슴을 따라 흘러내린다. 셀피가 걱정스러운 모습으로 등을 받쳐주었다.

"정말 괜찮아? 몸이 안 좋으면 오늘은 쉬는 게 좋겠는데."

릴리스는 당장은 목소리가 나오지 않아서 머리를 흔들어 의사를 표현했다.

"그보다, 누군가, 이곳에, 없었어……?"

"어, 아……."

셀피가 당황한 것처럼 시선을 피한다.

"알시에라 씨가 있었는데 말하면 안 된다고 했거든…… 아."

소꿉친구는 서둘러 입을 막았지만 이미 늦었다. 하긴 이 소녀에게 들킨 알시에라가 잘못한 거지.

릴리스는 눈썹을 찌푸렸다.

"그 사람이?"

그러면 그 무서운 꿈을 꾸게 한 건 알시에라였던 걸까.

——아니, 도와주러 온 건지도…… 몰라.

꿈속에 어떻게 올 수 있냐는 생각이 들지 않는 건 아니다.

여전히 무슨 생각을 하고 있는지 알 수 없는 사람이지만 신기하게도 그녀에게 해를 당한 적이 없는 것도 사실이다.

게다가 정말로 무슨 짓을 할 작정이었다면 먼저 셀피부터 내쫓았을 것이다. 무엇보다 흡혈귀인 그 사람이라면 아무에게도 들키지 않고 방에 숨어들어오는 것 정도는 아무것도 아닐 터.

——즉 그러지 못할 정도로 다급했다는 뜻……?

한 가지 더. 꿈속에서 마지막에 들린 목소리는 알시에라의 목소리였던 것 같기도 하다.

——무엇보다 그때 그 사람은 혹시…….

어렸을 때 꿈속에서 본 인물. 긴 머리를 가진 그 사람은 알시에라와 비슷한 것 같지 않나?

돌이켜 생각해보니 왠지 발밑이 꺼지는 것 같은 공포가 밀려들어서 릴리스는 자신의 어깨를 끌어안는다. 아무리 생각해도 지금으로선 제대로 일하기 힘들 것 같았다.

"미안. 셀피, 역시 오늘은, 쉬는 게 좋을 것 같아……."

"알았어. 하지만 그 전에……."

셀피는 그렇게 말하더니 침대에 걸터앉았다.

"아앗?"

다음 순간, 릴리스는 부드러운 물체에 감싸여 있었다.
무슨 생각을 한 건지 셀피가 릴리스를 끌어안은 것이다. 그대로 부드럽게 머리를 쓰다듬는다.

"괜찮아. 이곳에는 무서운 건 아무것도 없어."

"아니, 그게에에에에……."
릴리스가 놀라 당황하기 전에 이번에는 이마를 살포시 맞댄다.
"음, 열은 없는 것 같네. 그래도 따뜻하게 하고 있어야 돼!"
"아, 알았어!"
"그리고 땀을 흘리고 있으니까 할 수 있을 것 같으면 목욕도 하는 게 좋고."
셀피는 씩 웃더니 그제야 몸을 떼고 다시 한 번 릴리스의 머리를 쓰다듬었다.
"어, 어린애 취급하지 마!"
"뭐~? 그냥 걱정하는 건데?"
셀피는 재미있다는 듯 웃더니 일어난다.
"무슨 일이 있으면 말해. 〈아시엘 이메라〉도 끝나서 지금은 주방도 그렇게 바쁘지 않거든."
"……고마워."
신기하게도 조금 전에 밀려들었던 공포는 더 이상 느껴지지 않았다. 이곳에 있는 사람이 이 녀석이어서 정말 다행이라는 생각이 든다.

셀피가 방에서 나가자 릴리스는 침대에서 발을 내린다.

"왕에게 보고하는 게, 좋겠지……."

어쩌면 알시에라의 불이익으로 이어지는 일일지도 모른다. 하지만 그 〈마왕〉이라면 그것도 포함해서 가장 좋은 형태로 수습해 줄 것 같은 느낌이 든다.

두 손으로 뺨을 찰싹 때린 다음, 릴리스도 침대에서 일어났다.

◇

"좋은 아침이에요, 자간 님."

복잡한 얼굴로 옥좌에 앉아 있는 자간에게 인사를 건넨 건 새하얀 머리를 가진 소녀였다.

허리까지 내려오는 순백의 머리에 가랑눈처럼 매끄러운 피부. 작고 단정하게 생긴 얼굴에는 투명하고 짙푸른 눈동자. 이미 군청색 원피스와 새하얀 앞치마로 이루어진 시녀복을 입고 가냘픈 목에는 이젠 낯익은, 투박한 목걸이를 하고 있었다.

늘 그렇듯 오늘도 아름답고 사랑스러운 소녀의 목소리에 자간의 입가가 풀어진다.

"그래, 좋은 아침이다, 네피."

자간도 지금까지의 우울을 떨쳐내고서 부드러운 목소리로 대답했다.

이 대답이 자연스럽게 나오기까지 몇 개월이 걸렸는지 모른다. 네피와 만난 지도 벌써 8개월 정도 되는데 당시에는 목소리가 나오지 않는 건 말할 것도 없고 근본적으로 대답 자체가 생각나지 않았다.

표정이 풀어진 덕분인지 네피도 안심한 것처럼 미소를 짓는다.

별다른 대화를 나누지 않아도 마음 편한 침묵이 옥좌의 방에 퍼져간다.

……원수 같은 친구 녀석인 발바로스가 이 모습을 보면 '얼굴만 보고 있어도 그렇게 헬렐레 웃음이 나오냐?'라면서 어이없어할 것 같다. 반대로 부하인 고메리는 '그 감질 나는 모습이 좋은 게지!'라면서 흥분할 것 같은 광경이기도 하다.

그런 건 제쳐두고 아침부터 행복이 흘러넘치는 두 사람, 네피의 시선이 문득 자간의 손으로 향했다.

"아, 자간 님, 그건……."

"응? 아, 네가 준 파이프다. 키 세르라고 했던가."

교회의 축제인 〈아시엘 이메라〉의 밤에 네피가 선물해준 담배다. 끝부분에 있는 화약통에 잘 다진 담배를 넣어서 피우는 건데 지금은 비어 있다.

자간은 손에 쥐고 빙글 돌리더니 손바닥으로 톡 하고 두드렸다.

"피우고 있었던 건 아니지만 정신을 차리고 보면 나도 모르게 만지고 있더군."

——감촉도 좋단 말이지.

단순한 맛과 향기뿐만 아니라 만지기만 해도 기분이 좋다. 역시 네피가 준 선물은 다르다.

물론 파이프 담배의 품질은 어떤 담배를 채워 넣느냐에 따라 달라진다. 자간은 아직 맛과 향기를 논할 정도로 배우진 못했지만 지금 사용하는 담배는 향기로우면서도 맛이 독하다. 고양감뿐만이 아니라 맛과 향기도 즐길 수 있어서 만족하고 있다.

네피는 뾰족한 귀 끝을 세우고 미소 짓는다.

"마음에 드신 것 같아서 안심했어요."

"네가 준 건데 당연히 내 보물이나 마찬가지 아니냐?"

"히익?"

아주 진지하게 대꾸하자 네피의 귀 끝이 살짝 붉어졌다.

"그치만 자간 님이 그 담배를 피우신 건 〈아시엘 이메라〉 날 뿐이었잖아요. 그래서 마음에 드시지 않았나 보다 하고……."

"뭐, 마음에 드는 건 소중히 간직해두고 싶은 것 아니냐?"

좋아하는 반찬을 제일 마지막에 먹으려고 아껴두는 것과 비슷하다고 생각한다. 무언가를 축하하거나 자신에게 선물을 주고 싶을 때 피우고 싶다.

네피는 입가를 가리더니 좌우로 이리저리 시선을 돌린다.

"아우우, 죄송해요."

자간은 얼굴 표정이 풀어지는 걸 어쩌지 못해서 당황하는 소녀의 모습에 몸부림치면서도 콜록 하고 헛기침을 한다.

"그나저나 나도 궁금한 게 있는데……."

"아, 네. 말씀하세요."

"아~, 그러니까, 내가 선물한 장갑 말인데……. 저기, 마음에 들었나……?"

솔직히 말하면 네피가 그 장갑을 낀 모습을 본 건 선물을 한 그 날뿐이다.

네피는 이번에는 얼굴까지 빨개졌다.

"자수가 너무 아름답고 착용감도 좋아서 매일 소중히 하고 있답니다."

"그, 그래? 그러면 평상시에도 착용하는 게……."

"——안 돼요! 평소에도 착용하면 금방 더러워지잖아요."

네피가 당치도 않은 일이라는 듯 눈을 커다랗게 뜨자 자간도 당황했다.

"그, 그래, 그랬군."

자간도 키 세르를 피우지 않고 아껴두고 있으니 남의 말을 할 처지는 아니다.

게다가 가만히 생각해보니 성 안에 있으면서 방한구인 장갑을 끼는 건 이상했다. 평소에도 낄 수 있는 실크로 된 장갑을 고를 걸 그랬다고 이제 와서 후회한다.

——마뉴엘라 녀석, 그런 면에서는 유능하다니까…….

늘 장식미와 실용성이 최적의 밸런스를 이루는 것을 골라준다.

하지만 그 당시 자간은 고메리에게 '〈아시엘 이메라〉는 연인에게 선물을 주는 날'이라는 이야기 밖에 듣지 못했다. 연인으로서 선물을 한다면 마뉴엘라에게 의지하지 않고 직접 고르고 싶다는 마음도 있었다.

결과적으로 잘 되었는지 여부는 자신이 없지만.

그때 문득 의문이 들었다.

"어라? 그런데 매일 소중히 하고 있다는 건 무슨 의미지?"

감상을 하거나 장식해두고 있다는 건가? 자간도 장식해 두진 않지만 마음이 내키면 만지거나 가만히 쳐다보기도 한다.

그런데 네피의 얼굴은 결국 새빨개지고 말았다.

"어, 그, 그건, 저……."

"흠, 말해보거라."

자간도 키 세르를 만지작거리는 모습을 들켰다. 네피가 장갑을 어떤 식으로 사용하는지 알고 싶다.

——그보다 부끄러워하는 네피의 모습을 좀 더 보고 싶군.

쩔쩔 매면서 당황하지만 짓궂은 요구에도 진지하게 응해주는 게 바로 이 소녀이기도 하다

"저기, 웃지 않겠다고 약속해주세요."

"물론이다."

망설이지 않고 대답한다.

싱글벙글하는 건 웃는 게 아니니까 아마 괜찮을 것이다.

네피는 퇴로를 차단당한 것처럼 어깨를 축 늘어뜨리더니 결국 머뭇머뭇 입을 열었다.

"그게, 자기 전에, 끼고 있어요."

"자기 전에?"

"네……."

"어떤 식으로 끼고 있지?"

"네, 그, 그건……."

스스로도 왜 그런 질문을 했는지 태클을 걸고 싶었지만 네피도 깜짝 놀라서 어찌할 바를 몰랐는지 진지하게 대답했다.

"자, 장갑을 낀 손을 뺨에 대고 부비부비 문질러봐요!"

심장에 어마어마한 충격을 받은 자간은 그대로 나가떨어지고 말았다.

——어째서 넌 그렇게 무턱대고 사랑스러운 것이냐!

그 광경을 떠올려보니 너무 사랑스러워서 호흡 곤란을 일으킬 것 같다.

네피도 자기가 무슨 말을 했는지 깨달은 걸까. 눈을 빙글빙글 돌리며 허둥지둥 변명을 하기 시작한다.

"하우, 아, 아니에요! 저기, 그 장갑을 끼고 있으면 자간 님이 어루만져주시는 것 같다고 할까……. 아니, 그게 아니라!"

더욱 더 엄청난 비밀이 밝혀지자 가벼운 현기증이 자간을 엄습해왔다.

——설마 그렇게까지 마음에 들어 할 줄은……!

네피 같은 경우는 이미 졸도할 정도로 새빨개져 있었다.

궁지에 몰린 네피는 귀엽지만 이 이상 몰아붙이는 건 그만두는 게 좋을 것 같다. 자간도 호흡을 가다듬었다.

"으, 으음. 소중히 간직해주고 있다니, 나도 기쁘다."

"아우우……. 조금, 자중하도록 할게요."

"아~, 아니, 억지로 묻거나 하지 않을 테니, 신경 쓰지 않아도…….”

역시 너무 짓궂게 굴었나 싶어서 당황했지만…….

“그게, 더러워지지 않도록 조심하고 있었는데 어제는 장갑을 낀 채로 자는 바람에.”

——낀 채로 잤다고?

장갑을 낀 손으로 뺨을 부비부비하다가 그대로 잠든 네피를 상상하자 자간도 그대로 정신을 잃을 것 같았다.

다행이라고 할지, 네피는 자신이 부주의한 발언을 했다는 사실을 깨닫지 못하고 있는 것 같아서 자간도 평정을 가장한 채 고개를 끄덕였다.

“신경 쓰지 마. 찢어지거나 더러워지는 건 금방 고칠 수 있다. 원하는 대로 실컷 사용하는 게 내가 바라는 바다.”

“……네. 감사, 합니다.”

특별한 날에 특별한 선물을 하는 이벤트에 서로 쑥스러울 정도로 들떠 있었다.

자간은 가만히 고개를 숙인다.

——네피는 그렇게 소중히 사용해주고 있는데 나란 놈은 한심하군.

자신이 얼마나 미숙한지 되돌아보고 있는 게 얼굴에 그대로 드러난 모양이다. 네피가 걱정스러운 눈빛으로 쳐다본다.

“저, 자간 님, 무슨 문제라도 있으세요?”

"으응? 아, 문제랄 것까지는 아닌데……. 아니, 문제라면 문제인가."

"말씀해주시면 안 될까요?"

사랑스러운 소녀의 간청에 자간의 얼굴도 곤란한 빛을 띤다.

——네피를 부끄럽게 만들어놓고 나만 잠자코 있는 것은 비겁한가.

자간은 어쩔 수 없이 키 세르를 들어 보였다.

"담배나 파이프 모두 어떤 식으로 잡아야 하는지 작법 같은 것이 있을 텐데 수중에 있는 마도서를 아무리 뒤져봐도 그것과 관련된 기술이 없더군. 그래서 어떤 식으로 잡아야 하는지 몰라서 곤란해 하고 있는 중이다."

"마도서에도 없었나요?"

"음, 없더군."

"정말 심오한 물건인가 봐요……. 전 그렇게 어려운 것인지도 모르고 바보 같이."

"아니, 네 잘못이 아니다. 난 나 자신의 무지를 부끄러워하고 있는 것뿐이야."

불행히도 이 자리에는 둘의 오해를 지적해줄 사람이 없었다.

자간도 취미로 담배를 피우는 만큼 그런 건 신경 쓰지 않았지만 이건 네피가 선물해준 것이다. 제대로 된 방법으로 피우지 않으면 네피까지 무안하게 만들 수도 있다.

피우지도 않으면 무의식적으로 만지작거리는 것도 절반은 이것이 원인이다.

네피는 손을 짝 마주쳤다.

"아! 그걸 산 가게는 그런 작법에 대해 알고 있지 않을까요?"

"——큭! 그래, 가게라면 자신들이 판매하는 물건에 대한 것 정도는 파악하고 있겠지. 역시 대단해, 네피."

"아니에요."

네피는 새빨개진 귀 끝을 움찔움찔 떨며 수줍은 미소를 지었다.

"자간 님이 괜찮으시다면 제가 물어보러 가도 될까요?"

"그래도 괜찮겠나? 너도 바쁠 텐데."

"아뇨. 제가 선물한 거니까 제가 직접 확인하고 싶어서 그래요."

씩씩한 말을 들으니 자간의 가슴이 뜨거워졌다.

하지만 이건 네피의 배려로 받아들여야 할까, 아니면 역시 자신의 무지가 원인이니 자신이 직접 가야 하는 걸까.

고민하고 있자 네피는 다그치는 것처럼 이렇게 말했다.

"게다가 가끔은 제가 자간 님에게 가르쳐드릴 수 있는 게 있으면 좋겠——."

"——좋아, 믿고 맡기마."

"히읏?"

망설임 없는 즉답에 네피가 비명을 지른다.

——훗, 친절하게 하나하나 가르쳐주고 싶다는 네피의 바람을 저버릴 순 없지!

거기까지 말하진 않았지만 자간은 그렇게 받아들였다.

어쩔 줄 몰라 하고 있던 네피는 화제를 돌리는 것처럼 목소리를 높였다.

"그, 그보다, 아침 식사 준비가 다 되었어요."

"아, 아아……. 그래."

그러고 나서 네피는 자간의 안색을 살피는 것처럼 물었다.

"알시에라 님도 부르는 게 좋지 않을까 싶은데요."

몇 개월 전, 동방의 섬나라 류카온에서 만난 흡혈귀 소녀다. 〈아시엘 이메라〉 사건 이후, 이 성에 숨어 지내고 있었다.

하지만 자간이 그 흡혈귀를 탐탁지 않게 여긴다는 건 네피도 알고 있었다.

애당초 흡혈귀가 인간과 똑같은 식사를 한다는 것도 넌센스이지만 미각을 즐기는 감각은 남아 있다고 한다.

그렇다면 네피가 준비한 식사에 부르는 건 호스트로서 올바른 행동이다.

――하긴 손님으로 청한 건 나니까.

이런 일로 네피가 괜히 마음을 쓰게 하는 것도 싫다. 어쩔 수 없이 자간은 일어났다.

"그래, 부르도록 하지."

"어디 계신지 알 수 있으면 제가 부르러 갈게요."

"아니, **그곳**을 사용하고 있으니 내가 가지."

이 성에는 딱 한 곳, 네피도 마음대로 들어가지 못하는 곳이 있었다.

◇

자간이 향한 곳은 옥좌 바로 아래——성의 지하 수십 미터 지점에 존재하는 커다란 동굴이었다.

〈천린(天燐)〉을 포함한 위험한 마술 때문에 마왕전을 본 따서 만든 공간이다. 금지된 주술에 대한 연구는 말할 것도 없고 운용까지 시험하기 때문에 예상치 못한 폭주나 저주가 발생할 위험이 높아서 네피도 허락 없이는 출입이 금지되어 있다.

——예전에 〈천린〉의 제어에 실패한 바람에 지금 크기로 되고 말았지.

고메리와 키메리에스 등, 막 부하들이 늘어난 시기였던가. 당시에는 조금 큰 연구실 정도였는데 〈천린 · 오련대화〉를 폭발시키는 바람에 웬만한 호수 정도 크기로 확장되고 말았다.

만일의 경우를 위해 대기하고 있던 고메리와 키메리에스도 그 광경을 목격했고 그 후에 있었던 오리아스와의 싸움에서는 잔뜩 겁을 먹게 만들었다.

붕괴의 위험이 없도록 기둥으로 잘 처치해두긴 했지만 〈천린〉의 폭발이 지층과 공간에 어느 정도 영향을 미쳤는지는 미지수다. 당장이야 눈에 띄는 영향은 없지만 수십 년 후, 수백 년 후에는 어떻게 되어 있을지 모른다.

그렇게 위험한 장소에 톡 하는 맑은 소리가 울려 퍼진다.

구슬 같지만 구슬은 아니다. 와인이 든 잔이다. 그 잔이 작게 흔들리다가 톡 하는 소리를 낸다.

소리가 나는 곳에는 작은 소녀가 있었다.

와인잔을 받치고 있는 건 가늘고 긴 쇠로 된 통이다. 보우건 같은 손잡이가 달린 장방형의 통으로 그 굵기는 성인 남성의 팔뚝 정도 된다. 그렇게 무거운 쇳덩어리를 소녀가 손에 쥐고 있었다.

'천사 사냥꾼'이라 불리는 천 년 전의 무기이다.

그런데 그 색은 기묘하게도 톡 하는 소리가 날 때마다 검은색에서 하얀색으로, 하얀색에서 검은색으로 번갈아가며 바뀌고 있었다. 자간의 눈에는 그 무기가 엄청난 속도로 스커트 속 검집——본인은 홀스터라고 불렀지만——으로 들어갔다가 나오는 게 보였다.

——무서울 정도군…….

통의 끝부분을 살짝 들어 올려서 와인잔을 공중에 띄운다. 그 잔이 중력에 이끌려 낙하를 시작하기 전에 다음 총을 뽑아서 동일한 위치로 되돌린다. 막상 말로 하고 보니 별 것 아닌 것 같지만 그런 속도로 다음 쇳덩어리가 충돌하면 얇은 유리잔은 산산조각이 날 것이다.

무시무시한 점은 뽑아든 총이 와인잔에 닿기 직전에 멈춰 세우는 것, 그리고 그 행동을 눈에 보이지도 않을 만큼 빠른 속도로 몇 백, 몇 천 번이나 반복하고 있다는 것이다.

'천사 사냥꾼'의 힘은 자간도 이미 목격했다.

저 무기와 싸워서 과연 이길 수 있을까?

——불가능하겠지. ……적어도 지금은.

이기지 못한다.

이미 세 명이나 되는 〈마왕〉을 항복시켰지만 그 점은 솔직히 인정한다.

만반의 준비를 갖추고 임하면 승산도 있겠지만 싸움에 있어 만반의 준비라는 걸 기대하는 건 어리석은 자의 변명이다. 아무 대비도 없이 바로 앞에 서 있는 지금 이 순간, 자간에게는 이 소녀를 물리칠 방법이 없다. 그것이 전부다.

'천사 사냥꾼'의 힘은 분명 위협적이지만 그것 자체는 대처하지 못할 정도는 아니다. 오히려 그렇게 무시무시한 힘에 대처하는 건 전문 분야다.

문제는 사용자다.

이건 자간이 마술을 사용하는 것보다 빠르다.

채 1초도 되지 않는 시간만 주어지면 처음 보는 마법진이라도 그대로 모방할 수 있는 자간보다 더 빠르다. 마술사의 반응 속도로 〈천린〉을 이용한 방어도 느리다.

아니, 그보다 근본적으로 마술이 발동하는 것보다 빠르다.

흡혈귀의 힘과 속도가 인간을 능가하는 것과는 아무 관계도 없이 빠르고 예리하다. 이미 인지를 뛰어넘는 속도와 정확도다. 자간의 특기인 육체강화를 구사해도 따라잡지 못할 것이다.

즉 이건 '재주'다.

현재 여기에 대응할 수 있는 마술사는 〈마왕〉 중에도 존재하지 않을 것이다. 시간을 멈출 수 있는 안드레알푸스라도 마술이 발동하는 것보다 더 빠른 건 어떻게 손을 쓸 방법이 없다.

〈마왕〉, 마족, 성검, 신령마법. 지금까지 자간이 단련해온 힘은 이런 방대한 마력, 혹은 영력을 다루는 힘을 제어하는 술(術)이다.

그렇기 때문에 순수한 '재주'인 이 힘을 타개할 방법은 찾아낼 수 없다.

——이런 힘을 휘두르는 상대는 지금껏 보지 못했다.

자간도 간단한 '재주'라면 다룰 수 있지만 이것에 비하면 새 발의 피다. 무엇보다 이미 마술을 이용해서 힘을 얻은 마술사가 '재주'에게까지 의지하는 건 부끄러운 일이라고 생각한다.

그래도 맞서게 되면 싸울 수밖에 없다.

세계를 지배하기엔 아직 역부족이라는 사실을 절감한다.

동시에 이런 생각도 든다.

——이 정도로 갈고 닦은 '재주'는 존경 받아야 마땅하다.

몇 십 년, 몇 백 년, 혹은 천 년이 됨직한 시간, 인간이 살아 있는 동안에는 결코 도달할 수 없는 세월 동안 수련을 거듭해왔기 때문에 이런 경지에 이른 것이다.

그 힘을 겉모습으로는 13세, 양녀인 포레보다 조금 큰 소녀가 능숙하게 다루고 있으니 이보다 기묘한 일이 또 있을까.

그 순간 소녀의 눈이 커다래졌다.

어떤 것에 정신이 팔렸는지 잔 속에 든 와인이 출렁였다. 바닥에 떨어지지는 않았지만 와인잔의 가장자리에서 붉은 방울이 떨어진다.

"어머, 은안의 왕의 시선을 끌었다니, 영광이에요."

마치 '이제 막 알아차려서 집중이 흐트러졌다'고 주장하는 것처럼 시치미를 뚝 떼고 말하는 건 흡혈귀 소녀 알시에라다.

두 달 전에 류카온에서 만난 적이자 지금은 어쩌다 보니 자간의 성에 숨어 지내는, 오래된 불사자이다.

흡혈귀에게는 호흡도 땀도 없다고 하지만 이 정도 수련을 한 후에도 아무렇지도 않은 모습을 보니 새삼 괴물은 괴물이라는 생각이 든다.

좌우로 묶은 황금색 머리카락을 흔들더니 총 위에 있는 와인잔을 들어 흘러내린 와인을 혀로 핥는다. 총을 쥐고 있던 손에는 어느새 으스스하게 생긴 인형이 들려 있었다.

그 과장된 행동을 펼치는 소녀의 발밑에서 그림자가 떨어져 나와 어딘가로 미끄러져 가는 모습을 자간은 놓치지 않았지만.

——이 자식, 분신술도 가지고 있나?

예전에 쿠로카의 옷을 자신의 몸의 일부로 만들었다는 식으로 이야기한 적이 있다. 현재로선 적대시하는 사이는 아니지만 더더욱 방심해선 안 되는 상대라는 생각이 든다.

떨어져나간 그림자를 시야 한구석에서 쫓으면서 자간은 입을 연다.

"밤의 일족이라도 수련을 거듭하는 건가?"

흡혈귀는 불사자 중에서도 좀비나 스켈레톤과는 격이 다른 존재다. 어떤 의미에서는 마술사가 지향하는 이상의 체현자라고 할 수 있다. 그래서 마술사는 적의를 담아서 '밤의 일족'이라 부른다.

알시에라는 그 즉시 대답하지 않고 자조적인 미소를 지었다.

"몇 백 년 만에 손에 넣었다 보니 초조함을 느낄 정도로 실력이 녹슬었거든요."

가만히 보니 유리잔의 다리 부분에 금이 가 있고 곧이어 후두둑 무너져 내렸다. 마지막 순간에 살짝 집중이 흐트러진 것 같았는데 그때 닿은 모양이었다.

자간은 떨떠름한 표정을 짓는다.

──녹이 슨 실력이 이 정도란 말인가.

'천사 사냥꾼'은 자간의 〈천린〉처럼 닿기만 해도 대상을 멸하는 일찍이 없었던 힘이다. 그런데 이보다 더 빠른 속도와 정확도를 가지고 있단 말인가.

그런 알시에라가 자간에게 도움을 요청할 수밖에 없어진 건 그녀가 '죽음'에 처할 정도로 큰 부상을 입었기 때문이다.

자간은 경계심을 담아 물었다.

"시어칸이 그 정도로 대단한 상대냐?"

알시에라는 노리고 있는 건 〈마왕〉 중 한 명인 시어칸이다.

예전에는 《최장로》 마르코시어스의 뒤를 잇는 지위에 있었고 그 힘은 현재 〈마왕〉의 필두인 안드레알푸스까지 능가했다고 한다.

그런데 알시에라는 어리둥절해서 눈을 깜빡였다.

"시어칸……?"

그게 누구더라? 라고 말하는 것처럼 고개를 갸웃거리더니 '아아' 하는 목소리를 흘린다.

"그러고 보니 그랬군요. 지금은 그 **꼬마 녀석**을 막아야만 해요."

그 말에 자간도 의아한 표정을 지었다.

——무슨 말이지? 이 녀석이 맞서 싸우기 위해 대비하고 있는 상대가 시어칸이 아니라는 건가?

이 반응은 안중에 없는 것을 넘어서서 완전히 잊고 있었던 것 같다. 그 정도의 집중을 요하는 수련이었다는 뜻이기도 하겠지만 싸움에 대비할 때는 적을 떠올리며 하는 법이다.

즉 이 소녀가 주시하고 있는 적은 시어칸조차 묵살할 정도의 '무언가'라는 뜻이 된다.

자간은 팔짱을 끼고 흡혈귀를 노려본다.

"네 녀석의 적이 시어칸이 아니라면 왜 그렇게 경계하고 있는 거지? 그 정도 힘을 가지고 있으면 〈마왕〉 한두 놈 정도는 아무렇지도 않게 처리할 수 있을 텐데."

알시에라의 힘은 그 정도 평가를 받을 만하다.

하지만 흡혈귀 소녀는 곤란한 것처럼 눈꼬리를 내리기만 할 뿐이었다.

"그것도 묻지마라는 건가?"

"네. 은안의 왕을 번거롭게 하는 일은 없을 테니 걱정하지 않으셔도 됩니다. 이건 제 문제니까요."

역시 상대하기 힘든 녀석이다.

자간은 한숨을 쉬더니 머리를 쓸어 올렸다.

"그럼 됐다. 난 귀찮은 일은 직접 정리하자는 주의다. 남의 힘을 빌리는 건 성격에 맞지 않아."

"그래야 은안의 왕이시죠."

하지만 자간은 쿡쿡 웃는 소녀를 위압적으로 내려다본다.

"그렇지만 나는 아무 이득도 되지 않는 사람을 숨겨줄 정도로 특이하지도 않지."

이건 나가라는 통보가 아니다.

알시에라는 '천사 사냥꾼'의 정비와 탄약의 정제를 위해 마왕전의 시설을 필요로 하고 있다. 그런데 일단 도와준 사람을 그대로 내쫓는 건 자간의 주의에 반한다. 그럴 거면 애당초 도와주지도 않았다.

――하지만 부하들에게 체면도 있고.

아무 이득도 없는 상대를 손님으로 우대해주면 평소 자간을 모시고 있는 부하들도 탐탁지 않게 여길 것이다.

즉 이건 '정보를 주지 않을 거라면 다른 대가를 내놓아라'라는 통보다.

상대로 그것은 알고 있을 것이다. 굳은 얼굴로 깨진 와인잔을 높이 든다.

"어머, 이거 큰일이네요. 제가 드릴 보상 같은 게 있던가요?"

"암, 있고말고. 말로 못하겠으면 몸으로 하면 되지."

이 요구는 예상하지 못했는지, 알시에라의 얼굴이 딱딱하게 굳었다.

"그건, 즉……."

눈치 없는 흡혈귀를 보고 자간은 한숨을 쉰다.

"꼭 일일이 말로 해야 알아듣는 거냐?"

어이없다는 듯 말하더니 소녀를 향해 손가락을 쭉 내밀었다.

"네피의 집안일을 도와줘야 될 것 아니냔 말이다."

이 성에서 마술사를 제외한 사람들이 하는 일은 기본적으로 이것이다.

원래는 포레에게 벌을 내리기 위해 시작했지만 의외로 네피에게 큰 도움이 되었다. 한때 이 성에서 신세를 진 성기사장 샤스틸도 지나온 길이다. 그 외에 셀피와 류카온과의 가교 역할을 맡고 있는 릴리스도 이 일을 하고 있다.

알시에라는 무슨 말을 들은 건지 이해가 되지 않는 것처럼 눈을 동그랗게 떴다.

"네, 집안일……? 집안일을 도우라는 건, 식사 준비와 청소, 같은 걸 말하는 건가요?"

"그래, 맞아. 하지만 주방은 이미 일손이 충분하니 네 담당은 청소다."

아직 상황이 이해되지 않는 걸까, 흡혈귀 소녀는 당황해서 계속 눈을 깜빡거린다. 겉모습과 똑같이 어린아이 같은 표정이었다.

"뭐냐. 고귀한 나는 청소 따위는 할 수 없다고 말하려는 건 아니겠지."

릴리스를 비롯한 다른 사람들은 처음엔 그렇게 투덜거렸다.

"아니, 그런 건 아니지만…… 정말 그것으로 충분한가요?"

"정보도 줄 수 없고 마술에 대한 지식도 없다면 달리 할 수 있는 일도 없을 것 아니야?"

"그렇긴, 하지만…… 은안의 왕은 〈마왕〉이시지 않습니까?"

"〈마왕〉이 청소하라는 명령을 내리는 게 그렇게 이상한가?"

"제가 볼 때는 상당히……."

그러더니 고쳐 생각하는 것처럼 머리를 흔든다.

"아뇨, 〈마왕〉이라면 이상하겠지만 은안의 왕이라면 분명 그렇게 말씀하시겠죠. 네, **그렇게 말씀해주시길 바랄 거예요.**"

알시에라는 어딘가 그리운 듯한 미소를 지었다.

그 순간 자간은 기묘한 위화감을 느낀다.

――얼마 전에 있었던 〈아시엘 이메라〉 때도 그랬었지.

이 소녀는 은안의 왕이라는 인물을 자간과 겹쳐보는지, 다른 누군가가 되어주기를 바라는 것 같은 기묘한 말을 할 때가 있다.

흐음, 자간은 고개를 끄덕인 다음 입을 연다.

"한 가지 궁금한 게 있는데, 네가 말하는 은안의 왕이라는 녀석은 몇 명 있는 거지?"

그때 본 소녀의 표정은 당분간 잊지 못할 것이다.

기쁜 것 같기도 하면서 슬픈, 동요하는 듯 하면서 절망하는 것 같은, 그렇지만 왠지 구원 받은 듯한, 무수한 감정이 뒤섞인 표정.

알시에라가 이런 표정을 보인 적이 예전에도 한 번 있다.

〈아자젤〉이라는 이름을 물어봤을 때다.

그때와는 어딘가 다른 반응이지만 평소에는 그렇게 세상사에 초연한 것처럼 구는 만큼 충격적인 표정이었다.

――역시 물어선 안 되는 것이었나?

자간은 아무리 마음에 들지 않는 상대라도 사생활을 마구 파고들 정도로 무신경한 사람은 아니다. 뭐, 마술사가 신경의 유무를 이야기하는 것도 웃기다고 생각하긴 하지만.

"대답하고 싶지 않으면 안 해도 돼."

자간이 물러나려고 하자 알시에라는 인형을 꼭 끌어안고 머리를 옆으로 흔들었다.

"……아뇨. 당신은 꼭 들어주셨으면 좋겠어요."

이 소녀가 이런 식으로 말하는 건 처음 있는 일이다.

자간에게도 뜻밖의 일이라 눈을 동그랗게 뜨며 고개를 주억거린다.

"제가 은안의 왕이라 부르는 분은 지금까지 세 명 있었어요."

"세 명?"

한 사람은 자간이라고 하면 다른 한 명은 류카온에 전설로 전해져 내려오는 '은안의 왕'일 것이다.

——그러면 마지막 한 명은 누구지?

이 소녀도 수백 년을 살아온 흡혈귀다. 자간과 류카온의 전설 속 인물 사이에 다른 한 사람이 더 있다고 생각하는 게 자연스러울 것 같다는 느낌은 든다.

어쨌든 그 마지막 한 명이 위화감의 정체인 걸까.

알시에라는 쓸쓸한 미소만 지을 뿐, 그 이상 대답해줄 것 같진 않았다.

자간은 머리를 흔든다.

"됐다. 기억해두도록 하지. 그보다 슬슬 아침을 먹을 시간이다."

네피가 자간을 부르러 온 후로 제법 시간이 지났다. 더 늦어지면 음식이 식어버릴 것이다. 게다가 오늘은 다른 용무도 있다.

그렇게 말하자 알시에라는 스커트 자락을 들고 허리를 굽혀 답례를 했다.

"은안의 왕의 뜻대로 하십시오."

자간은 그 모습을 곁눈질하며 한 인물을 떠올린다.

——마르크 녀석도 이 정도 힘을 가지고 있었던가?

옛날 소꿉친구이자 자간에게 '재주'를 포함해서 살아가는 모든 기술을 가르쳐주고 알시에라가 〈아자젤〉을 찾기 위한 이정표라고 칭한 남자.

그 남자가 '천사 사냥꾼'을 소유하고 있었다는 건 자간도 들어서 알고 있다.

하지만 단서를 잡긴 했지만 그것과 가장 가까운 남자로부터는 자세한 이야기를 듣지 못하고 있었다.

◇

알시에라는 의외로 식사를 즐기는 것 같았다.

여러 번 와인을 더 달라고 요구하는 바람에 라파엘이 포레의 교육에 좋지 않다고 조금 험악한 표정을 지었을 정도다. 옆에서 볼 때는 악귀나찰 같은 표정이었지만 이 성에 사는 사람들도 이젠 다들 익숙해졌다.

막상 포레는 알시에라를 어떻게 받아들이고 있는지 관찰하는 것처럼 가만히 보고만 있었지만.

그런 식사 시간을 보내고 옥좌의 방으로 돌아오니 한 소녀가 무료한 모습으로 기다리고 있었다.

"저기, 왕이시여."

"릴리스군. 어쩐 일이냐?"

좌우로 묶은 붉은 머리에 구부러진 검은 뿔. 귀족처럼 단정하게 생긴 얼굴에는 금색 눈동자. 등에는 박쥐 같은 날개가 달려 있다. 몽마의 왕녀이기도 한 소녀 릴리스다.

황금색 눈동자와 구부러진 뿔은 고메리 같은 마인족에게서 볼 수 있는 특징이다. 몽마는 꿈을 꾸는 힘을, 마인족은 꿈 꾼 것을 없애는 힘을 각각 가지며 둘 다 마안을 지닌다는 점에서 옛날에 나뉜, 가까운 혈연관계에 있는 종족일 거라고 예전부터 지적받아오고 있다.

생각해보니 조식 자리에도 모습을 보이지 않았다.

——그러고 보니 이 녀석, 알시에라와도 닮은 것 같군.

고메리와 알시에라는 비슷한 것 같으면서 다른데 이 소녀에게는 두 사람 모두와 공통되는 특징이 있다는 건 참 신기한 일이다.

아침에 있었던 일 때문인지, 새삼 그런 생각을 하다가 이내 릴리스의 모습이 이상하다는 것을 깨달았다. 평소 보던 지기 싫어하는 얼굴이 새파랗게 질려 있다. 무언가에 겁을 먹고 있다기보다는 몸이 안 좋은 것 같다.

——하긴 주위에 온통 마술사만 있으니까 그럴 만도 하지.

셀피라는 친구가 있긴 하지만 마술사들 사이에 섞여 있는 일반인의 정신적인 피로는 마술사인 자간은 이해하지 못하는 점이 있을지도 모른다.

옥좌를 향해 걸음을 옮기며 딱 하고 손가락을 튕긴다. 벽 한쪽 구석에 있던 의자 중 하나가 저절로 바닥을 미끄러져서 릴리스의 뒤로 이동했다.

눈이 동그래지는 릴리스를 향해 자간은 살짝 손을 펼쳐서 앉으라고 권한다.

"일단 앉아. 이야기 도중에 쓰러져도 난 모른다."

"고, 고마워."

"그나저나 무슨 일이지?"

릴리스는 의자에 오도카니 앉더니 한동안 입만 우물거릴 뿐 이야기를 꺼내지 못했다.

——성격이 강한 녀석이지만 겁이 많긴 하지…….

〈마왕〉인 자간과 일대일로 이야기하는 건 지금도 무서운 모양이다.

그래도 각오라는 걸 할 줄 아니 소녀이니 자기가 먼저 이야기를 꺼낼 것이다. 자간은 재촉하지 않고 릴리스가 입을 열기를 가만히 기다렸다.

이윽고 생각이 다 정리되었는지 릴리스는 머뭇거리며 입을 열었다.

"실은 아침에 무서운 꿈을 꿨는데……——아, 그게 아니라! 아니, 아닌 건 아닌데……."

"알겠으니까 진정하고 이야기해봐."

자간이 가능한 한 겁을 주지 않도록 타이르자 릴리스는 머리에서 뜨거운 김이라도 나올 정도로 부끄러워하며 고개를 끄덕였다.

"그냥 꿈이라고 비웃을지도 모르지만 이상한 꿈을 꿨어. 나는 신전 같은 곳에 있었어. 천장이 없는데 하늘도 없고 사람도 아무도 없는 곳이야. 그런데 뭔가 이상한 것이 있는 것만은 알 수 있었어……."

도대체 어떤 곳이었을까. 릴리스는 그 광경이 떠올랐는지 어금니가 딱딱 소리를 내며 부딪칠 정도로 떨고 있었다.

"그건, 마치……."

그리고 그 답을 입에 담기를 두려워하는 것처럼, 그래도 용기를 쥐어짜내는 것처럼 말을 이어갔다.

"세상이 거기서 끝난 것 같은, 그런 느낌이 들었어."

그 말을 듣더니 자간의 눈도 동그래졌다.

마술사 입장에서는 꿈에는 힘이 없다고 생각하지만 미래를 본다는 건 옛날부터 자주 회자되는 기적 중 하나다. 심지어 몽마의 공주 정도 되면 그냥 미신이라고 웃어넘길 수 없다.

자간은 신중하게 묻는다.

"세상이 끝나다니, 예사로운 일은 아니군. 예지몽 같은 건가?"

"글쎄……. 그럴 수도 있지만 아마 아닐 거야."

"흐음. 그렇게 생각하는 근거를 말해봐."

단어 선택이 조금 잘못된 걸까. 당황한 릴리스의 시선이 이리저리 헤맨다.

——하지만 단순히 기분 탓이라고 볼 수만은 없는 이야기인 것 같은데.

그래서 뭔가 생각하는 게 있으면 들어두고 싶다.

"근거……. 아, 맞다."

릴리스는 고개를 번쩍 들었다.

"저기, 근거가 될지는 모르겠지만 그 꿈속에서 그 사람이 나를 도와줬어."

"그 사람이라면 알시에라를 말하는 건가?"

"응……. 아, 그치만 얼굴을 본 건 아니고 아마 그렇지 않을까 하고 생각한 것뿐이야."

자간은 아침에 있었던 일을 떠올린다.

——그러고 보니, 그 녀석, '천사 사냥꾼' 훈련 중에 묘하게 동요한 순간이 있었지.

그 직후, 분신처럼 그림자를 따로 떼어내서 보내는 걸 자간은 봤다. 릴리스가 잠에서 깨어난 게 언제인지는 모르지만 그때 어떤 방법으로 간섭했을 가능성은 낮지 않다.

"그게 그 사람이었다면 예지몽이 아니라 '지금'이라고 할까, 현실에 가까운 장소가 아니었을까 싶어서……."

그렇군, 하고 자간은 고개를 끄덕였다.

동시에 새로운 의문이 생긴다.

"알시에라 녀석, 꿈속까지 간섭할 수 있는 건가?"

혼잣말로 한 말이었는데 릴리스는 말하기 곤란한 것처럼 입을

열었다.

“그것 말인데…… 혹시 그 사람이 머리를 내린 모습을 본 적 있어?”

생각지도 못한 질문에 자간은 고개를 갸웃거렸다.

“없는 것 같은데.”

류카온의 무인도에서 발견했을 때도 흐트러져 있긴 했지만 머리카락은 잘 묶여 있는 상태였다. 딱히 의문을 품은 적은 없는데 릴리스는 확신에 찬 어조로 말한다.

“사실 그 꿈, 예전에도 똑같은 꿈을 꾼 적이 있는 것 같아. 그때는 다른 여자가 있었는데 그 사람은 나랑 똑같이 뿔이 달려 있고…….”

그것을 입 밖에 꺼내도 되는지 망설이는 것처럼 입을 다물었지만 침묵은 오래 지속되지 않았다.

“그건, 머리카락을 내린 그 사람이지 않았을까 싶어…….”

즉 알시에라는 원래 몽마이고 머리카락과 리본으로 뿔을 감추고 있는 건지도 모른다. 그런 식으로 감출 수 있는 크기인지는 의문이지만.

의외라면 의외인 대답이었지만 자간은 묘하게 납득이 되었다.

“그래, 원래 몽마였던 흡혈귀가 있다고 해도 이상하지 않지.”

긴 역사 속에서 마술사가 된 몽마도 하나둘이 아니다. 그렇다면 밤의 일족이 된 몽마가 있다 해도 전혀 이상하지 않다.

그렇게 생각하면 꿈속에서 릴리스에게 간섭할 수 있었다 해도 납득이 간다.

게다가 그 소녀가 싸움 중에 그림자로 된 날개를 다루는 모습은 자간도 목격했다. 그때는 밤의 일족 특유의 능력이라고만 생각했는데.

——하지만 그건 무엇을 의미하는 걸까?

자신에 대한 것을 고집스럽게 감추려는 알시에라다. 그 정체와 관련된 정보가 들어온 건 다행이지만 그 의미까지는 추측할 수 없었다.

또 생각지도 못한 곳에 점이 찍혔다. 그 점은 어디와 이어져 있을까.

자간은 팔짱을 끼고 신음을 흘린다.

"그 정보만으로는 뭐라 말하기 힘들지만 네가 꾼 꿈속에 나온 장소는 그냥 꿈은 아닐 거다. 그렇다면 알시에라의 공간 같은 곳이었다는 뜻이 되는 건가?

마술사라면 아공간(亞空間)에 자신만의 공간을 만들 수 있는 사람도 있다. 발바로스가 딱 그 분야의 전문가이기도 하고. 그렇다면 몽마도 자신만의 장소를 꿈속에 만들어낼 수 있지 않을까.

릴리스는 고민하는 것처럼 입술을 만지작거린다.

"그 사람의 공간……. 아니야. 어느 쪽이냐면 그 장소를 지키고 있는 것 같다고 할까……."

잠깐 생각에 잠기더니 확신에 찬 어조로 그렇게 대답했다.

"내 눈에는 그 사람이 그 장소의 파수꾼처럼 보였어."

"파수꾼……?"

그 말을 들은 자간은 화들짝 놀랐다.

——아니, 설마……. 하지만 녀석이라면 불가능한 이야기는 아니지.

자간은 자신의 생각을 정리하면서 입을 연다.

"네 추측이 맞을지도 모르겠다."

"그렇다면?"

"그래. 류카온에서 나온 지 얼마 안 되는 네가 이해할 수 있을지 모르겠지만 이 세계가 좁다고 느낀 적은 없나?"

"뭐, 좁아……? 바다 너머에 뭐가 있는데?"

그래. 이곳은 대륙이라 불릴 뿐인 광대한 토지를 가지고 있지만 그 바깥에는 바다 밖에 없다. 유일하다고 할 수 있는 예외가 류카온이고 그 외에는 토지도 나라도 확인되지 않았다.

"흐음. 순서대로 이야기하지. 릴리스, 사실은 이 세계가 구체 위에 있다는 설을 들어본 적 있나?"

"응. 둥근 세계가 돌고 있다는 이야기지?"

역시 왕족이다 보니 그 정도 교양은 있는 것 같다. 설명할 수고를 덜어서 다행이다.

"바로 그거다. 그리고 마술사라면 그게 얼마나 큰지 알고 싶어하기 마련이지. 그래서 세상의 넓이를 계산한 마술사가 있어."

"마술로 그런 것까지 알 수 있어?"

"그렇게 어려운 이야기는 아니다. 예를 들면 두 개의 지점에서 태양과 달이 바로 위를 지나가는 시간을 조사해서 그 차이를 계산하면 거리가 나와. 이건 마술사가 아니라도 하려고만 하면 할 수 있는 거다. 물론 그에 상응하는 노력과 시간은 필요하지만."

마술 자체가 지식을 얻으면 누구든 사용할 수 있는 것이기 때문에 그렇게 특별한 것은 아니라는 게 자간의 생각이다.

"그 계산에 따르면 이 대륙은 세계의 10퍼센트에도 미치지 않는 크기라고 해. 뭐, 규모가 규모이다 보니 그렇겠지. 계산할 때마다 오차가 발생하긴 하지만 대체적으로 틀리지 않다고 하더군."

여러 번 계산하면 평균치라는 것도 나온다. 그리고 그 계산법을 사용하면 평균치와 크게 다른 결과는 나오지 않는다.

릴리스는 믿기지 않는 것처럼 눈을 깜빡거린다.

"10퍼센트? 그럼 나머지 90퍼센트는 전부 바다라는 거야?"

"글쎄. 하지만 그 외 다른 육지가 발견되지 않은 건 사실이다."

자간은 그렇게 대답하고 릴리스를 가만히 응시한다.

"이상하다는 생각이 들지 않나? 마술사가 수백 년이나 되는 세월 동안 이곳 이외의 세계에 관심을 가지지 않았을 것 같아? 마술을 구사해서 배를 내서 바깥 세계를 찾으러 떠난 마술사가 한두 명이 아닐 거야. 그런데 아무도 찾아내지 못했지."

그래서 이 세계는 너무 좁은 것이다.

릴리스는 납득이 되지 않는 것처럼 고개를 갸웃거린다.

"그렇지만 마술은 공간을 도약할 수도 있잖아? 왕의 동료 중에도 불건전해 보이는 사람이 있잖아."

맞는 말이다. 그야말로 발바로스의 전문 분야로 이론적으로 따지면 그 남자는 이 세상 어디든지 이동할 수 있다. 물론 미지의 장소로 도약하는 건 그에 상응하는 리스크가 있기 때문에 섣불리 하진 못하는 것 같지만.

하지만 자간은 고개를 옆으로 흔들었다.

"그게 불가능하다고 하더군. 성공한 사람도 있을지 모르지만 대부분은 돌아오지 못하거나 실패해서 결국 다시 이 대륙으로 돌아오게 되는 거지."

"그 말은……."

자간은 고개를 끄덕였다.

"이 대륙은 작은 울타리 속에 갇혀 있는 것 같아."

혹은 그 바깥이야말로 용과 고대의 신들이 떠나간 다음 세상인지도 모른다. 그렇다 보니 이건 오랜 세월 마술사들이 골머리를 앓고 있는 주제 중 하나였다.

하지만 릴리스의 이야기를 들은 자간은 이 의문에 대해 다른 답을 도출해냈다.

멍하게 있는 릴리스를 보고 자간은 말을 이어간다.

"이야기가 살짝 샛길로 샜군. 네가 꿈에서 본 장소 말인데, 난 그 이야기를 듣고 어쩌면 그곳이 '세계의 끝'이 아닐까 하는 생각이 들었다."

아니면 이 세계를 가두고 있는 중요 지점 같은 것일까.

"세계의, 끝……."

뭔가 짐작 가는 게 있는지 릴리스는 납작한 가슴을 꾹 누른다.

알시에라가 그곳을 지키고 있는 것이라면 그렇게 엄청난 힘을 가지고 있으면서도 류카온에서 한 발짝도 밖으로 나가려 하지 않은 것도 설명이 된다.

그와 동시에 이 세계에 울타리가 쳐져 있는 이유에 대해서도.

자간은 자신의 오른손으로 시선을 떨어뜨린다.

오른손에 새겨져 있는 건 〈마왕의 각인〉이다.

――마신, 또는 마족을 이 세계와 함께 가둬둔 것이라고 생각하면 설명이 돼.

천 년 정도 전, 이 세계에서는 여러 종족이 멸망하는 사건이 일어났다. 그 사건을 일으킨 건 아마도 마족일 것이다. 그리고 그 잔류사념도 마족도 아무렇지도 않게 이 세계에 나타나고 있다.

무엇보다 이 〈마왕의 각인〉 안에 봉인되어 있는 건 마신이다.

그리고 세계를 멸망시킬지도 모르는 재앙을 봉해두기에는 그것만으로는 역부족이었을 수도 있다. 그렇기 때문에 그 봉인의 열쇠 혹은 입구로 꿈이라는 특수한 매체를 선택했다고 생각할 수 있지 않을까?

그렇다면 알시에라가 류카온의 세 소꿉친구들 중에서도 특별히 릴리스를 걱정한 것도 이해할 수 있다.

이런 사실들로부터 하나의 결론이 도출된다.

――즉 알시에라는 마신에 대한 억지력이었다……?

'천사 사냥꾼'을 다루는 알시에라는 이미 인지를 넘어선 존재이다. 현재의 자간은 정면으로 덤벼들더라도 쓰러뜨리는 건 어렵다.

그럼에도 불구하고 알시에라는 초조해하고 있다.

――어쩌면 시간이 별로 없는 건지도 몰라.

왜냐하면 그녀는 이미 치명상을 입었기 때문이다.

〈마왕〉의 피를 얻어서 조금 연명——이라는 표현이 적절한지는 알 수 없지만——하는 데는 성공했지만 남은 시간은 얼마 되지 않을 것이다.

최소한 알시에라와 동등한 정도로 강해지지 않으면 마신에게 대항하지 못한다.

——뭐, 단순히 알시에라를 죽이기만 하는 거라면 방법이야 있지만.

수단과 방법을 가리지 않아도 된다면 방법은 있지만 세상일에는 우선순위라는 게 있다.

자간에게 있어 그 무엇보다 우선시해야 하는 건 네피와 포레를 비롯한 동료들의 평온이다. 그를 위해서라면 자신의 작은 자존심 따위는 기꺼이 버릴 수 있다. 우선순위의 두 번째에 저촉되기 때문에 하지 않는 것이다. 꼭 해야만 하게 된다면 자간은 할 것이다.

그렇지만 그건 네피가 바라는 게 아니다.

그러니 지금은 좀 더 원만한 방법을 찾아보자. 결국 자신이 강해지는 것이 가장 쉽고 빠르니까.

——그래도 보험은 들어두는 게 좋겠지.

머릿속으로 정보를 정리하고 릴리스에게 말한다.

"릴리스, 만약 다시 똑같은 꿈을 꾸게 되면 가능한 한 그 장소에 대한 것을 찾도록 해. 무엇이든 괜찮아. 눈으로 본 모든 정보를 가지고 돌아오는 거다."

"……알았어."

릴리스는 얼굴에서 핏기가 가셨는데도 불구하고 씩씩하게 고개를 끄덕였다.

"하지만 당연히 그에 상응하는 위험이 있겠지. 그곳이 세계의 끝이라면 넘어가면 곤란한 무언가가 있을 테니까. 그러니……."

자간은 진지한 목소리로 이렇게 말했다.

"네가 거기서 무엇보다 우선시해야 하는 건 살아남는 것이다."

릴리스는 깜짝 놀랐다.

"뭐, 살아남아……?"

"그래. 수단과 방법을 가리지 마라. 무엇을 희생해도 괜찮아. 반드시 나나 내 부하가 너를 구할 거다. 그러니 그때까지 오기로라도 살아 있도록 해. 죽으면 구할 방법이 없으니까."

알기 쉽게 설명한다고 했지만 릴리스는 입을 쩍 벌린 채 멍하게 있었다.

"구해주러, 올 거야?"

"당연하지. 제 부하도 지키지 못하는 왕을 누가 따르겠나?"

그 말에 릴리스는 그제야 힘껏 고개를 끄덕였다.

"……응. 알았어. 무슨 일이 있어도 살아남을게."

"음. 그러면 됐다."

그렇게 말하면서 고개를 끄덕이자 릴리스는 왠지 안심한 것처럼 웃었다.

"저기, 왕."

"왜?"

"음……. 진지하게 이야기를 들어줘서, 고마워. 솔직히 바보 취급이나 당할 줄 알았거든."

무슨 걱정을 하나 했더니. 자간은 어이가 없어 한숨을 쉬었다.

"농담인지 아닌지 정도는 보면 다 알아. 쓸데없는 일은 신경 쓰지 말고 앞으로도 묘한 일이 있으면 자세히 보고하도록 해."

"응. 그럴게."

그러고 나서 뭔가 생각난 것처럼 웃는다.

"있지, 왕."

"응?"

"난 만나본 적 없지만 마르코시어스 님도 왕과 비슷한 사람이었어?"

왜 여기서 마르코시어스의 이름이 나오나 싶어서 자간은 눈썹을 찌푸렸다.

——아, 맞다. 마르코시어스도 류카온을 비호했었지.

그것도 중요한 정보였지만 어떻게 된 것이 그 《최장로》는 자신에 대한 기록을 하나도 남기지 않았다. 그 유산을 이어받은 자간조차 아직껏 그가 어떤 인물이었는지 모른다.

그런데도 여기저기서 그 이름을 듣고 있으니 참 불가사의하다. 뭐, 천 년이나 살아온 〈마왕〉이니 당연한 일인지도 모르지만.

자간은 고개를 옆으로 흔든다.

"몰라. 나도 안면은 없다."

"그렇구나……. 조금 아쉽네. 여기에는 마술사들이 잔뜩 있으니까 알고 있는 사람도 있겠지?"

"알아보려고 그러는 거냐? 그만둬. 마술사에 대해 조사해봤자 대체로 긁어 부스럼이니까."

마술사 따위는 어차피 악당이다.

터무니없는 의심을 받게 되면 그 즉시 달려들 것이다. 이 소녀는 자간의 비호 대상이긴 하지만 자기 스스로 트러블에 머리를 들이밀었다간 지킬 수 있는 것도 지키지 못하게 된다.

"네──."

릴리스도 정말로 찾아볼 생각은 아니었던 모양이다. 선뜻 물러나더니 방으로 돌아갔다.

──하지만 마르코시어스에 대해서도 알아보고 싶은 마음이 있긴 하단 말이지.

〈아자젤〉이라는 이름을 쫓기 시작하면서 계속 따라다니는 이름이다. 현재로선 이렇다 할 진전도 없지만 언젠가 마왕전을 다시 샅샅이 조사하는 게 좋을지도 모르겠다.

이때는 아직 그 정도 생각 밖에 하지 않았다.

◇

며칠 전 〈아시엘 이메라〉 축제날에 카트시 소녀인 쿠로카가 고양이 모습으로 변하고 마을에는 되다 만 불사자들이 돌아다니는 사건이 일어났다.

그 사건에서 제일 먼저 범인의 정체를 알아챈 사람은 샤크스라는 마술사였다. 그 범인인 〈마왕〉 시어칸의 과거 제자이자 현재는 자간의 부하인 남자다.

이 남자가 시어칸의 어떤 점을 보고 스승으로 모셨는지는 모르지만 그의 의료 마술은 원래 그 〈마왕〉 밑에서 배운 것이라고 한다. 그래서 누군가를 구할 수 있다고 믿고 있었는데 시어칸은 쿠로카의 고향 마을을 습격했다고 한다.

희귀종 사냥――5년 전에 시어칸이 일으킨 사건이다.

그래서 그를 배신하고 숙청에 나선 선대 〈마왕〉 마르코시어스의 부하들을 안내해주었다. 그리고 시어칸은 사망하지 않고 재기불능의 몸이 되었다. 그때 시어칸의 숙청에 이용된 힘이 바로 '천사 사냥꾼'이었다.

샤크스는 5년 전의 비극을 반복하지 않기 위해 쿠로카와 알시에라를 지켰다.

"――이상이 대략적인 보고입니다."

릴리스를 방으로 돌려보내고 30분 정도 지났을 무렵. 다음에 옥좌의 방으로 찾아와서 그렇게 보고한 사람은 젊은 마술사였다.

외모는 20대 중반 정도 밖에 되지 않지만 이래봬도 마왕 후보에 버금가는 우수한 마술사이다.

아무렇게나 자란 머리에 턱에는 다박나룻. 장신이지만 자세가 구부정해서 위협감이나 박력과는 거리가 먼 사람이다. 피로에 찌든 외모를 가진 청년이지만 자간은 그를 대륙에서 다섯 손가락 안에 드는 의료 마술의 전문가라고 평가하고 있다.

평소에는 교회에 배치되어 있는 자간의 부하 샤크스다.

이 남자야말로 마르크의 소식과 관련된 가장 큰 단서이지만 몇몇 곤란한 사정 때문에 그 자리에서 이야기를 듣지 못했다.

그 신뢰할 수 있는 부하를 위험에 처한 쿠로카의 곁에 두고 싶었다는 점이 하나.

그것을 계기로 두 사람이 친해지면서 의붓아버지인 라파엘이 보기 드물게 분노를 드러냈다는 점이 또 하나.

그렇다 보니 쿠로카의 안전이 확인되는 것과 라파엘의 분노가 가라앉는 것을 기다리는 것까지 다 포함해서 시간을 두지 않을 수 없었다.

샤크스의 보고를 들은 자간은 험악한 표정을 감추지 못했다.

〈아시엘 이메라〉 사건에서는 마치 그 희귀종 사냥을 재현하듯이 5년 전에 있었던 사건에 말려든 자들이 이 마을에 모여 들었다.

——누군가의 의도에 따라서 모였다고 보는 것이 자연스러운데…….

하지만 자간은 그들이 정말로 **우연히** 모였을 가능성을 생각하고 있다.

반드시 구해야 하는 사람을 구하기 위해 우연히 끌려온 **행운**이 아니었을까.

왜냐하면 사건의 중심에 있던 소녀는 카트시——원래 이 세계에서 가장 축복 받은 요정이었기 때문이다.

그녀가 스스로를 긍정하고 앞으로 나아가기를 바랐기 때문에 그 모든 일들이 일어난 게 아니었을까. 그녀가 앞으로 나아가기 위해서는 5년 전의 모두가 구원 받아야 할 필요가 있기 때문이다.

——그렇다면 그것도 **마법**의 일종일 것이다.

마법——바라기만 해도 기적을 일으키는, 하이 엘프에게만 허락된 힘.

카트시의 그 힘은 하이 엘프에 비하면 훨씬 불안정해서 도저히 제어할 방법이 없다. 그런 의미에서는 저주에 가까운 부분도 있을지 모른다.

아니, 저주라고도 볼 수 있다. 평소의 쿠로카는 행운과는 거리가 먼 소녀이다. 인간의 육체로는 감당하기 힘든 힘의 반동이라고 생각하면 그 또한 납득이 된다.

——시어칸이 노린 것도 분명 그 힘일 거다.

따라서 쿠로카의 힘은 그 누구에게도 알려져선 안 된다. 생판 남이라면 그렇게까지 걱정하지 않겠지만 쿠로카는 라파엘의 의붓딸이다. 그 충실한 집사의 딸이라면 네피와 포레를 비롯한 다른 사람들과 똑같이 지켜야만 하는 대상이라고 할 수 있다.

중요한 보호 대상이 또 늘어나고 말았다.

"시어칸, 이라……."

호수인(虎獸人) 〈마왕〉.

——그러고 보니 〈마왕의 각인〉을 계승할 때, 휠체어에 앉아 있던 마술사가 수인(獸人)이었지.

〈마왕〉들은 후드를 뒤집어쓰고 있어서 얼굴은 거의 보이지 않았지만 수인은 눈에 띈다. 호랑이 얼굴이었는지는 확실하지 않지만 그 외에 다른 수인은 없었다.

자간은 흐음 하고 고개를 끄덕인다.

"시어칸이 마르코시어스에게 숙청당했다는 이야기는 나도 들은 적이 있어."

자간이 13세 남짓 될 즈음, 마술사로서 힘을 키우기 시작했을 무렵의 이야기다. 질리지도 않고 수작을 걸어오는 발바로스——당시에는 한 달에 한 번은 되었다——를 때려눕힌 후, 서로 술잔을 기울이고 있는데 그런 이야기를 꺼내왔다.

그때는 〈마왕〉 같은 건 한참 먼 존재라서 자신과는 관계없다고 생각하고 들었지만.

자간은 품에서 낡은 안경을 꺼냈다.

샤크스는 그 인물의 이름도 얼굴도 기억나지 않는다고 했지만 희미한 인상 속에 둥근 안경을 쓰고 있었던 것 같다고 했다.

렌즈는 금이 가고 안경테도 녹이 슨 골동품이지만 그것을 보여 주니 샤크스의 눈이 휘둥그레졌다.

"5년 전, 네가 안내를 해준 마르코시어스의 부하, 그 사람이 이런 안경을 쓰고 있지 않았었나?"

"아, 틀림…… 없는 것 같아."

현재진행형으로 기억이 애매해지고 있는 것 같은 대답이었지만 첫 번째 반응을 보니 맞는 것 같다.

"어째서, 보스가 그걸?"

"……그 녀석은 내가 친구라 부른 남자이기 때문이다."

그런데도 불과 얼마 전까지는 생각도 나지 않았으니 무정하다면 무정하지만.

——아니지.

또 한 명의 소꿉친구인 스텔라와의 사건 때문에 무의식적으로 떠올리지 않으려고 했기 때문이라고 생각했지만 그것만이 아니었을 수도 있다.

마르크를 알고 있었을지도 모르는 인물은 모두 입을 맞춘 것처럼 이렇게 말한다.

——알고 있는 것 같지만 기분 탓일지도 모른다——.

그 중에는 마왕 후보까지 있었는데 이건 이상하다. 특히 그 후의 5년을 후회 속에서 보내게 된 샤크스조차 기억하지 못한다는 건 말이 안 된다.

마치 세계 자체가 마르크의 존재를 잊도록 만들려는 것 같다.

——아니, 분명 그럴 거다.

이건 저주다. 경미하긴 했지만 자간도 저주에 걸린 적이 있기 때문에 알 수 있다. 마술조차 미치지 않는, 세계의 법칙까지 일그러뜨리는 이질적인 변이다.

자간의 눈이 다시 샤크스를 향한다.

"한 번 더 묻지. 그 녀석은 마지막에 어떻게 되었나?"

결말은 이미 들었다. 샤크스의 보고는 요점이 잘 정리되어 있어서 마술사라면 한 번만 들어도 차고 넘칠 정도로 이해할 수 있을 정도였다.

하지만 그럼에도 한 번 더 확인해야만 했다.

자간이 어지간히도 험악한 표정을 짓고 있었던 걸까, 샤크스는 겁에 질린 것처럼 뒷걸음쳤지만 그래도 입을 열고 이렇게 말했다.

"그 녀석도 시어칸의 일격을 받고…… 전투가, 벌어졌다, 는 게 내 생각이야."

그래서 그가 소지하고 있던 '천사 사냥꾼'이 지금 알시에라의 손에 있는 것이다.

빠드득, 어금니에서 소리가 날 정도로 이를 악문다.

——시어칸을 숙청한 건 마르크였어…….

그리고 〈마왕〉과 싸우다가 죽었다.

이 안경을 건네받았을 때부터 그 가능성은 생각하고 있었다. 이이 세상에 없을지도 모른다고.

그래도 스텔라와 재회하게 되면서 그와도 만날 수 있지 않을까 하는 기대를 품고 있었다. 하지만 그 기대는 산산이 부서졌다.

분노로 인해 머릿속이 부글부글 끓을 것 같았지만 심호흡을 크게 하고 마음을 진정시킨다.

"억측이긴 하지만 마르크의 신변에 무슨 일이 생긴 건지 대충 짐작이 되군."

"……그 말은?"

"〈마왕〉의 분노를 산 자는 그 존재까지 포함해서 모든 것이 말살된다고 하지. 그게 단순히 피의 숙청을 가리키는 말이 아니라고 한다면 그런 마술…… 아니, 저주가 존재할지도 몰라."

또는 〈마왕〉만 알고 있는 지식인지도 모른다.

샤크스는 턱을 만지작거리며 확인하는 것처럼 말한다.

"즉 사람…… 이라기보다 세계의 기억을 지우는 마술, 아니, 보스의 생각대로라면 저주가 있다는 건가?"

"가정이지만 그렇게 생각하는 게 타당하겠지."

"그렇지만 저주라는 것은 마술로도 제어하지 못하는 것 아니야? 〈마왕〉이 되면 그런 것까지 다룰 수 있게 되는 건가?"

맞다, 저주는 마술로도 손을 쓸 방법이 없는 재앙이다. 그래서 자간도 다른 〈마왕〉, 결국엔 류카온에 있을지도 모른다는 가능성에 매달리는 수밖에 없었다.

그런데 자간은 고개를 가로젓는다.

"저주라는 건 감염시킬 수 있다. 그 녀석이 저주의 근원을 보유하고 있었다고 생각하면 마르크에게 감염시키는 건 아무것도 아니지."

그것조차 마술사의 범주를 넘어선 행위라고 생각하지만 〈마왕〉 정도 되는 힘이 있으면 어느 정도는 가능할지도 모른다.

샤크스는 석연치 않은 얼굴을 하고 있었지만 고개를 끄덕였다.

"뭐, 보스가 그렇게 말한다면 어떤 근거가 있는 거겠지."

——이 녀석, 멍청하지만 유능하다니까.

절망적일 정도로 눈치가 없고 운이 나쁜 샤크스이지만 머리 회전은 빠르다. 자간의 말을 그대로 다 받아들이는 게 아니라 자기 나름대로 추론한 끝에 동의하는 모습을 보인다.

자간은 의자 등받이에 기대 훤히 뚫려 있는 천장을 올려다본다.

"이건 키메리에스의 보고인데…… 너도 '천사 사냥꾼'을 보긴 했지?"

"그래."

"그걸 만든 사람은 알시에라와 《최장로》 마르코시어스, 그리고 **또 한 명**, 이렇게 세 명이었다고 하는군."

그 이름이 나오자 샤크스의 눈이 동그래진다.

"어이, 마르코시어스라니……. 그 아가씨는 도대체 정체가 뭐지?"

그러고 보니 알시에라에 대해서는 자간의 손님인 흡혈귀라는 설명 밖에 해주지 않았다. 샤크스는 일시적으로 행동을 함께 하긴 했지만 그녀의 정체에 관해서는 아무것도 모를 것이다.

"음, 필요해지면 조만간 이야기해주지. 그보다 지금은 그 세 번째 사람이 문제다."

"그 아가씨가 입을 열지 않았나 보군?"

"아니, 분명 이야기했다더군. 그리고 키메리에스도 분명 그걸 들었고."

거기서 말을 끊은 후, 다시 샤크스를 응시하며 이렇게 말했다.

"그런데 **기억하지 못해.**"

"——그건 설마."

"마르크와 동일한 현상이라고 생각하지 않나?"

시어칸이 보유하고 있던 저주의 근원이 그것인지, 혹은…….

——아니면 그 세 번째 사람이 마르크였다……?

그럴 경우, 그 청년은 몇 백 년이나 살고 있는 셈이 된다. 웬만

해선 그렇게 생각하고 싶지 않지만 이렇게 되면 확인하지 않을 수 없다.

적어도 마르크와 마르코시어스 사이에 어떤 관계가 있었던 건 사실이다. 마르코시어스의 숙청의 대상은 그였기 때문이다.

그 '천사 사냥꾼'을 만든 세 번째 사람이 마르크라면 마르코시어스와 관계가 있다는 것도 설명이 된다.

될 수밖에 없는 것이다.

——점과 점이, 이어지기 시작했군.

알시에라의 말에 의하면 마르크의 인생은 〈아자젤〉과의 싸움이 전부였다고 한다.

그런 마르크는 과거 '천사 사냥꾼'의 소유주이자 그 '천사 사냥꾼'을 만든 세 명 중에 한 명일지도 모른다. 더 나아가 아마도 〈아자젤〉은 마르코시어스에게 제거 당한 천사 중 한 명일 것이다.

천사——이 또한 지금 세계에는 이름조차 남아 있지 않은, 〈마왕〉에게 제거당한 존재 중 하나이다.

그리고 자간의 물음에 알시에라가 한 대답.

——대답하지 **않는** 것도, 대답하고 **싶지 않은** 것도, 대답하지 **못하는** 것이에요——.

대답을 함으로서 마르크가 걸렸던 저주에 감염되는 것이라면 그때 그렇게 대답할 수밖에 없었던 것도 이해가 된다.

그것이 지금 세계에서 자간과 네피에게 어떤 영향을 미칠지는 모르지만…….

——아니, 이미 영향을 받고 있는지도 모르지.

그래서 그 흡혈귀는 '알려고 하지 마라'라고 말한 것이다.

"하지만 이래서는……."

자기도 모르게 중얼거린다.

이래서는, 이래서는…….

——이래서는 언제까지고 네피와 연인다운 일을 못하는 것 아닌가!

물론 마르크 일은 화가 나지만 자간에게 살아가는 방법을 가르쳐줬을 정도의 남자다.

비겁한 수단으로 무방비한 상태에서 죽임을 당했다면 또 몰라도 〈마왕〉에게 도전했으니 그에 상응하는 각오와 신념은 가지고 있었을 것이다. 자간이 복수하는 건 번지수가 잘못된 것이다.

그것보다 더 용서할 수 없는 것이 바로 이거다.

마지막으로 그 소녀를 안은 게 언제였더라?

〈아시엘 이메라〉의 밤에 선물을 받고 너무 기뻐서 꽉 끌어안고 싶었지만 어쩌다 보니 잘 되지 않았다.

그 후에도 쿠로카가 눈의 치료를 부탁하고 싶다고 해서 네피가 바빠졌고 자간도 시어칸을 대응하는 일에 쫓기느라 단둘이 있는 것조차 힘들어졌다.

물론 오늘 아침처럼 단둘이 별 것 아닌 대화를 나누면서 웃는 시간은 가지고 있다.

그렇지만 자간이 하고 싶은 연인다운 일은 그런 게 아니다.

——네피의 매끄러운 머리카락을 손가락으로 만지작거리거나 귀를 만지거나 부끄러워하는 얼굴을 보거나 무릎 위에 앉혀서 뺨을 비비거나 꼭 끌어안은 채 정원을 산책하거나 손을 잡고 시내를 걸어 다니거나 몰래 밥을 먹여주거나 옆에서 함께 자거나 다시 한 번 입을 맞추고 싶다고!

분노로 눈앞이 벌게지고 눈알의 혈관이 터져서 피눈물이 흘러내릴 것 같았다.

마르크에 대한 단서를 찾지 못하고 주변도 슬슬 안정되는 것 같아서 이번에야말로 데이트를 하자고 말할 생각이었는데 바로 그런 때에 시어칸이 나온 것이다. 그래서 다시 바빠졌다.

그래, 이것도 전부 시어칸 탓이다.

원래 서열 2위인지 아직 죽지 않은 건지는 모르겠지만 이제 그 마술사는 비프론스에 버금가는 자간의 원수다.

목숨을 걸고서라도 말살해야 하는 숙적이다.

"시어칸, 이 자식……. 절대, 용서치 않겠다! 땅 끝까지라도 쫓아가서 5년 전에 죽지 못했던 불운을 저주하게 해주마……!"

사실 그 문제에 관해 시어칸이 잘못한 건 딱히 없지만 자간의 성격상 이건 어쩔 수 없는 결론이었다.

자기도 모르게 손에 힘이 들어가자 돌로 만들어진 옥좌의 팔걸이가 소리를 내면서 부서진다.

처절한 분노를 감지한 걸까, 샤크스가 침을 꿀꺽 삼키는 소리가 났다.

"저, 저기, 보스. 실은……."

"……뭐냐?"

그러고 보니 아직 샤스크가 있다는 사실을 잊고 있었다.

이 남자가 잘못한 건 없으니 가능한 한 부드럽게 말한다고 했지만 입에서 나온 건 분노로 떨리는 목소리였다.

"아, 아니, 아무것도 아니야. 굳이 보스를 번거롭게 할 일은 아니야……."

"……? 그래?"

잘 모르겠지만 겸연쩍어진 건지도 모른다.

——뭐, 진짜 곤란한 일이라면 나중에 말하러 오겠지.

이 남자는 도움을 요청해야 할 때 가만히 있을 정도로 어리석은 사람은 아니다.

유능한 부하는 터벅터벅 옥좌의 방을 뒤로 했다.

◇

옥좌의 방을 뒤로 한 샤크스는 온몸이 땀에 흠뻑 젖은 채 털썩 무릎을 꿇었다.

——보스가 저렇게 분노를 드러낼 줄이야…….

당연한 일이다. 비록 과거의 스승이긴 하지만 시어칸이 한 짓은 결코 용서 받을 수 없다. 그래서 샤크스도 스승을 배신하고 마르코시어스의 숙청에서 길잡이 노릇을 했던 것이다.

그것을 알기에 샤크스가 정말로 상담하고 싶었던 일을 솔직히 말하지 못했다.

샤크스는 품안에서 카드 한 장을 꺼낸다.
아니, 카드 모양으로 접힌 '어떤 것'이다.

"쿠로스케의 옷, 어떻게 하면 되지……."

〈아시엘 이메라〉 때 일어난 사건에서 샤크스는 쿠로스케로 변한 쿠로카를 주웠다.

그때는 정말로 평범한 고양이인 줄로만 알았다. 주인을 찾을 수 있는 단서가 되지 않을까 해서 그 주위에 흩어져 있던 옷을 주워 뒀는데…….

경솔했다.

마술사가 사용한 흔적이 남아 있는 젊은 여자의 옷을 감추고 있다니, 누가 봐도 범죄의 증거이다.

――이런 걸 가지고 있다는 걸 라파엘 어르신이 알면 죽겠지.

틀림없이 죽을 것이다.

어쩌면 유언 정도는 들어줄지도 모르지만 그래도 일단은 죽는다. 세상 끝까지 도망쳐도 죽는다. 이 문제에 관해서는 자간의 비호도 기대할 수 없다.

교회에 있는 동안에 몰래 쿠로카의 방에 가져다주고 올까 하는 생각도 했다.

――아니, 무리다. 쿠로스케라면 나의 냄새 정도는 알아차릴 거니까.

시력을 잃었기 때문에 그 소녀의 후각과 청각은 굉장히 예리하다. 마술을 구사해서 냄새를 없애더라도 어떤 흔적을 통해 알아차릴 위험이 있다.

혹시 샤크스의 사정을 헤아려줄지도 모르지만 그녀에게는 쿠우라는 호수인(狐獸人) 룸메이트가 있다. 그녀는 누가 봐도 수다쟁이다. 쿠로카가 알아차리기 전에 그녀가 먼저 떠들어댈 게 눈에 훤히 보였다.

쿠로카의 빠른 눈치를 기대하기에는 리스크가 너무 크다.

게다가 보통 속옷까지 포함한 자신의 옷을 알게 된지 얼마 안 되는 남자가 가지고 있으면 싫어하거나 무서워할 것이다. 그 소녀는 샤크스에게는 목숨을 걸고 지켜야만 하는 대상이기 때문에 그런 생각을 하게 해선 안 된다.

무엇보다 쿠로카가 알게 되면 라파엘의 귀에 들어갈 가능성이 높다.

하지만 그렇다고 그냥 처분할 수도 없다.

예전에 얼핏 들었는데 이 옷이 은인에게 받은 소중한 것이라는 식으로 말했었다. 그런 옷을 그냥 처분하면 얼마나 슬퍼할까. 어떻게든 다시 돌려줘야만 한다.

그래서 자간에게, 잘만 하면 그 왕이라면 원만하게 잘 해결해주지 않을까 하고 상의하고 싶었던 건데 방금은 도저히 그럴 상황이 아니었다.

그렇게 머리를 싸매고 있을 때였다.

"샤크스 씨, 무슨 일이세요?"

고양이 귀를 가진 소녀가 샤크스의 얼굴을 의아해하며 살펴보고 있었다.

살펴본다기보다 얼굴을 가까이 댄다는 표현이 정확할지도 모르겠다. 그녀의 눈동자에는 아무것도 비치지 않으니까.

새까만 머리에 그와 같은 색을 한 세모난 귀. 그렇지만 얼굴 옆에는 인간과 똑같은 귀가 둘. 빛이 없는 눈동자는 심홍색이고 지금은 〈아시엘 이메라〉 때 입었던 검은 드레스를 입고 있다.

교회에 있을 줄 알았던 쿠로카였다.

허둥지둥 의복 카드를 감춘다.

"쿠, 쿠로스케? 여긴 어쩐 일로?"

"어쩐 일이냐니, 눈을 치료 받을 거라고 했잖아요. 그래서 네피 님을 만나려고 왔어요."

그제야 생각난다.

쿠로카의 눈은 마술로도 고치지 못했다. 하지만 자간의 신부인 네피라면 고칠 수 있을지도 모른다. 그리고 마침내 쿠로카도 치료를 받기로 결심했다.

"치료를 받으러 오다니, 혼자서? 위험하지 않아? 여긴 마술사의 성이라고."

"오빠의 동료들이니까 그렇게 위험한 곳이라고 생각하진 않는데요……."

"사람 좋은 소리 좀 그만해. 말하기 힘들 수도 있겠지만 다음부터는 나한테 먼저 말해. 내가 데리고 와줄 테니까……."

그러자 기분이 상했는지 쿠로카가 뺨을 잔뜩 부풀렸다.

"……무슨 말을 하는 거예요. 말을 걸려고 해도 저를 계속 피한 건 샤크스 씨잖아요."

그대로 몸이 굳었다.

——그러고 보니 옷과 관련된 문제를 감추는 데 급급해서 아예 마주치지 않으려고 했던 것 같은 느낌이…….

쿠로카는 붉은 눈을 가느스름하게 뜨고 흥 하고 콧방귀를 뀐다.

"그리고 방금 뭔가 감추지 않았어요?"

샤크스와 대조적으로 감이 뛰어나다. 혹여 냄새라도 맡게 되면 옷을 감추고 있다는 게 탄로날 수도 있다.

"아~, 아~, 그보다 아직까지 그 드레스를 입고 있네? 아주 잘 어울려!"

"저, 정말이에요……?"

억지로 화제를 돌리자 쿠로카의 표정이 조금 누그러진다. 몇 초 동안 쑥스러운 듯 옷자락을 매만지는 것 같더니 금세 복잡한 표정을 지었다.

"사실 이 옷, 오빠가 가능한 한 입고 있으라고 해서 입고 있는 거예요. 잘은 모르겠지만 마술 같은 게 걸려 있는 게 아닐까요?"

"보스가? 무슨 일이지? 딱히 마술이 걸려 있는 것처럼 보이진 않는데."

자세히 관찰하고 있으니까 갑자기 쿠로카의 얼굴이 빨갛게 물들었다.

"응? 무슨 일이라도 있니?"

"무, 무무, 무슨 일이냐니, 그게……."

고개를 갸웃거리다가 쿠로카의 얼굴이 아주 가까운 곳에 있다는 사실을 깨달았다.

관찰한답시고 얼굴이 더 가까워지고 말았다. 게다가 자간이 꼭 입고 있으라고 했다는 말을 들으면 더더욱 비밀을 캐고 싶어지는 게 마술사의 본능이다. 그 〈마왕〉의 술식은 눈을 의심할 정도로 치밀하고 섬세하기 때문이다.

——아, 큰일이다. 이러고 있으니까 마치 가슴을 훔쳐보고 있는 것 같잖아!

객관적으로 보면 맹인 소녀의 가슴을 몰래 훔쳐보고 있는 죄인으로 밖에 보이지 않는다.

자신이 얼마나 어리석은 짓을 했는지 깨달은 순간, 뒤에서 철컹하는 쇠붙이 소리가 났다.

"흐음. 미안하게 됐구나. 마중 나갈 생각이었는데 그만 늦은 것 같군."

그곳에는 마음씨 좋은 할아버지처럼 부드러운 미소를 띤 노집사가 서 있었다.

나이는 이미 50줄에 들어서서 머리도 하얗게 새었지만 여전히 등을 꼿꼿하게 펴고 서 있는 모습에서는 세월의 흔적이 전혀 느껴지지 않는다. 뺨부터 미간에 걸쳐 심하게 긁힌 상처가 있고 왼팔에는 투박한 갑주 형태의 의수가 끼워져 있다.

전 성기사장이자 자간의 집사, 그리고 쿠로카의 의붓아버지이기도 한 라파엘이었다.

그 의수는 손바닥 부분이 둘로 갈라져 있는데 그 사이로 검의 손잡이 부분이 보인다.

"히익, 잠깐 기다려봐, 나으리! 오해다. 아니야, 이건……!"

"신경 쓰지 마라. 이제부터 내가 하는 일에 대해, 내가 변명할 일은 없을 것이다. 나의 왕이 단죄를 내리더라도 기꺼이 받을 테니 걱정 없이 여행을 떠나자꾸나."

"그런 각오까지 해가며 죽일 가치가 나한테 있다는 거야?"

반쯤 울먹이며 외치자 쿠로카가 노집사 앞으로 슥 끼어들었다.

"정말 오해예요, 아버님. 오늘은 샤크스 씨가 함께 여기까지 와주신 거예요. 그가 없었으면 큰일 났을지도 몰라요."

"흐음……."

딸이 그렇게 말하자 강하게 나가진 못하는 모양이다. 검자루를 쥔 오른손이 부들부들 떨렸지만 이내 포기한 것처럼 무거운 한숨을 토해냈다.

"……한동안 못 본 사이에 너도 어른이 다 되었구나."

자식의 성장에 라파엘도 눈물을 머금고 의수를 원래 형태로 되돌린다.

그러더니 샤크스를 향해 싱글거리는 미소를 지어 보였다.

"샤크스, 나중에 내 방으로 찾아오도록 해라. 최후의 만찬을 즐길 수 있도록 해주마."

——아, 큰일이다. 살려서 돌려보낼 생각이 없는 거야.

이 성에서 내보낼 생각이 없다는 선언에 덜덜 떨고 있자 쿠로카는 재미있다는 듯 웃었다.

"네. 잘 말씀해주세요. 샤크스 씨는 훌륭한 분이니까요."

"잠깐만, 쿠로스케. 어떻게 하면 지금 상황을 보고도 그냥 대화만 나눌 거라고 생각하는 거지?"

언제부터 이 소녀는 이렇게 낙관적으로 변한 걸까. 자신의 목숨이 다했다는 사실에 현기증을 느끼고 있자 라파엘은 흥 하고 콧방귀를 뀌었다.

"그 기개는 인정하마. 허나 그것과 파렴치한 짓을 용서하는 것은 별개의 문제다."

"그건 뭐, 조금 부끄럽긴 했지만……."

쿠로카가 쓴웃음을 짓는 동안 라파엘은 그 자리를 떠나 버렸다.

――목숨은, 건진 건가? 일단 지금은.

멍하게 있자 쿠로카가 격려하는 것처럼 말을 건넨다.

"자, 이제부터 네피 님을 찾아갈 거니까 일어나세요. 같이 가주실 거죠?"

"아, 그래……."

간신히 일어나자 쿠로카는 노려보는 것처럼 가느스름한 눈을 뜬다.

"그렇지만 전 죽일 가치도 없는 사람에게 보호 받을 생각은 없어요."

"앙? 무슨 이야기지?"

고개를 갸웃거리자 쿠로카는 지친 것처럼 머리를 감싼다.

"……하긴 5년 전 일이 없어도 샤크스 씨는 그런 사람이었죠."

"아까부터 무슨 말을 하는 거야?"

"저도 노력하겠다는 이야기예요."

"……응? 그래? 고민이 있으면 말해. 나라도 괜찮다면 상담해 줄게."

이 소녀가 웃는 얼굴로 살아갈 수 있는 것이야말로 샤크스의 속죄……. 아니, 살아 있는 의미니까.

고민의 원인인 남자는 아무것도 모른 채 그렇게 말했다.

"……하아. 엄청난 노력이 필요하다는 건 저도 알아요."

"——이 시간이면 네피 님은 주방에 계신다고 해요."

그렇게 말하는 쿠로카를 데리고 반신반의한 채 주방을 찾아보니 의외로 네피는 정말로 그곳에 있었다.

주방 안을 살펴보니 라파엘과 시녀복을 입은 세이렌 사이에 섞여서 식기를 옮기는 엘프 소녀의 모습이 보였다. ……그 외에도 용의 뿔을 가진 어린 여자아이와 사자 갈기를 가진 마술사까지 주방을 열심히 뛰어다니고 있다. 아니, 자세히 보니 주방 한쪽 구석에는 흡혈귀 알시에라까지 있었다.

——저건 키메리에스 나리와 보스의 딸 아닌가? 도대체 여기 주방은 어떻게 된 거지?

왜 〈마왕〉의 신부와 딸, 마왕 후보가 일을 하고 있는 걸까? 애당초 마술사의 천적인 전 성기사장이 집사로 일하고 있는 시점에서 여러 가지로 이상하지만.

평소 밖에 있는 샤크스에게는 조금 이해하기 힘든 상황이었다.

쿠로카를 발견한 네피는 '앗' 하고 소리를 높인다.

"미안해요, 쿠로카 씨. 그만 깜빡 시간을 잊고 있었어요."

"네피 아가씨, 여긴 괜찮으니까 가봐."

라파엘의 말에 네피는 머리를 꾸벅 숙여 인사한 다음 주방을 나왔다.

그리고 쿠로카를 향해 오른손을 내밀었다.

"자, 이쪽으로……. 아."

말을 하다가 문득 뭔가 생각난 것처럼 감청색 눈이 샤크스를 향한다.

"저기, 샤크스 님, 쿠로카 씨의 안내를 부탁드려도 될까요?"

"아, 안 그래도 그럴 생각으로 왔어. 당연히 해야지."

그 대답을 들은 쿠로카의 얼굴이 살짝 붉어진다.

"에, 에, 저, 저기……."

"손을 잡고 에스코트해주세요."

그 순간, 라파엘이 웃는 얼굴로 다시 살기를 보내온다.

——어이, 손을 잡다니, 가만히 생각해보니까 안 될 일이잖아!

기껏해야 손을 잡는 것에 불과하지만 라파엘 앞에서는 큰일 날 일이다. 조금 전에도 하마터면 죽을 뻔 했다. 이번에는 쿠로카가 말려도 용서해줄지 알 수 없다.

"……?"

그런데 네피가 고개를 갸웃거리며 뒤를 돌아보자 악귀 같은 살기가 흩어졌다.

"네피 아가씨, 쿠로카를 잘 부탁해."

"네. 맡겨만 주세요."

부드러운 표정으로 이를 갈고 있었지만 어떻게 된 일인지 라파엘은 검을 손에 들려고 하지 않았다.

――저건, 아가씨가 더 높다는 뜻인가……?

의식적인지 무의식적인지는 모르겠지만 설마 라파엘의 살기조차 막아낼 줄이야. 역시 〈마왕〉의 신부는 다르다.

살아갈 희망이 생기긴 했지만 새삼 의식하게 되자 손을 잡는 것도 쑥스러워진다.

쿠로카도 뺨을 붉히고 있는 모습을 보니 이걸 어떻게 하면 될지 고민이 된다.

하지만 고민하고 있는 동안 네피는 쿠로카와 샤크스의 손을 잡더니 그대로 마주잡게 한다.

"자세한 사정은 모르겠지만 쿠로카 씨에게는 샤크스 님의 도움이 필요합니다. 그리고 그건 샤크스 님 자신에게도 필요한 일이지 않나요?"

지적을 받은 샤크스의 눈이 휘둥그레졌다.

――이 아가씨와 대화를 나눈 적은 거의 없는 것 같은데……?

그럼에도 불구하고 그녀는 자신을 꿰뚫어보고 있었던 것이다.

지금 샤크스가 앞을 보고 살아가자고 마음먹은 건 쿠로카가 살아있기 때문이다. 5년 전에 단 하나, 잃어버리지 않았던 생명이기 때문이다.

이 소녀가 웃어준다면 온통 잘못으로 점철되고 쓰레기 같은 샤크스의 인생에도 의미가 있는 것이다.

그런 쿠로카가 올곧게 살아나갈 수 있도록 버팀목이 되어주고 싶다.

스스로도 그런 마음을 파악하는 데 며칠이나 걸렸는데 네피는 한눈에 그것을 간파했다.

눈치 없는 것으로는 둘째가라면 서러운 사람인 샤크스가 볼 때는 마술을 뛰어넘는 기적 그 자체였다.

경악하고 있자 주방 안쪽에서 속닥속닥 이야기하는 소리가 들린다.

'아~, 역시 쿠로카 짱과 저 아저씨, 그런 사이인 겁니까?'

'셀피, 딱 보면 알 수 있는 걸 라파엘 앞에서 말하면 안 돼.'

'쓸데없는 배려다. 저 놈을 처리하는 건 이미 확정된 사항이다.'

'키히히, 그렇게 화내지 마, 집사. 이 얼마나 경사스러운 일이냔 말이지. 최근 며칠, 교회에서 흘러나오는 향기로운 사랑의 힘에 이끌려 옴짝달싹도 못했단다.'

'고메리 씨, 어느 틈에……. 그보다 최근 며칠, 한낮에는 보이지 않는다 했더니 무슨 짓을 하고 다니는 겁니까.'

그냥 놔두면 자신도 위험해지겠다고 생각한 걸까, 네피도 귀까지 빨개져서 큰소리로 외쳤다.

"여러분! 그런 건 됐으니까 어서 다들 일하도록 하세요!"

네피가 목소리를 높이자 주방에 있는 사람들은 개미떼가 흩어지는 것처럼 각자 자기 자리로 돌아갔다. 그 모습에 샤크스도 아연실색하고 말았다.

"아, 저기, 아가씨."
"그냥 네피라고 불러주세요."
"그럼, 네피 씨. 여긴 늘 저런 느낌이야?"
"……음, 네. 그런 셈이죠."
"고생이 많겠군."
자기도 모르게 씁쓸하게 웃자 '이제부터 고생하는 건 당신일 텐데요?'라고 말하는 것처럼 서늘한 시선이 자신을 향했지만 샤크스는 알아차리지 못했다. 덧붙여 쿠로카 같은 경우는 더 이상 아무 생각도 못하는 것처럼 빙글빙글 돌아가는 눈을 하고 떨고 있다.
"여기는 정신이 없으니까 제 방으로 가도록 하죠."
얼굴을 붉히긴 했지만 정말 늘 있는 일인 모양인지, 네피는 조금도 동요하는 기색 없이 앞장서서 걸어간다.
"아~……. 걸을 수 있겠어, 쿠로스케?"
"아, 네……."
꽤나 많이 동요했는지 쿠로카의 다리는 눈에 띄게 힘이 없어 보였다.
"자."
"……. 가, 감사합니다."
샤크스가 손을 잡아주자 쿠로카도 머뭇머뭇 그의 손을 마주잡는다.
——이 반응, 괜히 오해하지 말아야 될 텐데.
무릇 인간이란 누군가에게 '좋아하잖아'라는 말을 들으면 그런 기분이 들기 시작하는 법이다.

5년 전의 일도 있고 해서 자신을 은인이라 생각하고 있는 건 이해한다. 아까 있었던 일에서도 자신을 좋아하고 있다는 건 알았지만 쿠로카의 마음은 그런 사정에서 오는 사모의 마음, 말하자면 곁에 있는 연상의 남자에 대한 동경 비슷한 감정이다.

연애 감정을 가질 거라면 좀 더 괜찮은 사람이 있을 것이다.

게다가 샤크스는 라파엘이 없더라도 미성년자에게 손을 댈 정도로 썩어빠지진 않았다. 지켜줘야 하는 소녀를 더러운 눈으로 바라볼 생각도 없다.

그럼에도 마주잡은 손은 쌍검의 달인이라는 사실이 믿기지 않을 정도로 가냘프고 부드러웠다.

여담이긴 하지만 샤크스는 마술사가 되지 않았으면 고양이의 전승 같은 걸 연구하면서 평생 고양이와 즐겁게 살고 싶다고 생각할 정도로 둘째가라면 서러운 고양이 애호가였다.

◇

"자, 마음 편하게 있으세요."

"네. 잘 부탁드립니다."

옥좌의 방에서 네피가 쿠로카의 눈을 진찰하기 시작한다.

진찰이라고 해도 쿠로카의 뺨을 살짝 잡고 눈동자를 똑바로 들여다본 채 네피가 움직이는 일은 없다.

지식의 축적과 섬세한 기교가 중요한 마술과 달리 마법은 정령이나 요정처럼 눈에 보이지 않는 '무언가'에게 기도를 함으로서 발

현된다.

그 '무언가'라는 건 마력이나 생명력, 영맥(靈脈) 같은 힘의 흐름이 아닐까 생각한다.

자간은 그런 것들을 파괴함으로서 누군가를 없애는 힘으로 삼았지만 네피는 그런 것들의 흐름을 '의지를 가진 상대'로 보고 대화를 나누고 있는 게 아닐까.

즉 네피가 진찰하고 있는 건 '어떤 힘을 빌리면 치유할 수 있을까'하는 점이다.

――음. 진지한 표정을 한 네피는 보기 드물고 귀엽군!

주눅 들지 않고 당당하게 보고 있자 네피가 곤혹스러워하며 돌아본다.

"저기, 자간 님, 너무 뚫어지게 쳐다보시면 쑥스러워요."

"어, 아! 미안하다……."

너무 과했나 보다. 네피도 이렇게 될 걸 알았기 때문에 자기 방에서 하려고 했던 것이리라.

……처음에는 네피의 방에서 할 예정이었지만 그녀의 방은 이 성의 제일 꼭대기층에 있다. 그곳으로 올라가려면 필연적으로 옥좌의 방을 지나기 때문에 자간이 그들을 불러 세운 것이었다.

――그렇지만 네피의 방엔 나도 들어가본 적 없단 말이다…….

쿠로카는 아슬아슬하게 용서할 수 있지만 그녀는 샤크스의 동석을 희망했다. 그건 자간의 허용 범위 밖에 있었기 때문에 옥좌의 방을 빌려주기로 한 것이다.

덧붙여 어떻게 된 일인지 쿠로카와 샤크스도 뭔가 깨달은 것처럼 납득해주었다.

뚫어져라 쳐다보면 네피가 곤란해 하니 시선을 둘 곳을 찾는 것처럼 그들의 모습을 바라본다.

자간이 테이블과 의자를 준비해줘서 네피는 쿠로카와 마주보고 앉아 있다. 샤크스 같은 경우는 쿠로카의 옆에서 손을 잡아주고 있었다.

――헉……! 이 자식들, 얼마 전에 만났으면서 벌써 자연스럽게 손을 잡고 있잖아!

자간이 자연스럽게 손을 잡을 수 있게 되기까지 얼마나 많은 시간이 걸렸던가. 우발적으로 손을 잡은 적이 없는 건 아니지만 먼저 나서서 잡을 수 있게 된 건 만난 지 한 달이나 지난 후였다.

자신의 부하지만 쉽게 볼 수 없는 남자다.

――아, 라파엘에게 다짐을 받아주지 않으면 이 녀석, 죽을지도 모르겠군.

손이 많이 가는 부하이긴 하지만 미워할 수 없는 남자다. 이런 일로 죽게 하는 건 아깝다. 게다가 쿠로카가 행복해지기를 바라는 건 자간도 마찬가지다.

조금 떨어진 옥좌 위에서 그런 광경을 바라보고 있자 네피의 얼굴이 살짝 굳는 게 보였다.

――쿠로카의 눈, 그렇게 안 좋은가……?

원래 샤크스도 어떻게 할 방법이 없어서 마술로는 손 쓸 도리가 없을 정도라는 말은 들어서 알고 있다. 그래서 네피의 마법에 기대를 걸었던 건데 그녀도 감당할 수 없을 정도인 걸까.

그런 걱정이 그들에게도 전해진 모양이다. 샤크스가 주저하면서 물었다.

"네피 씨의 힘으로도 힘든가?"

"아, 아뇨, 치료 자체는 가능할 것 같아요. 다만……."

쿠로카 앞에서는 말하기 곤란한지 네피가 말끝을 흐린다.

하지만 샤크스는 그녀의 말뜻을 다 알아들었는지 고개를 끄덕였다.

"그렇군. 마법으로 치료해도 리스크가 남는다는 뜻인가?"

"……네."

의료 마술의 전문가인 만큼 네피가 하려는 말을 잘 대변해준 것 같다.

쿠로카가 샤크스의 손을 꼭 잡는다.

"괜찮아요. 말씀해주세요, 네피 님. 단단히 각오하고 이곳에 온 거니까요."

그렇기 때문에 샤크스가 곁에 있는 것이기도 하다.

네피가 망설이는 것처럼 자간을 올려다본다.

——아~, 이런 식으로 내게 의지하는 모습을 보니 왠지 조금 기쁘군.

이런 말은 좀 그럴지도 모르지만, 곤란한 일이 있을 때 의지의 대상이 된다는 건 그리 나쁘지 않은 기분이었다.

자간은 옥좌에서 일어나 네피의 곁으로 내려간다.

"이야기해줘, 네피. 쿠로카와 샤크스 모두 강인한 사람들이다. 사실을 받아들일 수 있어."

그렇게 타이르자 네피는 자간의 손을 가만히 잡았다.

그런 다음 호흡을 가다듬고 입을 연다.

"눈을 치료하는 건 가능합니다. 다만 이 상처는 아주 깊어서 치료가 되면 다른 영향이 생길 위험이 있을 것 같아요."

그걸 들은 쿠로카의 몸이 살짝 굳었지만 이내 고개를 끄덕였다.

"구체적으로 어떤 영향이 생길 수 있을까요?"

"거기까지는……."

네피가 고개를 가로젓자 대신해서 입을 연 건 샤크스였다.

"영향이 생긴다면 아마 기억일 거야."

"기억……."

쿠로카가 무의식적으로 가슴을 누른다.

"그래. 뇌의 구조는 현재 마술로도 다 해명되지 않았는데 시신경은 뇌 안에서도 그런 부분의 바로 옆을 지나고 있지. 그러니 반대로 그곳을 이용해 시각을 재현시키는 것도 가능한데……. 지금은 관계없는 건가."

샤크스의 설명은 자간의 전문 밖이긴 했지만 다른 방법도 있다는 말을 해주는 거라는 건 알 수 있었다.

――일시적이긴 해도 쿠로카의 시력을 되찾았으니까.

그 마술이 완성되면 눈이 낫지 않더라도 보는 건 가능해진다.

쿠로카도 그건 알고 있을 것이다. 그리고 선택하는 사람 또한 쿠로카다. 자연스럽게 시선이 모이고 침을 꿀꺽 삼키는 소리가 난다.

보다 못한 샤크스가 뺨을 긁적이며 혼잣말처럼 입을 열었다.

"아~, 지금 당장 결정해야 되는 건……."

"——아뇨, 전 결정했어요. 이 눈을 고치고 싶다고."

쿠로카는 의연하게 대답했다.

그런 소녀의 결단을 칭찬하는 것처럼 샤크스는 쿠로카의 머리 위에 가만히 손을 올렸다.

"알았어. 무슨 일이 생기더라도 어떻게든 해줄 테니까 안심하고 치료 받도록 해."

"……네!"

그런 두 사람의 모습을 보니 자간도 한결 마음이 놓였다.

——쿠로카는 이제 괜찮겠군.

마술사를 사냥하는 교회의 암살 부대에 있었던 과거도 있고 해서 쿠로카는 자신이 있을 곳이 주어져도 자간이나 샤크스에게 의지하려고 하지 않았다.

그랬는데 이렇게 다른 사람에게 의지할 수 있게 된 것이다.

불운한 체질, 처절한 과거, 시력 문제 등, 이래저래 마음이 가는 소녀였지만 이제는 안심할 수 있을 것 같다. 쿠로카가 혼자 강하기만 해서는 어떻게도 할 수 없는 일도 둘이라면 어떻게든 할 수 있다.

자간에게 네피가 그러하니 분명 그럴 것이다.

——문제는 오히려 네피 쪽인가?

마법이라는 힘을 경원시해온 마당에 쿠로카의 상처가 상상 이상으로 심했다. 그녀의 자신감이 흔들리고 있다는 걸 자간도 알 수 있었다.

그러나 네피는 강한 소녀다.

작게 호흡을 가다듬더니 또렷한 어조로 이렇게 대답했다.

"조금만, 시간을 주세요. 좀 더 확실하게 치료할 수 있는 방법을 찾아낼게요."

"네. 잘 부탁드릴게요."

쿠로카는 두려워하는 기색 하나 없이 그렇게 말하고 머리를 숙였다.

◇

쿠로카는 샤크스의 손에 이끌려 그 방을 떠났다.

그들을 배웅한 후 자간의 시선은 네피를 향한다.

"괜찮나, 네피?"

"네. 반드시 치료해보일 거예요."

"아니, 그게 아니라……."

――내가 걱정하고 있는 건 네피가 불안하지 않을까 하는 건데.

그 마음을 어떻게 전할까 고민하고 있자 네피는 살짝 미소를 지었다.

"괜찮아요. 자간 님이 걱정해주시고 있다는 건 저도 알고 있답니다."

"그, 그래……?"

"네. 그치만 저도 고집을 부리고 싶어요."

"……알았다. 그렇다면 나도 아무 말 않으마."

자기주장이 부족한 소녀가 이렇게까지 말하고 있다. 이제 와서 자간이 무슨 말을 할 수 있겠는가.

잠시 후, 네피도 마음이 진정되었는지 머리를 꾸벅 숙인다.

"그럼 저도 다시 일을 하러 돌아갈게요. 주방일과 세탁 모두 다른 사람들에게 맡겨두고 왔거든요."

"음."

서둘러 옥좌의 방을 나서는 소녀의 뒷모습이 보이지 않게 되자 자간의 눈이 가느스름해진다.

――그렇다고 아무것도 안 할 수는 없지.

힘든 치료. 누군가의 생명을 짊어진다는 책임의 무게. 그런 것들과 정면으로 마주하려는 네피가 느끼는 중압감은 얼마나 될까.

그런데도 아무것도 하지 않는다는 건 있을 수 없는 선택지이다.

자간은 조금 생각하고 나서 정원으로 걸음을 옮겼다.

――이 시간이라면 이쪽에 있을 텐데…….

성내를 지나 정원으로 나가니 부하 마술사들이 분주하게 뛰어다니고 있었다. 평상시 업무에 더해 시어칸의 정보를 모으라는 자간의 지시가 있었기 때문이다.

그렇게 분주한 마술사들로부터 조금 떨어진 수풀 속에서 혼자 하아하아 거친 숨을 몰아쉬고 있는 수상한 노파의 모습이 보였다.

"키히히, 이 달콤새콤한 사랑의 힘! 쿠로카 아가씨의 씩씩한 모습은 물론이거니와 필사적으로 눈치 채지 못한 척 하는 샤크스가 언제까지 버틸 수 있을지 기대되는군. 나의 왕과는 다른 의미에서 싱그러워서 침이 멈추지를 않아."

그 시선 끝에는 손을 잡고 교회로 돌아가는 쿠로카와 샤크스의 뒷모습이 있다.

샤크스의 얼굴이 새파랗게 질려 있는 걸 보니 라파엘의 분노를 사기 전에 서둘러 돌아가려는 생각인 것 같다.

자간은 그런 두 사람을 훔쳐보고 있는 고메리를 부른다.

"고메리, 바쁜 중에 미안하지만 용건이 있다."

'앗, 잠깐 기다려! 쿠로카 아가씨가 비틀거리면서 팔에 매달렸단 말이다!'

'뭐? 호오, 허리를 감싸서 붙들어주다니, 이 자식, 제법이군.'

'키히히히, 쿠로카 아가씨도 이건 참을 수 없었나 보군. 엄청나게 동요한 나머지 퍽퍽 때리며 저항하지만 조금도 힘이 들어 있지 않잖아!'

'저 정도면 찰싹 붙어 있는 거나 마찬가지지. 뭐, 당연히 그래야 하지만.'

'헉! 샤크스 자식, 결국은 주저앉은 쿠로카 아가씨를 끌어안았잖아!'

'……저 바보 자식. 라파엘의 눈에 띄면 죽을 텐데.'

"걱정할 필요 없다, 나의 왕. 금방 끝날 거다."

자기도 모르게 노파와 함께 수풀 속에 숨어 있자 자애로운 아버지처럼 부드러운 표정을 한 집사가 전력을 다해 달려가고 있었다.

"아…… 잠깐. 그 심정은 이해하지만, 잠깐 기다려. 부탁이니까 죽이지는 마."

라파엘의 목덜미를 붙들고 있자 살기를 느꼈는지 샤크스도 걸음아 날 살려라 하고 도망쳤다.

"왕이여! 부디 자비를! 나는 저 녀석을 죽여야만 한단 말이다!"

——라파엘도 이렇게 변할 수 있군…….

자간에게도 포레라는 딸이 있다. 아주 남 일처럼 생각할 수가 없다.

자간은 온힘을 다해 날뛰는 집사를 아랑곳 않고 고메리를 향해 시선을 던진다.

"이젠 괜찮겠지, 고메리?"

"키히, 왕이 직접 용건이라니, 무슨 일이지?"

또 장난감이 손에 들어오는 건 아닐까 기대하고 있는지 두근거리며 손가락을 움직이는 고메리에게 자간은 무정하게도 이렇게 말했다.

"오리아스를 만나러 갈 생각이다. 안내를——."

"——히익, 난 아직 죽고 싶지 않단 말이다!"

자간의 말이 끝나기도 전에 고메리는 마술을 구사해서 도주를 꾀한다.

——하긴 그렇게 되겠지.

벌써 두 달도 전의 일이지만, 고메리는 스승인 오리아스를 잔뜩 화나게 만들었음에도 불구하고 그대로 도망쳤다. 재회하면 어떤 벌이 기다리고 있을지 상상도 할 수 없으니 그녀가 이런 반응을 보이는 건 지극히 당연하다고 할 수 있었다.

하지만 자간도 이 정도 반응은 예상하고 있었다.

재빨리 목덜미를 낚아채려고 했지만 자간의 왼손은 아직도 라파엘을 잡고 있었다.

"으음, 역시 그냥 넘어갈 수 없다!"

"——아, 멍청아, 지금은."

라파엘이 다시 날뛰기 시작하는 바람에 자간의 자세가 살짝 무너지고 말았다. 그래도 고메리의 움직임이 예상대로라면 잡을 수 있을 터였다.

"나는 살 거다! 살아서 여인들을 사랑으로 함락할 거다!"

사력을 다하는 고메리의 회피 능력은 자간의 예상을 살짝 넘어섰다.

고메리는 그가 뻗은 손을 빠져나가더니 노파라는 사실이 믿기지 않을 정도로 날렵하게 문 밖으로 도망쳤다.

"도망을 쳤어? 저 녀석, 도망치는 기술이 더 좋아졌군."

성격은 논외로 하고 고메리는 유능한 부하이기 때문에 자간도 '상'은 충분히 주고 있다. 저 할망구, 그 '상'을 도망치는 능력을 강화하는 데 다 쏟아 부은 것 아니야?

자간은 한숨을 쉰다.

"키메리에스, 거기 있나?"

"부르셨습니까, 자간 씨."

목소리를 높이자 몇 초 되지 않아 거한인 마술사가 나타난다.

"고메리가 도망쳤다. 잡을 수 있겠나?"

"글쎄요……. 추적은 가능하지만 최근 들어 고메리 씨가 기척을 없애는 방법이 더 교묘해져서 시간이 걸릴 것 같습니다."

"너도 애를 먹을 정도라고……?"

자간은 깜짝 놀라며 머리를 흔든다.

"어쩔 수 없군. 뭐, 오리아스의 거점은 알고 있으니 혼자서도 괜찮겠지."

"고메리 씨는 어떻게 할까요?"

"일단 벌도 겸해서 잡아와. 그 자식, 요즘 쿠로카와 샤크스를 너무 괴롭히는 것 같더군."

"알겠습니다."

믿음직한 오른팔은 그 즉시 고메리의 뒤를 쫓아 달려갔다.

그러고 나서 겸연쩍은 듯이 가만히 있는 집사를 향해 시선을 돌린다.

"너도 적당히 해."

"비난하지 않는 건가?"

고메리를 놓친 이유의 절반은 이 집사 때문이다. 보기 드물게 의외라는 표정을 짓고 있는 라파엘에게 자간은 아주 진지하게 이렇게 대답했다.

"자기가 못하는 일을 부하에게 강요하는 남자를 나는 왕이라고 생각하지 않는다."

만약에 포레에게 연인이 생긴다면 지금 라파엘이 벌이는 소동은 아무것도 아닐 것이다. 물론 연인이 생기지 않으면 생기지 않는 대로 걱정이 되겠지만 감정이라는 것은 딱 잘라 결론지을 수 있는 게 아니다.

그렇게 대답하자 라파엘은 팔짱을 끼고 신음을 흘렸다.

"나는 그때도 똑같은 일을 할 거다."

"그래? 그렇다면 그 상대는 어떻게든 강해져야겠군."

〈마왕〉과 전 성기사장의 분노를 사고도 살아남을 수 있는 사람이 과연 있을까 싶지만, 그 정도가 아니면 딸을 맡길 수도 없다.

그리고 성장하지 않는 두 사람을 타박할 수 있는 사람은 불행히도 이 자리에 없었다.

"어쨌든 그런 사정으로 한동안 성을 비우게 될 것 같다."

끝까지 다 말하진 못했지만 오리아스의 이름은 라파엘에게도 들렸을 것이다. 날카로운 안광이 자간을 향한다.

"흐음. 오리아스라면 〈마왕〉의 이름이었던 것 같은데?"

"그래. 녀석의 힘이 필요해졌다. 지금 만나러 갈 생각이야."

――지금 그 누구보다 네피에게 힘이 되어줄 수 있는 사람은 그 녀석이다.

마법과 신령 마법 모두 네프테로스 이상으로 정통한 사람은 그 〈마왕〉 정도 밖에 없다.

게다가 오리아스는 네피의 어머니이다.

――뒤로 미뤄졌지만 마침내 네피와 오리아스를 마주하게 할 날이 왔군.

네피를 동요하게 만들 수도 있지만 그래도 만나게 해야 한다고 생각한다.

자간에게는 부모라 부를 수 있는 사람이 없기 때문에 상상밖에

할 수 없다. 그렇지만 부모라는 건 무조건적으로 자식을 지키고 힘이 되어주려는 존재가 아닐까? 적어도 자신이 포레에게 품고 있는 건 그런 마음이다.

그러니 분명 네피의 힘이 되어줄 것이다.

대충의 사정은 라파엘에게도 넌지시 이야기했지만 기본적으로는 숨기고 있었다. 하지만 충실한 집사는 고민스러운 표정을 짓더니 이렇게 말했다.

"나도 동행할 수 있을까?"

의외라면 의외인 제안에 자간의 눈동자가 동그래진다.

"호오? 무슨 바람이 분 거지?"

라파엘은 오른팔의 갑주를 높이 들었다.

"성검에는 다음 단계가 있다. 그 〈마왕〉이라면 조언을 해줄지도 모르지."

——〈마왕〉 안드레알푸스…… 아니, 미하엘이 사용한 【고해】말인가.

성검에 봉인된 천사를 해방하는 최종 형태라고 한다.

과거 선대 〈마왕〉 마르코시어스, 현룡 오로바스, 그 외에도 여러 명의 성기사장이 목숨을 잃은 전투가 있었다.

마족과 마신과의 전투다.

라파엘은 그 전투의 몇 안 되는 생존자이다. 그는 다음에는 반드시 이기겠다는 일념으로 현룡의 생피를 마셔서 살아남았고 교회와 마술사의 협력을 도모하는 '공생파'를 만들었다.

이 남자의 싸움은 전혀 끝나지 않은 것이다.

자간은 네피의 고향에서 발견한 수기를 통해 〈아자젤〉과 성검의 이름을 알게 되었다. 마찬가지로 숨겨진 마을 출신인 오리아스라면 분명 무언가 알고 있을 가능성이 높다.

조금 망설였다.

그와 오리아스를 만나게 해줘도 될까.

——하지만 성의 방어가 약해질 텐데,

〈천린〉을 준 고메리와 키메리에스는 밖으로 나갔다. 손님인 알시에라는 머릿수에 넣을 수 없다. 그렇다면 대부분의 부하들이 있더라도 성에는 네피와 포레만 남아 있는 셈이 된다.

〈마왕〉과 분란이 일어난 상황에서 방어를 낮추는 건 어리석은 짓이다.

그렇지만 자간은 고개를 끄덕였다.

"……좋아. 같이 가도록 하지. 그 녀석이 네가 기대하는 답을 가지고 있는지는 모르겠지만 동행을 허락하마."

——지금 상태의 **저 녀석**이라면 〈마왕〉을 상대로도 뒤처지지 않겠지.

이곳은 자간의 영지이다. 영지의 결계는 부하와 가족을 지키기 위해 작용한다. 설사 일이 잘못 되더라도 자간이 돌아올 때까지는 어느 정도 시간을 벌어줄 것이다.

"감사히 생각하오."

이렇게 해서 서툰 두 남자도 성을 뒤로 하게 되었다.

◇

"야호! 이것으로 아침 업무는 끝났어요! 휴식이라고요!"

점심 식사의 재료 준비가 모두 끝나자 셀피는 두 손을 들고 기뻐했다.

자간의 성에 있는 주방. 아침 식사의 뒷정리와 점심 식사의 재료 준비가 끝난 그곳에는 세 소녀가 있었다. 평소에는 인원수가 좀 더 많지만 오늘은 네피와 라파엘은 용건이 있어서 도중에 자리를 비웠고 릴리스는 병결이기 때문에 지금 멤버는 이 정도였다.

다행히 알시에라가 대신 들어와줘서 일손은 부족하지 않았다.

매일 있는 일이지만 매번 이렇게 전력을 다해 감정을 표현할 수 있다는 건 어떤 의미에서는 굉장하다고 포레는 감탄했다.

――자간이 셀피를 성에 둔 이유 중 하나도 그녀의 그런 점 때문일 거야.

자신과 네피 모두 감정 표현이 능숙한 편은 아니다. 그런 가운데 셀피처럼 척수반사적으로 살아가는 사람이 곁에 있는 건 쉬이 얻을 수 없는 자극이 되는 것 같다.

사실 포레도 자간에게 감정을 표현할 때는 셀피를 견본으로 삼는 경우가 있다.

……그대로 흉내 내는 건 이래저래 쑥스럽지만.

그런 셀피를 바라보고 있자 주방에 남은 다른 한 소녀가 작게 웃었다.

"쿡쿡, 용의 자식도 철이 많이 들었군요."

"……? 무슨 말이야?"

"아까 본 샤크스와 쿠로카 말이에요."

그러자 포레는 '아아' 하고 고개를 끄덕였다.

"자간과 네피를 보고 있으면 누구든 그렇게 돼."

그렇게 대답하자 셀피도 유쾌하게 말을 이었다.

"그 두 사람, 늘 어쩔 줄 몰라서 고민만 하거든요~."

"아냐. 그 정도면 제법 솔직하게 말할 수 있게 된 거야. 내가 온지 얼마 안 되었을 때는 훨씬 더 심했어."

그 대답에 알시에라도 두통이 나는 것처럼 이마를 짚었다.

"……은안의 왕도 참, 도대체 무슨 짓을."

"그래도 소꿉친구가 저렇게 어쩔 줄 몰라 하는 모습을 보니까 왠지 제가 다 민망한 거 있죠?"

천하태평을 그림으로 그린 것 같은 소녀가 이 정도로 말하는 걸 보면 어지간히도 그런 모양이다.

알시에라가 침통하게 고개를 끄덕인다.

"무리도 아니죠. 저 아이의 인생을 생각하면 미색에 넋이 나갈 여유 따윈 없었을 테니까요. 저 눈치라곤 없는 남자를 끌어당기려고 하는 것 같긴 한데 상대방이 끌어당기면 어떻게 하면 좋을지 모르는 법이죠."

그렇게 중얼거리다가 무언가 깨달은 것처럼 손을 짝 마주친다.

"세상에, 이렇게 즐거울 데가."

"고메리 같은 말을 하네."

포레가 어이없어하며 말하자 셀피가 힘껏 손을 든다.

"아, 맞다! 알시에라 씨, 홍차 좀 드릴까요? 제가 마실 것 좀 챙겨올게요."

"난 포도주가 좋겠어요."

"에이, 마시지 않는 게 좋아요. 아침에도 라파엘 씨가 화내는 것 보셨죠? 돌아오면 잔뜩 야단맞을 거라고요."

"어쩔 수 없군요. 그럼 홍차로 할게요."

"에헤헤, 제가 만드는 홍차는 라파엘 씨도 칭찬해줄 정도로 맛있거든요. 기대하고 계세요. 참, 간식은 뭘로 할까나."

신나게 주전자를 불에 올린 셀피는 먹을 만한 과자를 찾기 시작했다.

그러다 보니 어느새 포레와 알시에라, 단둘만 남게 되었다.

"그러고 보니 감사 인사를 하지 않았네."

포레가 혼잣말처럼 중얼거리자 알시에라가 고개를 갸웃거린다.

"감사 인사? 제가 감사 인사를 들을 만한 일이 있었던가요?"

짐작 가는 게 없는지 찾는 것처럼 시선을 위로 향하는 알시에라는 시치미를 떼는 게 아니라 정말 기억하지 못하는 것 같았다.

포레는 두 손을 무릎 위에 가지런히 모으고 자세를 바로 한 다음 머리를 꾸벅 숙였다.

"**그때** 나를 구해준 건 알시에라였어. 고마워."

언제 있었던 일인지 생각이 난 걸까, 알시에라는 나무라는 것처럼 눈을 가늘게 뜨더니 검지를 입술에 댔다.

"기억하고 있어요. 하지만 그 일을 입 밖으로 내선 안 돼요. 가능하면 그냥 잊도록 하세요. 그건 있어선 안 되는 일이니까요."

그 경고에는 얼마나 많은 생각이 담겨 있을까.

포레는 그 말의 의미를 곰곰히 생각하고 나서 작게 고개를 끄덕였다.

"알았어. 그럼 더 이상 말하지 않을게."

"똑똑한 아이군요."

"그 대신 말해줘."

알시에라는 곤란한 미소를 짓는다.

"어머, 저는 대답할 수 없는 게 더 많답니다."

"그냥 물어보기만 할게. 대답은 하지 않아도 돼."

그러고 나서 포레는 이렇게 물었다.

"알시에라는 어째서 자간을 이름으로 부르지 않는 거야?"

그건 지극히 당연한 질문이었다. 알시에라는 자간을 집요하게 '은안의 왕'이라고 부르고 있다. 셀피를 비롯한 다른 사람들도 너무 신경 쓰인다는 표정을 짓고 있었다.

하지만 포레의 질문은 그렇게 소박한 것이 아니라 어떤 확신을 가지고 있는 것이었다.

알시에라는 눈을 커다랗게 떴다.

"……역시 은안의 왕의 영애는 다르군요. 대답하기 곤란한 부분을 정확히 가리키네요."

속삭이는 것처럼 그렇게 중얼거리더니 어딘가 나른한 느낌이

나는 미소를 지으며 포레의 머리를 쓰다듬었다.

포레와 크게 차이 나지 않는 작은 손. 흡혈귀라서 체온도 없이 차가운 손.

——그런데 어째서일까. 따뜻해.

자간과 네피가 쓰다듬어줄 때와 똑같은 느낌이 났다.

한동안 쓰다듬어주는 대로 가만히 있자 머지않아 알시에라는 체념한 것처럼 입을 열었다.

"질문에 대한 답은 제게는 은안의 왕의 이름을 부를 **자격**이 없기 때문이에요."

대답해줄지 몰랐기 때문에 포레의 눈이 동그래졌다.

"그건, 중요한 일이야?"

"네. 제게는 그렇죠."

"아마 자간은 그렇게 생각하지 않을 거야."

포레는 그렇게 말했지만 알시에라는 고개를 가로젓는다.

"은안의 왕이 허락해도 저는 절대 허락할 수 없어요. 그래서 그런 거랍니다."

완고한 대답에 자기도 모르게 한숨이 흘러나온다.

"……서툴러 빠졌어."

"그럴지도 모르겠네요."

자각은 있는 모양이다. 밤의 일족인 소녀는 평소처럼 쿡쿡거리며 웃었다.

그러고 있는 동안 홍차 준비가 다 된 모양이다. 셀피가 쟁반에 홍차 세 잔과 쿠키를 담아서 돌아왔다.

"과자가 있었어요! 어제 네피 씨가 만든 쿠키랍니다."

"마음대로 먹으면 혼나지 않나요?"

"괜찮아요! 야단맞으면 사과하면 되거든요."

아무 생각 없이 깔깔거리고 웃는 셀피를 보는 포레의 입가가 부드럽게 풀어졌다.

"알시에라도 '죄송합니다'라고 하면 돼."

알시에라가 깜짝 놀란 것처럼 눈을 동그랗게 뜬다.

그런 반응을 어떻게 받아들인 걸까, 셀피도 쓴웃음을 짓는다.

"알시에라 씨도 라파엘 씨에게 야단맞을 만한 짓을 한 거예요? 괜찮아요. 라파엘 씨, 얼굴은 무섭게 생겼지만 솔직하게 말하면 용서해주니까요. 오히려 말하지 않으면 더 혼나요. 말하지 않으면 모른다면서요!"

더없이 천하태평인 대답에 알시에라도 곤란한지 웃음으로 대답했다.

"그 사람은 용서해주겠지만 사과하면 용서해줄 정도로 내 안에 있는 나는 마음이 넓지 않답니다. 아주 속이 좁죠."

자조하는 듯한 대답에 포레는 아무 말 없이 셀피가 가지고 온 쿠키를 베어 문다. 역시 네피가 손수 만든 쿠키는 다르다. 은은한 단맛과 향신료 향기가 절묘한 조화를 이루고 있었다.

"그러면 알시에라는 알시에라에게 진심으로 사과하면 되겠네."

그 모순된 조언에 흡혈귀 소녀는 하마터면 홍차를 내뿜을 뻔 했다. 포레는 홍차를 살짝 입에 머금고 자리에서 일어났다.

"알시에라가 용서할 수 있을 때까지 내가 지켜줄게."

그게 자신이 돌려줄 수 있는 단 한 가지 일이기 때문이다.

◇

"우후후, 참 네피다운 고민이네."

신나게 웃으면서 네피에게 옷을 대어보고 있는 건 익인족 친구인 마뉴엘라였다.

옷가게 점원인 그녀는 이야기를 하는 사이에 멋대로 옷을 갈아입히곤 한다. 이젠 네피도 익숙해져서 쓴웃음을 지으면서도 입혀주는 대로 가만히 있지만.

네피는 머리를 꾸벅 숙인다.

"감사해요. 예상이 빗나가서 곤란해 하고 있었거든요."

"괜찮아. 옷차림과 관련된 건 내 전문 분야니까."

참고로 지금 입고 있는 건 실크로 된 순백의 원피스이다.

"음~, 네피는 흰 머리에 피부도 하야니까 포인트가 될 만한 게 하나 더 있으면 좋을 것 같아. ……역시 이럴 때는 노출을——."

"——지금 같은 계절에는 외투가 더 적절하지 않을까요?"

늘 강제로 이상한 옷을 입게 되다 보니 네피도 선수를 쳐서 저지했다.

마뉴엘라가 입술을 삐죽인다.

"나 원, 네피는 매력적인 몸을 가지고 있기 때문에 좀 더 몸을 드러내는 패션에 도전해봐야 한다니까 그러네."

——그렇게 하면 자간 님이 기뻐해주실까……?

하지만 파렴치하다고 환멸을 사게 되면 어쩌나 생각하니 다리에 힘이 풀린다. 아니, 그보다 쑥스러워서 무리다. 네피는 머리를 붕붕 옆으로 흔든다.

"쑥스러우니까 됐어요."

"어머?"

마뉴엘라는 수상쩍은 미소를 짓더니 네피의 귓가에 얼굴을 가까이 대고 이렇게 속삭였다.

"그치만 지난번의 수영복은 마음에 들었지? 네피도 자간 씨도."

"하우우우?"

어떻게 그걸, 이라는 말을 하지 않은 자신을 칭찬해주고 싶다.

——물론 자간 님도 좋아해주셨고 나도 그건 기뻤지만!

자신도 나쁘지 않았다…… 고 할까, 마음에 들었을 것이다. 그렇지만 스스로도 확신을 가지지 못하는 마음을 이렇게 정확하게 지적당하다니.

네피가 괴로워하고 있자 마뉴엘라는 깔깔거리며 웃는다.

"아하하, 여전히 손을 잡기만 해도 얼굴이 빨개지는 네피와 자간 씨에게는 아직 이르겠지."

"어떻게 그런 걸 다 알고 계세요?"

"글쎄, 왜 그럴 것 같아?"

둘이서 마을에 올 때마다 그러고 있기 때문에 큐아노에이데스의 주민이라면 누구나 알고 있는 일이다. 하지만 마뉴엘라에게도 친구로서 그런 네피와 자간을 따뜻하게 지켜보는 희열…… 아니, 다정한 마음은 있었다.

다시 마음을 다잡으려는 것처럼 마뉴엘라는 새로운 옷을 꺼냈다. 귀족들이 입는 셔츠와 바지. 그리고 잠그는 부분에 금으로 된 체인을 사용한 검은색 망토였다.

"그나저나 그런 옷에 맞추려면 자간 씨는 이런 게 어떨까?"

"너무 근사한 것 같아요!"

평소의 자간을 부정하는 건 아니지만 가끔은 다른 옷을 입은 모습도 보고 싶은 네피였다.

마뉴엘라는 그 모습을 흐뭇하게 바라보다가 아쉬움의 목소리를 흘린다.

"맞다, 샤스틸도 장난감…… 이 아니라 다양한 옷을 입혀주고 싶은데~ 그 녀석, 우리 가게에는 영 들르지 않는다니까."

――장난감 취급을 당할 걸 알고 있기 때문이 아닐까요…….

네피가 쓴웃음만 지어 보이자 마뉴엘라는 창 너머로 보이는 교회로 시선을 준다.

"그 녀석, 지금은 성도에 출장 중이었지."

"네. 네프테로스도 같이 따라간 것 같아요."

"쿠로카 짱도 휴가를 얻었다고 하니까 지금 교회에는 세 바보들밖에 없겠네?"

"대화를 나누어보니 그 분들도 그렇게 나쁜 사람은 아닌 것 같았어요."

왠지 겁을 먹고 있는 것 같은 느낌이 들긴 했는데, 왜일까?

처음 만났을 때 한바탕 소동이 벌어지긴 했지만 설마 자간을 상대로도 기죽지 않은 태도를 취한 그들이 나무뿌리에 좀 맞은 일을 계속 마음에 두고 있을 리 없었다.

──그러고 보니 자간 님이 발바로스 님에게 뭔가 부탁했던 것 같은데.

샤스틸과의 사이에 대한 조언이 아니라 일과 관련된 것 같았다. 장소가 성도인 것과 뭔가 관계가 있는 걸까.

샤스틸이 교회에서 고립되어 있을지도 모른다는 이야기도 들어서 조금 신경 쓰였다.

네피의 표정이 어두워지자 재빨리 눈치 챈 마뉴엘라는 화제를 돌렸다.

"그렇지만 역시 네피는 조금 더 적극적으로 변해도 괜찮다고 생각해."

"그치만 어떻게 하면 되는지 몰라서……."

자간을 더 기쁘게 해주고 싶다거나 더 붙어 있고 싶다는 등, 네피에게도 욕구는 있다. 하지만 그 욕구를 어떻게 호소하면 되는지 도통 알 수가 없었다.

"음, 그렇긴 하겠지……."

오히려 그런 점이 좋은 거라고 말하는 것처럼 마뉴엘라는 고개를 끄덕인다.

"맞다, 단단히 마음먹고 자간 씨의 침대에 몰래 들어가거나……. 아~, 네피와 자간 씨에게는 아직 이르겠구나."

일단 말해보긴 했지만 역시 고개를 옆으로 흔드는 마뉴엘라를 보고 네피는 씁쓸한 미소를 지어 보였다.

"아뇨, 자간 님은 평소에 옥좌에서 주무시거든요."

"……아~, 그것도 원인 중 하나인가."

마뉴엘라는 머리를 싸매면서도 히죽 하고 수상쩍은 미소를 지었다. 그 얼굴은 고메리를 쏙 빼닮았다.

"그럼 만약 자간 씨가 침대에서 잘 기회가 있을 때 시험해보는 건 어때?"

자간의 침대에 숨어든다. 그 상황을 상상하자 얼굴이 뜨거워지고 심장이 미친 듯이 뛰기 시작했다.

그런데, 하고 네피는 고개를 갸웃거렸다.

"그런데 숨어들고 나서는 어떻게 하면 되는 거예요?"

"~~우후후후후후~~! 그래야 네피지! 괜찮아. 그냥 **옆에서 자는 거야**. 나머지는 자간 씨가 다 알아서 할 테니까. ……아주 즐거울 거야."

그렇구나, 하고 네피는 고개를 끄덕인다.

――예전에 무릎베개를 해줬더니 자간 님도 좋아해주셨지.

침대라면 또 다른 분위기가 날지도 모른다.

――게다가 살짝 흥미도 있구.

천박하다고 생각할 수도 있겠지만 침대 안이라면 힘껏 껴안아도 괜찮을 것 같은 느낌이 든다.

"그렇군요. 알겠습니다. 노력해볼게요."

'~~우후후후~~! 동지 고메리에게도 연락해둬야겠군!'

결의를 하긴 했지만 네피는 바로 옆에 있는 마뉴엘라가 음흉한 표정을 짓고 있다는 걸 끝까지 알아차리지 못했다.

결국 마뉴엘라의 가게에서 꽤 많은 시간을 보내고 말았다.

——쿠로카 씨를 치료해야 되는데 대체 뭘 하고 있는 건지…….

뭐, 그 일로 네피가 어두운 표정을 짓고 있으니까 마뉴엘라도 위로해준 건지도 모르지만.

정신을 바짝 차려야 돼. 그렇게 생각하면서 뺨을 찰싹 때리려고 할 때였다.

"——네피?"

"어, 아, 자간 님."

때마침 바로 앞에 있는 곁길에서 자간이 나오는 중이었다. 자세히 보니 옆에는 전신에 갑주를 걸친 라파엘——월포레의 갑옷 차림이다——을 데리고 있다. 평소 라파엘은 마을에 나오지 않기 때문에 보기 드문 조합이었다.

의외이긴 하지만 그는 친구의 행방을 찾거나 다른 〈마왕〉과의 충돌을 피하기 위해 마을에 내려오곤 한다. 이번에는 라파엘의 힘이 필요해진 것이리라.

네피가 달려가자 자간의 표정도 부드러워진다.

"돌아가는 길인가, 네피?"

"네. 이제 곧 저녁 식사 준비를 해야 되거든요."

자간의 말을 듣기 전까지는 시간이 그렇게 되었는 줄도 몰랐던 네피는 살짝 당황해서 대답했다.

"자간 님도 돌아가시는 길인가요?"

"그래, 같이 돌아가지…… 라고 말하고 싶지만 지금부터 성을 잠깐 비워야 될 것 같다."

네피는 귀를 떨면서 눈을 깜빡거린다.

"무슨 일이라도 있으신 건가요?"

"음. 찾을 사람이 좀 있어서……."

——친구인 마르크 씨인가.

친구에 대한 조사를 하던 자간도 지금은 고착 상태에 빠진 것 같았다. 좀 더 멀리서 단서를 찾으려는 것도 당연했다.

"알겠습니다. 조금, 쓸쓸——아, 아뇨, 무사히 돌아오시길 기다리고 있을게요."

이런 때에 자간의 발목을 잡아선 안 된다. 네피가 즉시 미소를 지어 보이자 자간은 곤혹스러운 듯 얼굴을 긁적였다.

"아니, 이번에는 네피도……. 뭐, 고메리를 비롯한 다른 녀석들도 따라오겠지만 같이 갔으면 하는데."

"네, 정말이에요?"

자기도 모르게 두 손을 마주 친다. 목소리도 평소보다 살짝 들떠 있었을지 모른다. 그리고 당연하지만 자간의 눈이 동그래졌다. 그 반응을 보고 네피도 자신의 실수를 깨달았다.

——아, 평소에도 늘 따라가고 싶었던 마음이 들켜버렸어.

얼굴을 보면 알 수 있다. '그래, 네피도 따라오고 싶었던 건가. 하지만 위험할 때가 더 많은데. 그렇지만 그 정도도 허용해주지 못하면 〈마왕〉이라 할 수 없지'같은 생각을 하고 있는 얼굴이다.

"저, 저기, 아니에요, 이건……."

"아니, 알겠다. 괜찮아. 잘 알고 있다니까!"

자간이 알고 있어서 곤란한 건데.

네피는 얼굴을 가리고 싶어지는 마음을 꾹 참고 주위를 두리번두리번 둘러본다.

“왜 그러지, 네피?”

“아, 그게, 이럴 때는 늘 고메리 님이 어딘가에 숨어서 수상쩍은 시선을 보내오곤 하잖아요. ……오늘은 보이지 않네요?”

고개를 갸웃거리자 자간은 어이없다는 한숨을 흘린다.

“그 자식, 오리아스의 이름을 꺼냈더니 그 자리에서 도망쳤지 뭐야. 지금은 키메리에스가 뒤를 쫓고 있다. 그러니 여기 와서 그런 수작질이나 할 여유는 없겠지.”

“아, 안 그래도 요즘은 쿠로카 씨와 샤크스 씨에게 정신이 팔려 있으니까요.”

“조금 자중하라고 말했는데 말이야.”

둘이서 메마른 웃음을 흘리는 동시에 고개를 갸웃거렸다.

——어라? 혹시 지금은 고메리 님에게 감시를 당하고 있지 않는 거야?

라파엘이 있긴 하지만 그 누구의 방해도 없이 단둘이 있는 건가?

그 사실을 깨닫자마자 망설임 없이 움직인 건 자간이었다.

네피의 두 손을 꽉 잡고 말한다.

“네피, 지금부터 성도 라지엘로 여행을 떠나자!”

"네!"

네피는 즉시 대답하고 굳은 표정을 지었다.

——성도라면 샤스틸 일행이 향한 곳?

이름은 들어봤지만 어디에 있는 곳인지조차 모른다.

"네, 성도라니, 지금 당장 말이에요?"

"그래! 포레에게는 내가 말해두지. 주방도 일할 사람을 늘려뒀으니 괜찮을 거다."

당황했다.

"저, 저기, 화내지 않을까요?"

"내가 괜찮다고 하는데 누가 화를 낸다는 거지?"

그 말을 들으니 납득할 수밖에 없었다. 자간의 부하는 그를 흠모해서 모인 사람들뿐이다. 여행을 떠난다고 하면 오히려 두 손을 흔들며 배웅해줄 것이다.

자간은 네피의 손을 잡은 채 눈꼬리를 내린다.

"네가 곤란하다고 하면 그만두겠지만."

그런 식으로 말하는 건 치사하다는 생각을 하며 네피는 그에게 잡힌 손을 얼굴 앞으로 들어올렸다.

"당연히 저도 가고 싶답니다."

이렇게 자간과 네피의 갑작스러운 성도 여행이 강행되었다.

"——응. 알았어. 여긴 괜찮아. 자간이랑 네피 모두 즐겁게 지내다 와."

자간의 성을 조금 벗어난 숲 속, 자간이 보낸 텔레파시에 포레는 그렇게 대답했다.

——예전엔 텔레파시 같은 것은 사용하지 못했는데 또 새로운 걸 배웠네.

역시 자간이라고 해야 될까, 자신이 강해졌다고 생각하면 그는 그보다 더 앞서 가 있다.

터무니없을 정도로 먼 뒷모습. 하지만 그렇기에 포레가 흠모하고 존경할 수 있는 아버지라고 생각한다.

「미안하다. 너도 데리고 가주고 싶다만…….」

"괜찮아. 나를 소중히 여기고 있다는 건 잘 알고 있어. 그러니까 자간도 자신의 시간을 소중히 하도록 해."

자간이 네피와 단둘——라파엘도 따라간 것 같긴 하지만——이서 여행을 가고 싶다고 말해준 건 처음이다.

거기에 응해주지 않는 것이야말로 불효다. 그래서 포레는 진심 어린 축복과 함께 텔레파시를 보냈다.

……아마 잘 도착했을 거야.

머지않아 자간의 텔레파시는 끊어졌다.

다른 전언도 몇 가지 부탁받은 게 있어서 처리해야 한다. 그들이 돌아오려면 사흘은 걸릴 것이다. 네피와 라파엘이 없는 주방의 일처리와 쿠로카의 치료는 그 이후가 될 것이라는 연락. 그리고 마르크에 대한 정보 수집이다.

"그래도 먼저 이쪽."

그리고 시선을 향한 곳에는 소녀 같기도 하고 소년 같기도 한 마술사가 있었다.

"히히히, 자간에게 도움을 요청하지 않았냐? 제법 용감하군."

어떻게 된 일인지, 〈마왕〉 비프론스가 그곳에 있었다.

——아침부터 이상한 시선이 느껴진다 했어.

그래서 성 주위를 둘러보고 있었는데 생각지도 못한 침입자와 마주치고 말았다.

처음 만났을 때는 압도적인 마력 앞에서 보기 흉하게 엉덩방아를 찧었었다. 자간이 없었다면 그 배에서 살아서 돌아오지 못했을 것이다.

그렇게 무시무시한 〈마왕〉이 자간의 지각조차 속이고 숨어들어 자신의 앞에 서 있다.

그 어느 때보다 절망적인 상황이다.

그럼에도 불구하고 포레는 동요하는 기색 없이 말한다.

"돌아가, 비프론스. 지금은 싸우고 싶지 않아."

자간과 네피는 돌아오지 않는다. 라파엘도 없다. 고메리와 키메리에스도 아직 돌아오지 않았다.

이곳에 있는 건 포레뿐이다.

도와주러 와줄 사람은 없다.

부탁하는 말에 앳된 모습을 한 〈마왕〉은 기분이 좋아진 것처럼 미소 짓는다.

"음. 얼마나 씩씩한지 나라도 지켜주고 싶어질 정도로 귀엽군. 내 인형도 너만큼만 귀여웠으면 얼마나 좋았을까."

감탄한 것처럼 여러 번 고개를 끄덕이더니 악의라고는 찾아볼 수 없는 미소를 짓는다.

"그런 네가 부탁하는 거니까 나도 들어주지 않을 수 없지. 물론 **네 태도 여하**에 따라서 말이야."

더없이 천진난만한 미소였지만 내뱉은 건 시커먼 악의로 점철된 말이었다.

포레도 그런 식으로 나올 것 정도는 각오하고 있었다.

"뭘 하면 되지?"

"뭐, 그렇게 어려운 건 아니야. 네 힘을 조금 빌리고 싶은 것뿐이거든. 아니, 힘이라기보다는 눈인가?"

"눈……?"

"그래. 내 눈과 네 눈을 바꾸는 거다. 그렇게 하면 난 네가 본 것을, 넌 내가 본 것을 공유할 수 있지. 어때? 꽤 재미있을 것 같지 않아?"

악마의 계약이라는 것을 금방 알 수 있었다.

그래도 한 번쯤 고려해 볼 가치는 있는 제안이다.

——비프론스가 대체 무엇을 봤는지 알게 되면 자간에게 도움

이 될까?

도움은 되겠지만 자간은 기뻐하지 않을 것이다. 게다가 포레가 얻은 정보가 그대로 새어 나가는 데서 오는 불이익은 너무 크다.

――무엇보다 비프론스가 '눈'만으로 끝낸다는 보장이 없지.

이 마술사가 쿠우라는 가여운 호수인 소녀에게 빙의되어 있었던 건 포레도 알고 있다. 눈이라는 대가를 빼앗기고 자신이 더 강한 꼭두각시가 될 리 없다는 생각을 할 정도로 포레는 멍청하지 않다.

싸우지 않고 비프론스를 돌려보낼 수 있다는 이익을 따져봐도 불이익이 더 크다.

포레는 숙고 끝에 고개를 옆으로 흔들었다.

"그건 못하겠어. 자간이 싫어할 거야."

"어라? 나쁘지 않은 조건이라고 생각했는데. 그렇다면 넌 뭘 줄 수 있지?"

그 짓궂은 질문에 포레는 머리를 꾸벅 숙였다.

"부탁드립니다. 돌아가 주세요."

이건 포레 나름대로 진심을 담은 부탁이었다.

예전의 포레라면 설사 상대가 〈마왕〉이라도 이렇게 머리를 숙이지 못했을 것이다.

――이 정도로 자간과 알시에라를 지킬 수 있다면 싸게 먹히는

셈이지.

그런 포레의 생각에 비프론스는 크게 웃음을 터뜨렸다.

"으하하, 부탁이라니, 너, 아하하하하하하! 이렇게 진지하게 재미있는 말을 하는 건 처음 들어! 농담하는 센스도 네프테로스보다 낫잖아! 아하하!"

명백히 경멸하는 웃음이었다.

그래도 포레는 숙인 머리를 들지 않았다.

"……돌아가, 줄 거야?"

"아하하하, 음, 이렇게 즐겁게 해줬으니까 들어주고 싶긴 한데. 나도 심심해서 시비를 걸러 온 건 아니라서 말이야."

눈에 눈물까지 맺혀가며 웃었지만 그래도 〈마왕〉은 악의 어린 말을 꺼낸다.

"그래도 즐겁게 해준 대가로 아프지 않게 해줄게. 무섭지도 않을 거야. 잠깐만 눈을 감고 있으면 돼. 그러면 금방 끝내줄게."

포레는 낙담해서 어깨를 늘어뜨린다.

"……그래? 안 된다는 거구나."

"너무 낙담하지 마. 난 네가 더 마음에 들었으니까."

그제야 포레는 한숨과 함께 얼굴을 들었다.

"――그럼 돌려보내는 수밖에 없지."

호박색 눈동자에 확실한 결의를 담아서 그렇게 선언한다.

이 또한 기대했던 반응이었는지 비프론스는 즐거워서 참을 수 없다는 미소를 지었다.

"그래야 현룡의 딸이지. 상으로 마술의 기초에 대해 조금 가르쳐줄까."

혼자 있는 포레에게 〈마왕〉은 무자비하게도 그렇게 말했다.

먼저 공격한 건 포레였다.

"――흑룡 〈마르바스〉――."

소리 높여 부르는 것과 동시에 한 손을 든다.

순식간에 검은 용의 발톱이 나오더니 앳된 〈마왕〉의 몸을 찢어놓는다.

발톱에 닿는 느낌이 이상했다. 분명히 찢어놓았는데 물이라도 긁는 것처럼 묵직한 감각. 형태가 있는 물체를 도려낸 느낌은 아니었다.

"히히, 이게 네 새로운 힘이냐? 파괴와 함께 마력까지 집어삼킨다. 자간의 〈천린〉을 참고한 것이군. 나쁘지 않아. 무엇보다 **마술보다 빠른** 점이 매력적이야."

단 일격에 모든 특성을 간파 당하자 포레는 내심 이를 갈았다.

――역시 〈마왕〉은 두려운 존재야.

비록 복제이긴 해도 안드레알푸스를 쓰러뜨린 데카라비아도 이 힘이라면 일격에 물리칠 수 있다. 그래도 진짜 〈마왕〉에게는 미치지 못했다.

비프론스의 몸은 부서지자마자 먼지 같은 것들이 모여서 재생되기 시작했다.

――엄청난 재생력.

예전에 자간은 네프테로스에게 〈마왕〉을 죽일 수 있는 힘을 준 적이 있다. 하지만 비프론스는 그 힘에 몇 번이나 당하고도 부활했다고 한다.

이게 바로 그 이유일까.

무엇보다 〈마르바스〉가 입히는 상처는 저주다. 마술로도 재생이 불가능할 텐데 어째서 전혀 효과가 없는 걸까.

포레는 호박색 눈동자로 비프론스의 몸을 **본다**.

——아니야. 이건 살아 있는 생물이 아니야!

먼지 같은 '무언가'이다.

아니, 먼지보다는 마력의 결정 같은 건가. 글자 그대로 모래알 정도 되는 크기의 결정에 미세하고 정교한 주문과 마법진이 새겨져 있다.

비프론스의 몸은 그런 결정이 모여서 만들어진 군체(群體)였던 것이다.이런 것을 제어하려면 도대체 어느 정도의 기량과 마력이 필요한 걸까. 현재 포레의 능력으로는 불가능하다.

자간의 결계로도 인지하지 못할 만하다.

——이런 것이 체내에 들어오면…….

생각만 해도 소름이 돋는다.

"히히히, 보인 모양이군. 이건 서비스야. 다른 마술사에게는 비밀이란다."

기초라는 선언대로 비프론스는 일부러 포레에게도 보이도록 행동한 모양이었다. 마음만 먹으면 포레가 호흡만 해도 체내를 침식할 수 있을 것이다.

그리고 이것을 가르쳐준다는 건 이제부터 포레의 몸에 무슨 일이 일어날지 미리 알려주는 것이기도 하다.

그래도 포레는 공포에 굴복하지 않았다.

"——〈천린 · 설월화〉——."

조용히 외치자 주위에 무수히 많은 빛이 떠올랐다. 눈가루 같은 그 빛들은 자간이 만든 수호의 열쇠인 〈천린〉의 파편이다.

비프론스가 눈썹을 찌푸린다.

"〈천린〉……? 그걸로 나를 막지 못한다는 건 알고 있을 텐데?"

맞다. 자간 또한 이건 포레를 지키는 비늘로서 가르쳐주었다. 공격 수단도 아니고 비프론스의 마술로부터 몸을 지키지도 못한다.

그걸 알고도 포레는 이 마술을 불러냈다.

비프론스를 쓰러뜨리기 위해 필요하기 때문이다.

그때 포레가 무엇을 했는지, 비프론스도 알지 못했을 것이다.

포레는 강대한 적을 앞에 둔 채, 무방비하게도 두 팔을 벌리고 눈을 감았다. 마치 전의를 상실한 것처럼 보이기까지 했다.

그리고 작게 숨을 들이쉬더니 노래하는 것처럼 입술을 떨었다.

"뭐——."

얼빠진 목소리를 낸 건 비프론스였다.

그 직후, 소리도 없이 세계가 폭발했다.

범위는 10여 미터. 비프론스를 중심으로 대지가, 나무들이, 대기가 부서져서 먼지로 변했다.

비프론스였던 존재도 경악의 감정을 얼굴에 붙인 채 무너져 내린다.

그 모습을 확인할 여유도 없이 포레도 무릎을 꿇었다.

"하아――하아――."

거친 숨을 몰아쉬자 목구멍 너머에서 뜨거운 것이 역류해온다. 입 안에 퍼지는 건 녹이 슨 쇠 같은 냄새. 위에 있던 잔류물이 아니다. 피다.

――반동을, 억제하지 못했어.

비프론스의 몸은 부서졌지만 자신에게도 타격이 돌아왔다. 실전에서 사용하기에는 아직 미완성 상태다.

그래도 〈마왕〉을 상대하려면 이것 말고 다른 방법은 없었다.

「깜짝, 놀랐다……. 이런, 힘이, 있었다니.」

"비프론, 스……."

역시 〈마왕〉은 다르다고 해야 할까. 군체는 파괴했지만 아직도 목소리가 들렸다.

「옳거니, 용의 포효라는 건가. 자신과 흑룡 〈마르바스〉의 포효를 공명시켜서 〈설월화〉 안에서 더 반향 증폭시켰다, 맞지?」

불완전하긴 해도 포레가 가한 일격을 비프론스는 한눈에 간파했다.

「후후후, 아주 훌륭해. 널 얕봤던 걸 진심으로 사과하지. 자간의 딸――아니, 마술사 '망령' 월포레.」

포레의 눈이 휘둥그레진다.

이건 〈마왕〉이 포레에게 경의를 표한다는 뜻이었다.

〈마왕〉은 갈라진 목소리로 말을 이어간다.

「네 그 〈마르바스〉의 힘, 몸에 두르고 있진 못하는 건가? 나라면 그것으로 몸을 지킬 텐데.」

포레가 노려보자 비프론스는 보기 드물게 악의가 느껴지지 않는 목소리로 계속 말했다.

「너무 화내지 마. 이건 순수한 마음으로 해주는 조언이니까. 아무리 그래도 마술의 발전을 기뻐하는 마음 정도는 나도 있거든? 그 증거로 이번에는 깔끔하게 물러나도록 하지.」

그게 거짓말이 아니라는 증거라고 말하는 것처럼 주위에서 비프론스의 마력이 사라지기 시작한다.

「아, 맞다. 그러고 보니 방금 그 힘, 이름이 있어?」

말의 의도는 알 수 없었지만 포레는 고개를 가로저었다.

「그렇다면 이 이름을 선물하지――〈신음(神音)〉――〈마왕〉조차 쓰러뜨리는, 신이 내는 소리다. 네게 딱 어울려.」

그 말을 마지막으로 비프론스의 기척은 완전히 소멸되었다.

――정말 무슨 생각을 하고 있는지 모르겠어.

몇 초 정도 어안이 벙벙한 채 있다가 뒤이어 치밀어오른 건 강렬한 분노였다.

"어째서, 그 말을, 네프테로스에게는 해주지 못하는 거냐고!"

마치 탄식하는 것처럼 외친 그 목소리는 숲속으로 허무하게 사라졌다.

◇

"——커헉."

비프론스는 피를 토하며 쓰러져 있었다.

그곳은 〈마왕〉의 거점 중 하나였다.

본격적으로 만들었던 연구 거점은 예전에 자간의 손에 의해 파괴되었다. 이곳은 성 정도 되는 규모는 아니라서 예비용 연구 재료를 보관하는 정도로 사용되고 있다.

그런 만큼 자간의 마술에 걸린 현재의 자신과 마찬가지로 쫓기는 신세인 시어칸이 몸을 숨기기에는 최적의 장소였다.

——이번에는 장난삼아 한 것이 아니었는데. 무시무시한 힘이다…….

회복하지 못할 정돈 아니지만 지금은 목소리도 나오지 않았다.

그렇게 엄청난 힘을 가진 수하를 숨기고 있으면서 고메리와 키메리에스 정도를 오른팔이라고 공언하고 있으니 자간도 예사롭게 볼 남자는 아니다.

사실 자간은 가족은 부하로 치지 않는 것뿐이지만 비프론스에게는 이해할 수 없는 이야기일 뿐이었다.

비프론스의 마술은 포레가 간파한 것처럼 마력의 결정을 조종하는 힘이다. 이미 본체라고 할 것은 없고 미세한 먼지 하나하나가 비프론스이자 무리 그 자체인 것이다. 이런 몸이 된 시점에서 '날개'라는 개념은 상실되었다.

뭐, 그런 자신에게 '계약의 마술' 따위를 건 자간이야말로 정말 무시무시한 존재일지도 모르지만.

월포레가 선보인 마술은 그런 자신에게는 천적이라고도 할 수 있는 힘이었다.

――소리라는 성질상, 그 어떤 마술이라도 완벽하게 막는 건 불가능해.

무엇보다 그 소리는 비프론스라는 **존재** 자체에 타격을 주었다.

그야말로 방어도 회피도 불가능한 악몽 같은 힘이다. 그 마술이 완성되었다면 비프론스는 완전히 죽어 사라졌을지도 모른다.

――무엇보다 그건 지난번에 자간의 엘프가 사용한 힘이다.

월포레가 어디까지 자각하고 있는지 모르겠지만 그건 〈아시엘 이메라〉의 날에 시어칸에게 일격을 가한 신령 마법 〈시공의 낫(알게이 폰테스)〉이다.

하이 엘프 두 명과 마왕 후보인 마술사 두 명, 거기에 현역 〈마왕〉의 직계 제자와 성기사장으로 이루어진 여섯 명이 한꺼번에 발한 힘을 그 소녀는 혼자 선보였다.

자간에게 훔친 것도 아니고 네페리아에게 배운 것도 아니다. 두 부모에게 받은 걸 스스로의 힘으로 만들어내서 완성시킨 것이다.

아니, 이건 그렇게 간단한 문제가 아니다.

〈천린〉을 소리굽쇠처럼 사용하는 건 자간조차 상상하지 못했을 터. 그런데 그 마술을 한창 〈마왕〉과 교전 중이라 정신이 없는 상황에서 선보인 것이다. 장대한 기도를 필요로 하는 신령언어를 능가한다고 평가하지 않을 수 없다.

그런 기적 같은 성장에 비프론스는 감동까지 했다.

"음, 젊은 마술사의 성장을 직접 본다는 건 꽤 기분이 좋은 일이군. 자간이 곁에 둔 것도 이해가 돼. 그 아이라면 내 〈각인〉을 물려줘도 괜찮겠어."

그건 이 사악함을 그림으로 그린 것 같은 〈마왕〉이 흘린 본심이었다.

비프론스가 자간의 성에 침입한 건 알시에라의 확보가 목적이었다. 시어칸과 계약을 한 이상, 지금까지처럼 느긋하게 놀 생각은 없었다.

그럼에도 불구하고 그 소녀는 이 〈마왕〉을 쫓아냈다.

불과 반년 전에 배 위에서 만났을 때와는 완전히 다른 사람이다. 성장 속도로 따지면 자간보다 더 빠를지도 모른다. 자간이 〈각인〉을 계승했을 시점에 그녀가 이 차원에까지 도달했다면 비프론스는 분명 그녀를 추천했을 것이다.

이렇게 무릎을 꿇은 지금, 존경심까지 느껴진다.

——히히, 내가 다른 사람을 존경한다고? 이렇게 우스운 일이 또 있을까.

이윽고 몸을 일으킬 수 있을 정도까지 회복되자 비프론스는 머리를 흔들었다.

"아니지, **아직은** 죽을 수 없지."

목숨을 걸어야 할 목적이 생겼다.

그래서 시어칸처럼 죽다 만 놈과 손을 잡은 것이다.

뇌리에 떠오른 건 그 사랑스럽고 괘씸한 인형의 얼굴이었다.

——어째서, 그 말을, 네프테로스에게는 해주지 못하는 거냐고.

마지막에 외친 포레의 목소리는 똑똑히 들렸다.

——만약 네프테로스에게 칭찬하는 말을 해줬더라면 무언가 바뀌었을까…….

머릿속에 떠오른 넋두리를 앳되게 생긴 〈마왕〉은 웃어넘긴다.

"……히히, 쓸데없는 참견이다."

그런 순수한 마음이 남아 있었다면 애당초 비프론스는 〈마왕〉 따윈 되지 못했다.

그 순간, 드르륵 바퀴가 굴러가는 소리가 가까이 다가온다.

휠체어다.

"비프, 론스, 무슨 짓을, 한 거지……?"

"여어, 내 친구, 시어칸. 맹우의 연구를 좀 도와줄까 싶어서 말이야. 그나저나 이번에는 실패한 것 같아."

호랑이 얼굴을 한 마술사는 휴우, 휴우, 하고 바람 빠진 것 같은 목소리로 말한다.

"그건, 아무 대책 없이 덤벼서, 이길 수 있는 상대가, 아니다."

그가 말하고 있는 대상은 흡혈귀이다.

——알시에라 근처까지도 가지 못했다는 건 말하지 말자. 음.

그렇게 수치스러운 일이 알려지면 이 〈마왕〉을 처리해버리고 싶어질 것 같다. 아직 자간의 마술도 풀리지 않았는데 그건 안 될 일이다.

비프론스는 쾌활하게 웃는다.

"경솔했던 건 사실이야. 이곳의 위치를 냄새 맡았을지도 몰라. 장소를 이동하지. 아무도 모르는 거점이 아직 몇 군데 더 있으니까 걱정하지 않아도 돼."

그렇게 말하고 휠체어를 밀어주려고 하자 호랑이 얼굴을 한 마술사는 고개를 살짝 옆으로 흔들었다. 이게 최대한 해보일 수 있는 몸짓인 것이다.

――그 《호랑이의 왕》이 이렇게 비참한 모습으로 전락하다니.

이 말라비틀어진 목은 뭐지? 뒤에서 살짝만 힘을 줘도 고목처럼 부러질 것 같잖아.

그렇게 사악한 생각이 떠올랐지만 곧 떨쳐낸다.

이 〈마왕〉은 안드레알푸스와 나란히 장수를 해왔다. 비프론스가 알지 못하는 카드 한두 개 정도는 준비해두고 있을 거라고 봐야 한다.

비프론스는 아주 천진난만한 아이처럼 고개를 갸웃거린다.

"왜 그래, 시어칸? 내 은신처가 마음에 안 들어서 그래?"

"그보다, 부탁이, 있다."

호오, 하고 비프론스는 한숨을 흘린다.

설마 그로부터 이렇게 특수한 말을 듣게 될 줄은 몰랐다.

――일단 협력할 마음은 든 모양이군.

그런 생각을 하게 만들기 위한 연기인지도 모르지만.

어쨌든 〈마왕〉을 상대로 한 흥정만큼 즐거운 오락도 별로 없다.

"내가 할 수 있는 일이라면 뭐든지 말해. 소중한 맹우잖아. 아하하하하!"

그 소중한 맹우의 부탁을 들어주려고 얼굴을 가까이 가져간 비프론스는 이내 눈썹을 찌푸리게 되었다.

"――〈아자젤의 지팡〉――라고?"

시어칸의 말에 따르면 흡혈귀 알시에라를 노리는 것보다는 현실적인 방법이라고 한다.

――**그것**과는 또 다른 것…… 인가?

〈아자젤의 지팡이〉――그렇게 듣고 제일 먼저 떠오른 건 어떤 소녀가 들고 있던 지팡이다. 그 지팡이가 〈아자젤〉이라는 이름과 관련이 있는 신기(神器)라는 걸 비프론스는 알고 있다.

하지만 시어칸이 말하는 건 다른 물건인 것 같았다.

그리고 한마디 더 덧붙인다.

"뭐? 네 부하가 벌써 잠입해 있다고? 아~, 그래서 그 아이들이 실패한 건가――. ……하아. 서로 부하 때문에 고생이 많구나."

네프테로스의 일도 있고 해서 이 일에 관해서는 비프론스도 어느 정도 동정했다.

――뭐, 내게 부탁할 정도이니 적의 손에 떨어지지만 않으면 아무래도 상관없겠지만.

가능한 한 재미있는 장난감이면 좋겠는데.

정말 뛰어난 마술사에게는 비할 데 없는 존경을 보이는 것이 이 〈마왕〉이지만 애당초 비프론스라는 마술사의 본성은 썩었다.

"하지만…… 〈아자젤〉——〈아자젤〉의 유산이라."

비프론스는 감로수라도 머금고 있는 것처럼 입안에서 그 이름을 반복한다.

——**내 성검** 외에도 현존하는 유산이 있었을 줄은 몰랐어.

애당초 그것을 들고 자간과 싸웠다가 빼앗긴 건 비프론스다.

하지만 그건 이미 비프론스의 곁을 떠났다. 유도는 가능해도 이제 와서 완벽하게 제어하는 건 어렵다.

——네프테로스 일이 있긴 했지만 그때 사용하고 버린 건 아까웠어.

하지만 자간은 **그 소녀**의 가치에 대해서는 전혀 눈치 채지 못하고 있다.

멍청한 이야기이다. 시어칸도 그 가치를 알고 있었기 때문에 그렇게 집착했던 건데.

——하지만 시어칸이 무슨 생각을 하고 있는지도 잘 모르겠단 말이야.

희귀종 사냥 같은 멋진 이벤트를 벌려놓고 누군가를 지키니 구해주니 어쩌니 하며 횡설수설하고 있다.

어쨌든 이 남자도 〈마왕〉이라는 이름을 가진 마술사이다. 정상적인 사고는 애저녁에 버렸다.

"——유산이 있는 곳은 **성도 라지엘**이라고 했지? 또 골치 아파지겠군. 뭐, 가능한 한 즐기도록 해야지."

인연이 있는 〈마왕〉은 서로 이끌리는 것처럼 성도로 향했다.

◇

다음 날. 자간과 네피는 아침부터 흔들리는 마차에 몸을 싣고 있었다. 어젯밤에는 성으로 돌아가지 않고 큐아노에이데스에서 마차를 수배하고 숙소를 빌렸다. 고메리를 막기 위한 결계도 강하게 쳐두었으니 발견되진 않았을 것이다.

자간은 마술사의 로브를 벗고 실크 셔츠와 검은색 바지, 놋쇠로 된 벨트, 가슴팍에는 진홍색 타이로 이루어진 귀족 같은 차림을 하고 있다. 외투로 입는 검은 망토도 있다.

네피도 차분한 분위기를 풍기는 하얀 원피스에 속이 살짝 비치는 카디건을 걸치고 있다. 드레스처럼 화려하진 않지만 기품 있는 양갓집 규수 같은 모습이다. 물론 목에는 투박하게 생긴 목걸이를 하고 있지만.

——이럴 때는 벗어둬도 괜찮을 텐데.

네피는 '이럴 때'일수록 더 차고 있고 싶다며 거부했다.

이 목걸이는 자간과 네피의 첫 유대를 나타내는 증거이다.

그걸 이렇게까지 소중히 해주는 건 솔직히 기뻤다.

커다란 6인용 마차이지만 자간이 전세를 냈기 때문에 마차 안에 있는 사람은 둘뿐이다.

그런 둘만의 공간에 낮은 목소리가 울려 퍼진다.

"왕이여, 이 속도라면 저녁에는 성도에 도착할 것 같소."

"호오. 생각보다 빠르군. 계속 수고해."

마부 자리에 앉아 마차를 몰고 있는 라파엘이다.

그 역시 월포레의 갑주에서 **평범한** 기사풍 갑옷으로 갈아입었다. 지금 시기에 기사라고 하면 당연히 성기사를 가리키지만 교회에 소속되어 있지 않은 기사도 존재한다. 그들의 임금과 지위, 훈장은 그 지방의 영주——정확하게는 왕이지만——가 주고 있다.

물론 마술도 사용하지 못하고 세례 갑옷도 없는, 종이 호랑이에 지나지 않지만.

현재 자간 일행은 그런 두 귀족과 동행중인 기사라는 설정을 하고 있었다.

네피는 쑥스러운 듯 원피스를 집어 든다.

"이런 옷은 처음이라 왠지 마음이 진정되지 않아요."

"그래. 하지만 평소와 다른 옷도 괜찮은 것 같군."

——사복을 입은 네피, 너무 귀엽잖아. 왜 좀 더 이런 걸 사주지 않았던 거지?!

참고로 옷을 고른 사람은 늘 그렇듯 마뉴엘라이다. 당연히 실컷 그녀의 손에 놀아났지만 이번에는 허용해줬다.

무려 단둘만의 여행이다.

예전에도 호수나 류카온의 해저도시 등, 여행 자체는 갔었지만 단둘이 가는 건 이번이 처음이다.

자간은 새삼 옆에 있는 네피를 향해 시선을 준다.

역시 마뉴엘라의 센스는 발군이다. 청초하고 세련된, 누가 봐도 반할 것 같은 사랑스러움이다.

"난 지금 네피의 모습도 마음에 든다. 그런 옷이 더 없는지 찾아다니고 싶을 정도야. 물론 네가 싫다면 그만두겠지만."

"싫을 리 없잖아요!"

네피는 붉게 물든 귀를 쫑긋 세우고 말한다.

그러더니 양손 검지를 조심스럽게 만지작거리면서 말을 이어나갔다.

"저기, 그렇게 말씀하신다면 저 역시…… 지금 자간 님이 입고 계신 옷, 그, 근사하다고, 생각해요."

——으으으음, 그런 말을 해주는 거냐!

옷이 예뻐서 좋다고 말할 줄 알았는데 생각지도 못한 반격이다. 그렇지만 자신의 옷도 마음에 들어 하고 있다는 건 계속해서 스커트와 카디건의 위치를 신경 쓰고 있는 것만 봐도 알 수 있었다.

"그, 그래? 그럼 성도에서 괜찮은 옷도 좀 찾아보도록 하지."

"——아, 네!"

침묵.

잠시 후, 네피는 곤란한 듯 입을 연다.

"저, 그런데 정말 괜찮을까요?"

"뭐가 말이냐?"

"쿠로카 씨 일도 있는데 성을 저대로 내버려둬도 되는지……."

고메리(훼방꾼)의 감시를 벗어난 김에 거의 납치하다시피 데리고 왔다. 네피가 불안해하는 것도 당연하다.

——오리아스에 대해서는 아직 말할 수 없고…….

성도로 가고 있는 건 당연히 그녀와 관계된 일 때문이지만 지금은 이야기할 수 없다.

자간은 천천히 등받이에 몸을 기댄다.

"네피, 그래서 더 그런 거다."

"그래서 더 그런 거라구요?"

"음. 큰일을 앞에 두고 긴장되는 건 이해해. 하지만 너무 긴장하면 막상 일을 시작할 때 실이 끊어질 수도 있어. 큰일을 앞두고 있기 때문에 더더욱 어깨에서 힘을 뺄 필요가 있다는 거다."

그렇구나, 하고 네피는 고개를 끄덕이다가 갸웃거린다.

"그렇지만 자간 님이 그렇게 어깨에서 힘을 뺀 모습은 한 번도 본 적이 없는 것 같은데요……."

"응, 네피와 있을 때는 늘 그런데?"

"히읏, 저, 저기, 어느 쪽이냐 하면, 굳어 있으신 것 같은……."

생각지도 못한 지적에 자간도 횡설수설했다.

"그러니까, 음. 그것도 틀린 건 아닌데…… 그래도 긴장하는 건 네피도 마찬가지잖아?"

"그, 그건, 저——."

함께 살기 시작한 지 8개월이라는 시간이 지났음에도 불구하고 두 사람은 조금도 성장하지 않았다.

삶은 문어처럼 빨개지는 두 사람의 모습에 라파엘이 쓰게 웃으며 말을 건다.

"왕이여, 즐거운 시간을 방해해서 미안하지만 잠깐 이야기 좀 할 수 있을까?"

"무슨 일이지?"

"성도에서는 '자간'이라는 이름은 꺼내지 않는 게 좋다. 왕이 신경 쓸 일은 아니지만 훼방꾼이 늘어나게 될 거야."

완전히 잊고 있던 일을 지적다아자 자간은 그렇군, 이라며 고개를 끄덕였다.

"그랬군. 관광을 즐기려면 〈마왕〉의 이름은 숨겨야겠지."

네피가 곤란한 듯 고개를 갸웃거린다.

"그럼 저는 자간 님을 뭐라고 부르면 될까요? 예전처럼 '주인님'이라고……."

"데이트다. 주인님은 안 돼."

"하우, 데이트……!"

아무래도 눈치 채지 못하고 있었다…… 기보다는 의식하지 않도록 하고 있었던 것이리라. 네피는 귀가 더 빨개져서 당황한다.

"그나저나 이거 꽤나 문제로군……. 가명 같은 건 생각해본 적도 없는데."

네피가 부를 테니 이상한 이름은 안 된다. 하지만 성은 말할 것도 없고 본명조차 모르기 때문에 자간인 것이다. 이제 와서 어떤 이름으로 부르라고 하면 될까.

그런데 마부석에서 당연한 것처럼 이런 목소리가 들려왔다.

"무슨 말을 하는 거지? 그냥 '여보'와 '당신'이라고 부르면 될 일이잖아?"

자간과 네피는 동시에 굳어 버렸다.

──물론 네피는 내 신부이자 연인이 되었지만 아직 결혼은 하

지 않았다고 할까, 서로 마음을 확인했을 뿐이라고 할까, 물론 싫은 건 아니고, 굳이 따지자면 당연히 흥미진진하긴 하지만 우리에겐 아직 이르다고 할까, 아니, 딱히 그런 것도 아닌가?

〈마왕〉의 머리로도 받아들일 수 없는 충격적인 제안에 자간은 눈을 빙글빙글 돌리며 웃는 것 말고는 아무것도 할 수 없었다.

"흐억? '당신'이라니, 당신……. 아니, 그렇게 대담한…… 안 그래?"

네피도 견디기 힘든 듯 얼굴을 가렸지만, 그래도 용기를 쥐어짜 내서 손가락 사이로 자간을 올려다본다.

그런 다음 살짝 호흡을 가다듬고 꺼져 들어갈 것처럼 작은 목소리로 이렇게 말했다.

"여, 여, 보……."

"으으음──!"

온몸이 깨질 것 같은 충격에 자간은 가슴을 잡은 채 자리에서 굴러 떨어졌다. 마술사가 아니라면 죽었을 것이다.

──이 엄청난 각오! 엄청나게 빠른 결단!

이 점에 관해서는 신부가 자간보다 한 발 앞서 있었다.

……하긴 평소에도 그렇게 부끄러워하면서도 말도 안 되는 요구에 진심으로 응해주는 소녀다. 다소 허들이 높은 게 전부인 고난 앞에서 겁을 먹을 리 없었다.

그렇다면 여기서 물러나면 남자가 아니다.

자간은 미친 듯이 뛰는 심장을 부여잡고 기력을 쥐어짜내서 일어났다.

그리고 똑바로 쳐다볼 수 없는 사랑스러움을 발하고 있는 네피를 향해 가만히 시선을 보내며 입을 연다.

"다, 당신……."

"큐우우."

네피가 보기 드물게 비명을 지르더니 그 자리에 주저앉았다.

지금까지 '당신'이라는 말을 들어본 적이 없는 것도 아닌데 지금까지와는 그 의미가 다른 것처럼 네피는 동요한다. 귀는 열이 나는 것처럼 빨갛고 얼굴을 가린 손가락 사이로 보이는 눈동자에는 눈물까지 맺혀 있다.

서로 전력질주해서 수십 킬로미터나 달려온 것처럼 숨을 헐떡이면서 간신히 다시 자리에 앉는다.

"이건, 익숙해지는 게 중요하겠군……."

"익숙해지면, 괜찮아질, 까요……?"

어쨌든 지금 라파엘이 지적해준 건 고마웠다. 이렇게 될 줄 알았기 때문에 미리 말해준 것이리라.

얼굴에 대고 손부채질을 한다.

"……."

두 사람이 똑같은 행동을 하고 있다는 것을 깨닫자 누가 먼저랄 것도 없이 상대방의 얼굴에 부채질을 해준다.

——아, 왠지 행복하군…….

얼굴은 더 달아올랐지만 두 사람은 언제까지고 멈출 기미를 보이지 않았다.

그렇게 30분 정도가 지났을 즈음이었다.

"——왕이여, 전방에 누군가 있다."

"응? 이런 곳에?"

"선 채로 오도 가도 못하고 있는 것 같은데."

창문을 열고 얼굴을 내밀어본다.

주위는 돌멩이 밖에 없는 황야다. 하천과 호수 같은 수맥이 없는 탓인지 이 근방의 토지는 척박했다. 사람이 살기에는 적절하지 않아서 가끔 행상인이 마차를 타고 지나가는 것 외에는 움직이는 물체도 없는 장소였다.

몇 시간이나 마차를 타고 오다보면 마을 하나 정도는 보이지만 말도 없이 올 만한 곳은 아니다.

그런 황야 한가운데에 우두커니 서 있는 사람이 둘이나 있었다.

"저 갑옷은…… 성기사인 것 같은데. 어떤 토벌 중에 말을 빼앗긴 건가."

직접 입고 있는 본인은 그렇게 느끼지 않지만 세레 갑옷도 그에 상응하는 중량을 가지고 있다. 별 생각 없이 말을 타고 달리다가 말이 쓰러질 수도 있다.

솔직히 네피와 관광을 하러 가는데 성기사와 얽히고 싶지는 않지만…….

——여자와, 어린아이로군…….

한쪽은 투구를 쓰고 있어서 얼굴은 보이지 않지만 갑옷의 형태를 보면 여성이다. 다른 한 명은 투구를 쓰지 않았기 때문에 아직 12~3세 정도 밖에 안 되는 소년이라는 걸 알 수 있었다. 여기시의 종자인가.

자간은 찡그린 표정으로 다시 창 안으로 얼굴을 집어넣었다.

"마차를 세워. 지금 계절에 그냥 놔두면 동사할 수도 있으니까."

"그래도 괜찮나?"

"이미 봤으니 어쩔 수 없잖아."

둘만의 시간을 방해 받는 것은 화나지만 못 본 척 하고 그냥 가면 성도에 도착한 후에도 신경이 쓰여서 제대로 즐기지도 못할 것 같다.

그런 다음 네피에게로 시선을 돌린다.

"아~ 이렇게 되어서 미안하다. 손님이 늘어날 것 같은데 괜찮겠지?"

그렇게 묻자 네피는 오히려 기쁜 미소를 지으면서 이렇게 대답했다.

"네. 자간 님…… 여."

말을 하다가 잠깐 긴장하는 것 같더니 다시 이렇게 말했다.

"네, 여보."

◇

"우리는 급히 성도 라지엘로 가고 있는 중이다. 미안하지만 좀 태워줄 수 있겠나?"

마차를 세우자 힘없는 목소리로 말한 건 어린 소년이었다.

물어보니 아직 13살 밖에 되지 않는다고 한다. 밤색 머리에 초록 눈동자. 누가 봐도 착실해 보이는 얼굴에 그가 갑옷을 입은 게 아니라 갑옷이 그를 덮고 있다는 인상이 강했다.

여자는 투구로 얼굴을 가리고 있지만 소년과 비슷한 신장의 소유자다. 자간은 물론이고 네피보다도 체구가 작고 역시 곧게 뻗은 등과 서 있는 모습을 보면 아직 젊은 소녀라는 걸 알 수 있었다.

하지만 자간은 이 소년이 겉으로 보이는 모습처럼 견습생이라고 인식하지 않았다.

——허리에 차고 있는 검은 **성검**인가. 성기사장 중에 이렇게 어린 꼬마가 있다는 건 처음 듣는데.

실력의 정도는 모르지만 이 소년은 라파엘이나 샤스틸과 동격인 성기사라는 뜻이다. 그런 골치 아픈 손님과 성도까지 함께 가는 건 그리 즐거운 일이 아니다.

그렇지만 이미 마차를 세웠다. 자간은 별 일 아니라는 것처럼 팔을 벌린다.

"물론이지. 마침 우리도 성도로 향하는 중이다. 신경 쓰지 말고 함께 가도록 하지."

"그렇게 말해줘서 고맙군."

머리를 꾸벅 숙이더니 옆에 있는 여기사를 쳐다본다.

"자, 어서 타시죠, 오베론 경."

소년의 재촉에 여기사의 몸이 살짝 굳는 게 보였다.

——응? 나를 본 적이라도 있나?

샤스틸도 성기사장이다. 다른 마을의 성기사가 찾아오는 일도 있을 테고 자간이 그녀의 교회를 찾아간 것 또한 한두 번이 아니다. 안면이 없는 성기사가 자간의 얼굴을 알고 있다고 해도 전혀 이상하지 않았다.

여기사는 고개를 옆으로 흔든다.

"……난, 됐어."

"무슨 말씀을 하는 겁니까. 마차도 없이 어떻게 돌아가실 생각이냔 말입니다. 어서 타세요."

여자는 성검 소유자가 아닌 것 같았지만 비록 아직 어린아이라도 성기사장이 머리를 숙이고 있다. 꽤나 지위가 높은 사람인 모양이다.

여기사는 자간의 얼굴을 보더니 투구를 가리키며 고개를 흔들었다.

——뭐지? 투구는 못 벗는다는 뜻인가?

투구를 벗지 않는다고 딱히 뭐라고 할 생각은 없다. 투구 같은 것보다 훨씬 더 위험한 방법으로 얼굴이나 정체를 감추는 마술사가 그만 걸 신경 써봤자 아무 의미 없다.

고개를 갸웃거리다가 투구 너머로 보이는 눈동자와 시선이 마주쳤다.

"——!"

그 순간, 자간은 깨달았다.

——왜 이렇게 되었는지 모르겠지만 일단 **그런 건가**.

자간은 마차의 문을 활짝 열어서 안으로 들어오라고 권했다.

"이런 곳에 성기사님을 놔두고 갈 수는 없지. 자, 어서 타."

"……미안하지만 실례하겠소."

구슬이 굴러가는 것 같은 목소리로 여기사——오베론이라고 했나——는 머리를 숙였다.

목소리는 젊다…… 기보다는 앳된 느낌이 났다. 키도 작고 나이는 기껏해야 10대 중반, 네피보다 더 어리지 않을까 싶다.

자간은 그녀를 관찰하며 웃어 보였다.

"실례는 무슨. 환영한다."

자간치고는 아주 드물게 손을 내밀어 자리로 에스코트한다. 뒤이어 소년도 검대를 풀고 올라탔지만 네피가 있는 걸 보더니 눈이 동그래졌다.

"에…… 엘프?"

희귀한 엘프를 직접 보는 기회는 성기사라도 그리 많지 않을 것이다.

네피도 꾸벅 머리를 숙여서 인사한다. 두 사람이 마차에 다 타자 라파엘이 문을 닫고 출발했다.

자간 앞에 소년이, 네피 앞에 오베론이 앉는 형태가 되었다.

소년의 시선이 못 박힌 곳은 네피…… 보다는 그 목걸이였다.

소년은 얼버무리려는 듯 입을 연다.

"음, 좋은 마차군. 귀공의 소유물인가?"

“아니, 마을에서 빌린 거다. 좋고 나쁜 건 나도 몰라.”

“그, 그렇군…….”

침묵.

그리고 역시 네피의 목걸이를 뚫어져라 쳐다본다.

자간과 네피에게는 너무 당연한 장식품이고 전혀 부끄러워할 것 없다고 생각하지만 이렇게 노골적인 시선은 별로 탐탁지 않다.

“신경 쓰이나?”

꽤 심술궂은 질문인지도 모르지만 자간은 그렇게 물었다.

“아니, 결코 그런 건…….”

소년은 부정하려다가 생각을 바꾼 것처럼 고개를 옆으로 흔들었다.

“마차를 태워주셨는데 이런 질문을 드리는 건 실례가 되겠지만 두 분은 어떤 관계인지?”

“글쎄. 어떻게 보이지?”

재미있다는 듯 웃자 소년은 분개하는 것처럼 얼굴을 붉혔다.

“놀리는 건 그만두——아읏?”

갑자기 일어나려던 소년의 이마를 여기사가 딱 때린다.

그리고는 귀찮은 듯 입을 열었다.

“……연인, 이지? 보면 알아.”

자간의 뻔뻔한 얼굴이 붉게 무너졌다. 옆에 있는 네피도 무의식적으로 입가를 가린다.

——다른 사람의 지적을 받는 것이 이렇게 부끄러울 줄이야……!

예상치 못한 동요에 자간은 평정을 가장한 채 뺨을 긁적인다.

"아아, 음, 뭐, 그렇다. 다른 사람이 내 신부를 이상한 눈으로 보는 건 그리 좋은 기분이 아니지."

"……그건, 미안해. 무신경했다. 사과하지."

소년이 진심으로 미안해하며 머리를 숙이자 분위기는 한층 더 어색해졌다.

——어떻게 하지? 성도에서 다른 사람과 이야기할 때를 대비해서 예행연습을 한다고 한 건데…….

모두 다 어색해지게 될 줄은 예상도 못했다.

그 순간, 보다 못해 먼저 입을 연 사람은 오베론이었다.

"동행이 무례를 저질렀네. 거기에 대한 사과의 의미는 아니지만 심리 테스트라는 것에 관심이 있어?"

"심리 테스트라고?"

"그냥 말장난 비슷한 거야. 성기사가 마술사를 찾아낼 때 사용하는 화술에도 이용되고 있지."

자간은 과장되게 어깨를 으쓱인다.

"그것 참 무섭군. 설마 우리를 보고 그런 의심을?"

"그렇게 무서운 이야기는 아니야. 그냥 여흥 같은 것. 내키지 않으면 그만둘게."

힐끔 네피를 확인한다. 조금 당황한 것 같지만 뾰족한 귀가 움찔움찔 떨리고 있는 걸 보니 흥미가 있는 것 같았다.

자간은 다시 자세를 고치고 앉아서 팔을 벌린다.

"음, 재미있겠어. 꼭 한 번 해보고 싶군."

오베론은 살짝 고개를 끄덕이더니 먼저 이렇게 말했다.

"당신들 두 사람은 식탁에 앉아 있고 그 앞에는 네 개의 메뉴가 있어. 각각 디저트, 스프, 음료, 고기 요리. 그런데 여기에 마술사가 사람을 노예로 만드는 마술을 걸어버린 거야. 자, 어떤 걸까?"

질문의 의도는 아직 모르겠지만 마술사인지 아닌지 심의하는 건 아닌 것 같다. 자간은 솔직히 대답하기로 했다.

"스프겠지. 음료는 너무 노골적이고 디저트는 맛이 너무 섬세해서 금방 들킬 위험이 있거든. 고기 요리는 먹는 데 시간이 많이 걸리고."

"흐음. 너희들은 어떻게 생각해?"

그녀의 시선을 받자 네피도 고개를 끄덕인다.

"그렇, 군요……. 저도 스프라고 생각해요. 이유는 생각나지 않지만 제일 먼저 그게 떠올랐어요."

"그래도 괜찮아. 아까도 말했지만 이건 그냥 여흥으로 하는 거니까. 깊이 고민해야 할 정도로 심각한 이야기는 아니거든."

마지막으로 소년에게로 시선이 모인다.

"난 디저트라고 생각해. 사람이 식사를 할 때, 제일 마음이 느슨해지는 건 그때가 아닐까?"

오베론은 표정 하나 변하지 않은 채 고개를 끄덕인다.

"음, 각자**자기다운** 대답을 골랐네."

"당신은 어떤 걸 골랐지?"

자간의 물음에 오베론은 쓴웃음을 흘린다.

“난 답을 알고 있으니까 대답해봤자 공평하질 않잖아.”

“그런 건가……. 그래서 이 질문에는 어떤 의미가 있는 거지?”

신중하게 묻자 오베론은 별 일 아닌 것처럼 이렇게 말했다.

“연인이 생기면 어떻게 될까 하는 테스트야.”

오베론를 제외한 모두가 헛기침을 한다.

“뭐? 여, 여여여여연인이라고…….”

“우선 스프를 선택한 그쪽 두 사람 말인데…….”

동요하는 자간과 네피를 무시하고 오베론은 가차 없이 말한다.

“본인은 평정을 가장하고 있다고 생각하지만 주위 사람들은 들떠 있다는 걸 다 알 수 있는 타입이야. 꼭 다 그렇다는 건 아니지만 그런 경향이 강한 것 같아.”

“그, 그그그그그럴 리 없다!”

“그, 그그, 그래요!”

소년은 두 사람을 배려해주는 것처럼 시선을 돌렸다.

“아니, 저, 괜찮아요. 이건 어디까지나 놀이니까요.”

“크으…….”

자간은 아무 반론도 못한 채 신음을 흘렸다.

오베론은 무정하게도 계속 말을 이어간다.

“다음, 디저트를 선택한 네 경우는.”

소년의 얼굴이 순식간에 새파랗게 질린다.

"오, 오베론 경, 난 별로 필요하지 않은 것 같……."

"넌 상대의 색에 물들어 버리는 타입이야. 사귀는 상대는 신중하게 선택하는 게 좋아."

"으, 으으으윽……!"

소년은 반쯤 울먹이며 떨었다.

누가 먼저랄 것 없이 웃음을 터뜨린다.

"이런 굴욕을 맛본 건 처음이다."

"마음에 들지 않았어?"

"설마. 아주 즐거운 여흥이었다. 다른 것도 있나?"

"어디 보자——."

무뚝뚝한 사람 같던 오베론이었지만 화술은 뛰어났다.

심리 테스트 말고도 재미있는 이야기를 몇 개나 들고 나와서 다른 게 사람을 깜짝 놀라게 만들었다.

게다가 어느새 오베론도 웃고 있었다. 얼굴은 보이지 않았지만 그 목소리는 연애나 멋내기에 관심이 많은 그 나이 또래 소녀의 것이었다.

머지않아 마차는 성도로 들어서려 하고 있었다. 창밖을 보니 하늘이 붉게 물들어 있다. 하루 이상 걸릴 줄 알았는데 라파엘의 예상대로 해질녘에 도착할 수 있었다.

오베론이 문득 생각난 것처럼 화제를 바꾼다.

"——그러고 보니 물어보지 않았는데 당신들은 성도에 무슨 볼일이 있는 거야?"

"별다른 이유는 없다. 찾을 물건…… 아니, 사람이 좀 있어서 그래. 그리고 순수하게 관광도 할 생각이고."

"사람을 찾아?"

자간은 표정이 완전히 부드러워진 네피를 향해 시선을 준다.

"그녀와 만나게 해주고 싶은 사람이 이곳에 있을지도 모르거든. 뭐, 당신 덕분에 그럴 필요도 없어졌을지 모르지만."

어깨에서 힘을 뺀다는 목적은 이미 달성된 것 같았다.

"흐음. 혹시 보게 되면 나도 말해둘게."

"그래주면 고맙지."

자간도 같은 질문을 던진다.

"너희들은 일 때문에 온 건가?"

성기사가 성도에 오는 이유는 그것 말고는 없을 것이다.

오베론도 고개를 끄덕인다.

"맞아. 그리고 옛날에 맡겨둔 걸 다시 찾으러 왔어."

"그렇군. 무사히 끝나기를 기도하지."

그 순간 마차가 멈췄다. 교회에 도착한 모양이다.

네피가 오베론에게 손을 내밀었다.

"저기, 대화를 나눌 수 있어서 즐거웠어요. 감사합니다."

오베론은 투구 너머에서 의외라는 듯 눈을 동그랗게 뜨더니 그 손을 마주 잡았다.

"나야말로 고마워. 이렇게 만나서 정말 기뻐."

이어서 소년도 자간을 향해 손을 내밀었다.

"처음에는 무례한 말을 해서 미안했다. 덕분에 이 분을 무사히 성도까지 데리고 올 수 있었고 무엇보다 즐거웠어."
"신경 쓰지 마라. 나도 즐거웠으니까."
그건 진심에서 우러난 말이었다.
――네피도 즐거운 것 같았고!
그리고 오베론과 소년은 마차에서 내렸다.
"재미있는 분들이었어요."
"그래."
그러고 나서 네피가 고개를 갸웃거린다.
"어라? 그런데 저 분, 자간 님이 찾고 계신 게 어떤 분인지 물어보셨나요?"
자간은 살짝 어깨를 으쓱이더니 네피에게 손을 내밀었다.
"그보다 데이트는 지금부터다. 가자."
네피는 발그레해진 얼굴로 그 손을 잡았다.
"네, 여보."

◇

자간 일행이 성도 라지엘에 도착할 무렵, 샤스틸은 성도 중심에 위치한 대성당 안에 있었다.
성도 중앙 대성당 정도 되면 참배객 수는 하루에 만 명이 넘는다. 예배당에서는 추기경급의 대사제가 설교를 하고 경건한 신자들이 감사와 고해성사를 남기고 간다.
샤스틸이 있는 곳은 그런 대성당의 지하 수십 미터 아래였다.

일반적인 교회라면 납골당이 있을 그곳에 거대한 원탁이 자리 잡고 있다.

좌석 수는 열두 개. 교회의 상징인 성검의 수와 동일하다. 그리고 그 중 하나, 샤스틸이 앉은 자리에는 〈아즈라엘〉——성검의 이름이 적혀 있었다.

그런데 곧 회합 시간인데 자리는 아직도 다 채워지지 않았다.

그래서일까, 벌써부터 긴장감이 감돌고 있었다. 기가 약한 사람이라면 이 방에 발을 들여놓기만 해도 기절할 것이다.

샤스틸은 숨 막히는 공기에 한숨이 나오려는 것을 꾹 참았다.

심홍색 머리를 옆으로 묶고 세례 갑옷을 입은 모습은 늠름하면서 가련하다. 평소 보이는 덜렁이의 그림자를 감춘 '직무 중'인 얼굴이다.

그 맞은편 자리에 덩치가 큰 성기사가 듬직하게 자리를 잡고 앉아 있었다.

나이는 마흔에 접어드는 정도. 세례 갑옷이 답답해 보일 정도로 기골이 장대했는데 풍성한 수염을 쓰다듬으면서 노골적으로 경멸의 빛을 드러냈다.

"흐음. 기묘하군. **신성한** 이 대성당에 반역자가 있단 말이다."

"그것 참 꺼림칙한 사태로군, 카르티아이넨 경. 조력이 필요한가?"

이 정도 야유는 각오하고 있었다. 샤스틸은 서늘한 표정을 지어 보였다.

으드득, 덩치가 큰 성기사——카르티아이넨은 어금니를 악물고

노려본다.

"두 사람 다 그만해. 서로 으르렁거리려고 모인 게 아니잖아."

제지한 사람은 장발의 기사였다.

30대에 들어섰을까 말까 할 정도로 젊은 사람이었다. 부드럽게 물결치는 금발에 푸른 눈동자, 기품 있는 분위기도 그렇고 그림에 그린 것 같은 기사의 모습을 하고 있었는데 자리는 샤스틸의 오른쪽 옆이다.

카르티아이넨이 시선만으로 죽일 것처럼 쳐다본다.

"물러나 있어라, 바리야카. 곱상한 남자가 끼어들 이야기가 아니다."

"그럴 수는 없지. 릴키비스트 경은 성기사이기 이전에 여성이다. 기사라면 여성에게 경의를 표해야 하는 것 아닌가?"

바리야카가 앞머리를 쓸어 올리며 도전적으로 웃자 카르티아이넨은 어이없다는 표정을 지었다.

"핫, 뭐가 기사라는 거지? 우리는 살인 청부업자다. 망할 마술사들을 없애기 위해 있으면 되는 거야. 정의니 기사도니 하는 건 **신성한** 추기경들이 멋대로 퍼뜨리면 되는 거고."

그렇게 내뱉듯이 말하더니 의자 등받이에 기대어 입을 다문다. 튼튼한 떡갈나무 의자가 부러질 것처럼 삐걱거렸다.

바리야카는 거친 성기사를 곁눈질하더니 머리를 흔들었다. 이어서 샤스틸에게 말을 거는 목소리는 왠지 친밀하게 느껴졌다.

"저돌적인 면은 여전하다니까. 그런데 릴키비스트 경, 귀공도 너무 도발적인 언동은 좋지 않아. 귀공이 여기서 어떤 입장에 있는지 정도는 자각하고 있잖아?"

"불필요한 배려다, 바리야카 경. 난 동정을 구할 정도로 약한 여자가 아니야."

"내겐 **지금도** 약한 소녀다. 귀공에게 무슨 일이 생기면 슈르베스테르를 볼 면목이 없단 말이야."

그건 5년 전에 이 세상을 떠난 샤스틸의 오빠의 이름이다.

그리고 바리야카의 과거 부관의 이름이기도 했다.

"……알고, 있어요."

샤스틸이 어깨를 축 늘어뜨리자 바리야카는 어쩔 수 없다는 듯 한숨을 쉬었다. 그리고 다시 원탁의 자리를 바라본다.

"하지만 지금은 진짜 자중하는 게 좋아. 다들 잔뜩 흥분해 있단 말이다."

그렇게 서두를 꺼낸 다음 무거운 어조로 이렇게 말했다.

"열두 개의 성검 중 하나가 〈마왕〉의 손에 떨어졌으니까."

이 열두 개의 자리 중 하나는 영원히 비게 되었다는 뜻이다.

그게 바로 샤스틸이 이 자리에 불려온 이유이고 나머지 열한 명의 성기사장이 모인 이유이기도 했다.

탁 하는 둔탁한 소리가 울려 퍼진다. 카르이아이넨이 검집에 든 성검을 바닥에 집어던진 것이다.

"라파엘 정도 되는 남자가 그냥 질 리가 없다! 더러운 마술사의 비겁한 함정에 빠진 거야!"

성검을 맡은 성기사장도 인간이다. 싸우다가 목숨을 잃는 일도 있다. 그럴 경우, 성검은 새로운 소유자에게 양도되고 그 모습을 나머지 열한 명이 지켜본다.

몇 백 년 동안 반복되어온 계승 의식인데 이번에는 계승되어야 하는 그 성검이 라파엘과 함께 행방불명이 되었다.

그게 얼마 전에 〈마왕〉 자간의 손에 떨어졌다는 사실이 드러났다고 한다.

——떨어지고 자시고 할 것도 없이 라파엘 님은 생존해 계신데…….

샤스틸은 그 사실을 알고 있지만 이 자리에서 그 이야기를 할 수는 없다.

카르티아이넨은 라파엘과 교류도 있었는지 바위 같은 얼굴이 눈물로 흠뻑 젖어 있었다.

그때 방문이 벌컥 열렸다.

그리고 의욕이라고는 찾아볼 수 없는 중년의 목소리가 울려 퍼졌다.

"어이, 이게 무슨 소란이지? 일단 울지 좀 마, 카르티아이넨. 자, 손수건. ……그래, 라파엘은 좋은 녀석이었지."

이 자리가 라파엘을 추도하는 자리라는 것 정도는 그도 알고 있는 것 같다.

카르티아이넨이 손수건을 빼앗아들다시피 하더니 오열하기 시작했다.

"우오오오오오, 아무 말 하지 마, 디크마이어! 나는! 그렇게 시원하게 마술사를 죽이는 남자를 본 적 없다! 이런 내가 처음으로 존경하게 된 남자였단 말이다!"

"……어이, 코는 풀지 말라고."

질렸다는 듯 카르티아이넨 옆에 걸터앉은 사람은 중년의 기사인 미하엘 디크마이어였다.

그리고 샤스틸을 보더니 가볍게 손을 들어 보인다.

"여어, 샤스틸. 한 달 만인가?"

"바다는 이제 질렸나, 미하엘 님."

샤스틸이 그렇게 대꾸하자 미하엘은 새파란 얼굴로 머리를 흔들었다.

"그만해. 모처럼 이곳에 불려왔는데 생각하고 싶지도 않다고."

더없이 나약하게 웃지만 그 정체를 알게 된 샤스틸은 안절부절 못했다.

——〈마왕〉 안드레알푸스……. 이렇게 얼굴을 마주하고 있어도 여전히 믿기지 않아.

성기사장 최강의 남자——그런 이름으로 불리는 미하엘은 〈마왕〉의 필두인 마술사이기도 했다. 그런 그가 이렇게 아무렇지도 않게 행동하고 있으니 무엇을 믿으면 좋을지 알 수 없어진다.

하지만 눈에 띄는 말과 행동을 하는 기사는 이 네 명 정도 뿐이고 나머지 성기사들은 자리에 앉은 채 가만히 있었다.

아직 전원 다 모이지 않아서 그런 것도 있지만 잠자코 있는 건 비교적 젊은 성기사들이다. 그 중에는 30대인 중견 성기사장 하르트넨——말이 없는 것으로 유명하다——도 있지만 샤스틸과 동년배인 사람이 더 많다.

――성검을 계승한지 1년도 지나지 않았으니 무리도 아닌가.

13세의 나이에 성검을 계승한 샤스틸은 이젠 꽤 익숙해졌지만 그들은 그렇지 않다. 샤스틸도 성기사장이 된 첫 해에는 그랬을 것이다.

왜 이렇게 젊은 성기사가 많은가 하면 1년 정도 전에 성기사장의 절반 가까이가 목숨을 잃은 전투가 있었기 때문이다. 라파엘도 원래는 그때 죽었어야 했다고 한다.

젊은 기사는 그 이후에 새로 성검을 이어받은 자들이다. 최공(最恐)이라 불린 라파엘의 전사와 카르티아이넨 같은 선배 성기사가 고함을 질러대는 회합의 자리에서 아무렇지도 않게 있으라는 건 너무 가혹하다.

그렇게 더 숨 막히게 변하는 분위기가 갑자기 깨졌다.

"아앗, 샤스틸이잖아. 〈아시엘 이메라〉 이후로는 처음 만나는 거지?"

분위기 파악을 할 생각이 전혀 없는 그 목소리는 꽤 익숙한 것이었다.

샤스틸도 눈을 커다랗게 뜨고 자리에서 일어난다.

"스, 스텔라 씨? 여긴 어떻게……."

자간의 소꿉친구이자 누나라고도 불린 아가씨이다.

샤스틸과 똑같이 붉은 머리에 붉은 눈동자. 단 그 오른쪽 눈은

긴 앞머리로 가려져 있다. 예전에 만났을 때는 마술사의 로브 차림이었지만 오늘은 어떻게 된 건지 성기사의 예복을 갑갑해 보일 정도로 갖춰 입고 있었다.

스텔라는 곤란한 것처럼 웃는다.

"잘 모르겠지만 선생님이 따라오라고 하잖아~. 정말 못 살겠다니까. 아하하~."

"오우, 늦었잖아. 스텔라. 그래도 네 자리는 없으니까 내 뒤에서 있어."

"……뭐~, 자리가 없다니, 그러면 왜 나를 데리고 온 거야?"

스텔라가 자리에 어울리지 않는 목소리로 외치자 카르티아이넨의 이마에 핏줄이 솟았다.

"어서 꺼져, 여자! 이곳은 너 같은 인간이 올 곳이 아니다!"

상당히 고압적이긴 하지만 틀린 말은 아니었다.

이곳은 성기사장만 출입이 허락된 방이다. 샤스틸과 함께 온 네프테로스와 리처드도 밖에 있는 대기실에서 대기하고 있다.

그런 사정을 아는지 모르는지 스텔라는 흉포한 미소를 지어 보였다.

"뭐? 나도 좋아서 온 건 아니거든?"

앞머리 너머에 있는 **은색 눈동자**가 수상쩍게 빛났다.

자간의 친구라는 점 때문에 샤스틸과는 우호적인 관계를 맺고 있지만 그녀는 원래 마술사이다. 성기사에게 좋은 인상을 가지고 있을 리 없다.

――잠깐 기다려! 여기서 난동을 부릴 생각인가?

자간의 가족이다. 샤스틸이야 그녀의 편을 들 생각이지만 열 명 가까운 성기사장을 적으로 돌려서 이기는 건 불가능하다.

——아니, 과연 그럴까. 미하엘 님은 저쪽에 붙을 테니 가능성은 있는 건가?

그런 생각을 할 정도의 힘이 그녀에게는 있었다. 그리고 무엇보다 그런 그녀의 정체가 알려지면 이 자리에 있는 성기사들도 살려서 돌려보낼 수는 없어진다.

새파랗게 질려 있자 마찬가지로 분위기 파악을 못하는 아저씨가 미소 띤 얼굴로 두 손을 마주쳤다.

"음, 음. 이렇게 빨리 교전을 벌여주다니, 이 선생은 참 기쁘구나~! 그래도 조금 더 원만하게 가자고. 카르티아이넨만 해도 벌써 검을 휘두를 것 같은 얼굴을 하고 있으니까!"

검의 손잡이 부분에 손을 올리고 있진 않았지만 공격 거리에 들어오면 베겠다고 말하는 것처럼 살기를 풍기는 카르티아이넨이 미하엘을 노려본다.

"어이, 이 여자, 너와 아는 사이냐?"

"응? 오오, 맞다. 소개하지. 내 제자인 스텔라다. 다음에 성검에 공석이 생기면 이 녀석을 추천할까 생각 중이라서 이번에 데리고 왔지."

그 대답에 스텔라까지 눈이 휘둥그레진다.

"……뭐, 그게 무슨 말이야. 난 처음 듣는데, 선생님?"

"어라? 내가 말하지 않았던가?"

장난스러운 반응에 그때까지 가만히 있던 다른 성기사들도 날카로운 경계의 목소리를 낸다.

“그 말은 성기사장 후보라는 건가, 디크마이어!”

“어째서 지금 같은 상황에서 그런 이야기를 하는 거지!”

먼저 입을 연 기사와 어이없다는 듯 그 뒤를 이은 기사는 어딘가 비슷하게 생긴 얼굴을 가지고 있었다.

“오우, 여전히 사이들 좋군, 유티라이넨 형제.”

이 두 사람은 형제이고 성검을 이어받은 성기사장이다.

형은 21세, 동생은 얼마 전에 막 성검을 계승한 17세인데 두 사람 모두 성도의 검술제에서 다섯 손가락 안에 들 정도의 실력을 자랑한다. 미하엘은 그 성격 덕분에 그들에게도 친근하게 말을 걸었지만 두 형제는 그를 거북해하는 것 같았다.

그래도 이 자리에서 제일 심하게 동요한 사람은 샤스틸이었을 것이다.

——스텔라 씨가 성기사장 후보……?

〈마왕〉 안드레알푸스 정도 되는 사람이 자간에게 머리를 숙여가면서까지 스텔라를 자신의 비호 아래 두려고 했던 이유가 바로 이것일까.

그리고 이 사실을 자간은 알고 있는 걸까.

신음을 흘리다가 스텔라가 들어온 문을 통해 작은 여자아이가 방안을 들여다보고 있다는 사실을 알아챘다.

——저 아이는 〈아시엘 이메라〉 때 있었던……?

자리에서 일어난 채로 있던 샤스틸은 그 곁으로 달려갔다. 소녀도 샤스틸을 보고 목소리를 높였다.

"아, 지난번에……."

"샤스틸이다. 넌 리제트…… 라고 했지?"

작게 고개를 끄덕이는 리제트는 예전에 봤을 때와 달리 양갓집 딸처럼 예쁜 옷을 입고 있었다.

——자간 곁에 남겨둔 줄 알았는데 스텔라 씨가 맡았구나.

그래서 이곳에도 따라왔다고 할까, 데리고 온 모양이다.

리제트는 겁에 질린 것처럼 말한다.

"언니, 괜찮아?"

샤스틸은 리제트를 안심시키려는 것처럼 미소를 지으며 머리를 쓰다듬었다.

"괜찮아. 스텔라 씨는 나보다 강해. 이곳에 있는 사람들에게 질 일은 없을 거야."

샤스틸은 위로의 말이라고 한 말이었지만 누가 봐도 단어 선택이 잘못 되었다.

"……어이, 여기서까지 덜렁댈 생각은 하지 마."

미하엘까지 두통을 느끼는 것처럼 머리를 감싸고 있었다.

이미 힘줄을 세우고 있던 카르티아이넨이 결국 자리에서 일어나 성검을 든다.

"좋아. 상대해주마."

"어이, 그만둬. 성기사 견습생의 흠을 잡아서 뭘 어쩌려고?"

"아니야. 이 녀석에게서는 왠지 마술사 같은 냄새가 난단 말이다.

영 마음에 들지 않아!"

"뭐~, 진짜?"

설마 냄새로 알아맞힐 줄은 몰랐을 것이다. 미하엘도 안색이 변해서 자신의 체취를 확인한다.

――하긴 이 자리에서 정체가 드러나면 제일 곤란한 건 미하엘 님이니까.

카르티아이넨이 눈에 핏발까지 세워가며 성검을 뽑아들려고 했을 때였다.

"――거기까지만 하세요!"

어느새 리제트의 뒤에 다른 성기사가 와 있었다.

아직 어리다 할 수 있는 연대다. 나이는 무려 13세. 리제트와 동년배가 되는 셈인가. 세례 갑옷도 헐렁할 정도로 작은 체격. 밤색 머리에 초록 눈동자, 그리고 성실함이 옷을 입고 걷고 있는 것 같은 남자아이이다.

샤스틸이야 알 도리가 없는 일이지만 엘프 성기사와 함께 자간의 마차에 탔던 소년이었다.

그런 소년이었지만 이 자리에 있는 대부분의 사람들은 다른 남자의 이름을 떠올린다.

역시라고 해야 할까, 살갑게 웃은 건 미하엘이었다.

"지각이야, **주니어**. 이 아저씨도 시간을 지키는데 젊은 녀석이 늦으면 안 되지."

"미하엘 님도 지각했잖아요."

샤스틸이 냉정하게 대꾸하자 미하엘은 시선을 돌리더니 휘파람

을 불었다.

소년이 작게 한숨을 쉰다.

"늦은 건 사과하겠습니다. 그렇지만 디크마이어 경, 주니어라고 부르는 건 그만두세요."

미하엘은 '깜빡 잊고 있었다'고 말하는 것처럼 시치미를 뚝 떼고 이마를 쳤다.

"앗, 미안. 우리 성기사단장 기니어스 갤러해드 **2세**."

그래. 이 소년이 바로 현 성기사장을 이끄는 필두——성기사단장이었다.

지난 마족과의 싸움에서 목숨을 잃은 기니어스 갤러해드 단장의 친아들. 13세라는 나이는 샤스틸과 나란히 사상 최연소이다.

그런 소년의 등장에 당연히 원탁에 있는 사람들의 시선이 모였지만 그것을 무시하고 실내로 들어서는 사람이 한 명 있었다.

기니어스와 키가 거의 비슷한 성기사이다. 보아하니 여성인 것 같다. 실내인데도 투구를 쓰고 있어서 얼굴은 보이지 않았다.

카르티아이넨이 찌릿 노려본다.

"어이, 여자! 여기가 어떤 곳인지도 모르는 거냐. 수행원이라면 밖에서 기다리고 있어."

"카르티아이넨 경! 이 분은……."

기니어스가 당황해서 외친다.

의아해하는 얼굴의 카르티아이넨 옆에서 경악스러운 표정을 지은 사람은 미하엘이었다.

"……어이, 왜 당신이 여기에?"

"흐음? 너와 아는 사이냐, 디크마이어?"

"그게, 아는 사이라고 해야 될지……."

곤란한 것처럼 머리를 벅벅 긁어대는 미하엘은 아랑곳 않은 채, 여기사는 귀찮은 듯 허리춤에 찬 검대를 풀었다. 물론 성검은 아니다.

세검(細劍)인 것 같았는데 손잡이 부분에는 십자가와 사자를 그린 문장이 새겨져 있었다.

그 문장을 본 샤스틸은 숨을 삼켰다. 아니, 이 자리에 있는 모두가 그랬다.

"이번에 동석하게 된 오베론이라고 말하면 되려나?"

그 이름을 듣자 더 큰 충격이 퍼져간다. 카르티아이넨조차 자리에서 일어나 동요를 감추지 못하고 있었다.

그것도 그럴 것이, 오베론이라는 이름은 교회에서는 거의 신과 동일할 정도로 신성한 이름이었다. 너무 신성시되고 있어서 수백 년 전에 〈마왕〉을 쓰러뜨렸다는 전설까지 전해질 정도다.

――물론 그건 과장이라고 생각하지만…….

어쨌든 그런 인물이다 보니 그 이름을 가진 자가 표면에 나서는 일은 별로 없었다.

미하엘이 곤란한 듯 웃는다.

"이거 큰일이네. 생각보다 귀여운 목소리를 가지고 있, 커헉?"

"입조심해, 디크마이어! 우리가 이 검으로 지켜야 하는 유일한 분이란 말이다!"

카르티아이넨이 미하엘의 머리를 잡더니 억지로 숙인다.

"아까 한 말은 사과드리겠소. 귀공보다 이 자리에 어울리는 사람은 없지."

상황 파악을 못한 스텔라가 작은 목소리로 묻는다.

'저기, 샤스틸. 이 사람, 누구야? 그보다 저 아저씨, 나를 대할 때와는 태도가 너무 다른 것 같지 않아?'

그런 스텔라에게 샤스틸은 똑같이 작은 목소리로 대답했다.

'오베론은 우리의 세례 갑옷과 교회의 제기(祭器)를 만들 수 있는 유일한 기사(技師)의 이름이야.'

즉 그녀를 잃는 건 교회가 마술사와 싸울 수 있는 힘을 잃게 되는 것과 똑같다.

그렇다 보니 교회 내에서도 그녀의 존재는 비밀 중의 비밀. 신처럼 숭배 받고 얼굴은커녕 있는 곳조차 명확히 밝혀지지 않은 존재다.

'그렇게 대단한 사람이야?'

여전히 잘 이해가 되지 않는 것 같은 스텔라에게 샤스틸은 쓴웃음을 참으며 간단히 말한다.

'저 카르티아이넨 경이 깍듯이 예의를 갖출 정도로 대단하신 분이야.'

그 기사(技師)가 대대로 '오베론'이라는 이름을 사용하고 있다는 건 들었지만 당대는 상당히 어린 소녀인 것 같다. 샤스틸은 그런 소녀를 관찰하다가 눈썹을 찌푸렸다.

시선을 느꼈는지 오베론도 뒤를 돌아본다.

"……무슨 일이지?"

"아, 미안. 왠지 목소리가 익숙하게 느껴져서."

"그래……? 초면인 것 같은데."

"나도 그렇게 생각하지만……."

누구일까. 그렇게 옛날 일은 아닌 것 같은데 이상하게 생각이 나지 않는다.

샤스틸이 답을 찾아내기 전에 미하엘이 큭큭거리며 웃는다.

"오베론 경을 이렇게 계속 세워둘 수는 없지. 라파엘에게는 미안하지만 그 녀석 자리에 앉는 건 어떨까?"

그 제안을 납득하지 못하는 사람도 있었을 것이다. 그래도 부정할 수 있는 사람은 없었다.

카르티아이넨이 어쩔 수 없다는 듯 어깨를 늘어뜨렸다.

"라파엘은 의리 있는 남자였다. 여자를 계속 세워두는 짓은 하지 않았을 터. 〈메타트론〉의 자리를 사용하도록 해, 오베론 경."

"……알았어."

기니어스와 오베론이 자리에 앉으면서 생각지도 않게 열두 개의 자리가 다 채워졌다.

스텔라는 작게 고개를 끄덕이고 자리로 향하는 오베론을 보더니 다시 납득이 가지 않는 듯한 목소리를 흘린다.

'역시 저 아저씨, 나 때와는 말하는 게 너무 다르지 않아? 가서

때려도 돼?'

'그 심정은 이해하지만 지금은 참아줘, 스텔라 씨.'

이렇게 해서 샤스틸의 위가 아파오는 회합이 시작되었다.

◇

"이번 의제는 두 가지입니다. 하나는 휴랜더 경의 성검 〈메타트론〉이 〈마왕〉 자간의 손에 떨어진 일입니다."

씩씩한 목소리로 말한 사람은 기니어스였다. 어리지만 성기사단장의 책무를 잘 수행하고 있는 것 같다.

"교회의 역사가 시작된 이후로 처음 있는 중대한 사태입니다."

그런데 그 순간, 미하엘이 즉시 의문을 표했다.

"아~, 그것 말인데, 그 이야기, 어디서 나온 거지? 라파엘 녀석이 행방불명이 된지 벌써 반년이나 지났다고. 그런데 왜 이제 와서 그런 이야기를?"

샤스틸도 고개를 끄덕였다.

"거기에 대해서는 나도 미하엘과 같은 의견이야. 애당초 라파엘님이 마지막으로 싸운 곳도 〈마왕〉 자간이 거점을 두고 있는 곳도 큐아노에이데스다. 그런데 그곳을 담당하고 있는 나를 건너뛰고 어디서 나온 이야기이지?"

카르티아이넨이 흥 하고 콧방귀를 뀐다.

"네 녀석은 마술사들과 유착 관계가 있다는 소문이 돌고 있어. 네놈이 정보를 뭉갠 것 아니야?"

맞는 말이었기 때문에 샤스틸은 제대로 대꾸도 못하고 있었다.

"유착이 아니라 '공생파'야. 마술사의 수하가 되자는 게 아니라고. 안 그래, 샤스틸?"

"마, 맞아!"

미하엘이 도움의 손길을 내밀어주자 샤스틸은 얼른 고개를 끄덕였지만 주위의 반응은 싸늘했다.

——뭐, 어쩔 수 없지.

교회 내에도 찬성하는 사람들이 있긴 하지만 성기사장급은 샤스틸 한 명 밖에 없다. 미하엘은 중립파라고 할 수 있는 파벌 소속으로 협조적이긴 하지만 같은 편이라고 말하긴 어렵다.

당연히 카르티아이넨은 반발했다.

"뭐가 공생파라는 거냐! 마술사를 죽여야 성검이지. 네 말은 서로 칼을 들이댄 채 사이좋게 지내자고 하는 것이나 마찬가지다."

짜증나는 남자지만 핵심을 찌르는 말이긴 했다.

미하엘도 카르티아이넨의 등을 펄펄 유쾌하게 두드린다.

"하하, 그런 식으로 말하면 대꾸할 수가 없지. 그래도 자신을 정의라고 말하지 않는 자네가 난 싫지 않네."

"네 마음에 들어서 뭐가 이득 될 게 있다는 거지?"

카르티아이넨은 굉장히 싫다는 표정을 지었지만 미하엘은 꿈쩍도 하지 않았다.

기니어스가 콜록 기침을 한다.

"정보원에 관해서는 비밀로 하고 있습니다."

"그렇다는 건 추기경 쪽 사람이라는 건가? 난 그 자식들 싫은데 말이지~. 온통 비밀투성이에 말만 그럴싸하게 하고~."

"디크마이어 경! 말이 지나치십니다."

"아니, 전혀 지나치지 않아. 난 꼬박 한 달이나 어두운 바다 밑에서 근무했다고! 그런데도 원망하지 말라는 건 무리 아닌가?"

미하엘이 눈물을 글썽이며 역설하자 기니어스도 기가 꺾인 것처럼 몸을 뒤로 젖혔다.

"……추기경측에는 제가 항의해두겠습니다. 그들도 디크마이어 님이 반기를 들면 끝이라는 건 알고 계실 테니까요."

"오, 제법 말이 통하잖아, 쥬니어."

"그러니까 쥬니어는……. 하아, 됐어요."

그 순간 바리야카가 목소리를 높였다.

"갤러해드 경, 의제는 두 가지라고 했지? 성검 상실에 버금간다고 할 수 있는 문제가 있다는 건가?"

그 질문에 대답한 사람은 오베론이었다.

"그건 내가 이야기할게."

오베론은 자리에서 일어난 후 조용한 목소리로 이야기하기 시작했다.

"라지엘의 보물고엔 한 가지 제기가 봉납되어 있어. 이름은 〈**아자젤의 지팡이**〉."

샤스틸은 그 이름에 날카롭게 주목했다.

――〈아자젤〉……. 자간이 조사하던 이름이군.

동시에 그 자리에 있는 모두의 표정을 은근슬쩍 확인한다.

――한 명, 두 명……. 다섯 명인가. 많네.

절반은 처음 듣는 이야기인지 의아한 표정을 짓거나 그 정체를 알아내기 위해 곰곰이 생각에 잠겨 있다.

하지만 그렇지 않은 자도 있었다.

우선 미하엘. 천사도 그렇고 마르코시어스에 관한 건도 그렇고, 〈마왕〉이나 성기사장도 모르는 정보를 몇 가지나 알고 있을 것이다. 평소처럼 옭은 미소를 띤 채, 표정 하나 변하지 않고 있었다.

마찬가지로 표정의 변화가 없는 건 기니어스와 바리야카다.

기니어스는 오베론에게 직접 들었다고 볼 수도 있지만 성기사장 필두로서 샤스틸이 모르는 무언가를 알고 있을 가능성도 생각해볼 수 있다.

그 다음은 바리야카인데 그는 라파엘의 뒤를 잇는 고참이다. 성기장으로서 일해 온 세월을 생각하면 무언가 들은 것이 있을지도 모른다.

반대로 노골적으로 표정이 변한 건 카르티아이넨과 형인 유티라이넨이다.

카르티아이넨이 내뱉듯이 말한다.

"〈아자젤〉이라고? 그건 추기경들이 안고 있는 어두운 부분 아닌가?"

"알고 있었나, 카르티아이넨 경. 하지만 그 〈아자젤〉도 지금은 괴멸되었다고 들었는데."

이건 샤스틸도 처음 듣는 이야기라서 눈이 동그래졌다.

"유티라이넨 경, 그 이야기, 좀 더 자세히 들을 수 없을까?"

"얼마든지! 벌써 1년 이상이나 전의 일인데 당시 〈아자젤〉의 에

이스가 임무에 실패해서 재기불능이 되었다고 하더군. 그리고 그 실패한 임무가 〈마왕〉과 관계가 있었던 것 같아. 에이스가 없는 틈에 복수를 당해서 괴멸되었지. 생존자가 있는지는 모르겠고."

샤스틸은 신음을 흘렸다.

――에이스라는 건 쿠로카 씨를 말하는 거겠지.

성검도 없이 성기사장과 호각 이상으로 싸울 수 있다. 그런 괴물이 몇 명이나 있다면 성기사장 따윈 필요 없다.

유티라이넨의 이야기가 사실이라면 쿠로카의 눈에서 빛을 빼앗은 건 〈마왕〉 중 한 명이라는 뜻이 된다.

――생각해볼 수 있는 건 비프론스인가.

쿠로카와 처음 만났을 때, 그녀는 비프론스의 감언이설에 넘어간 상태였다. 물론 원인의 절반은 샤스틸에게도 있으니 비난할 수도 없지만.

어쨌든 카르티아이넨과 형 유티라이넨의 반응은 거기서 오는 것 같았다.

오베론이 다시 입을 연다.

"그 〈아자젤〉 말인데 예전에 요정왕 타이타니아가 〈마왕〉 오리아스와 싸울 때 사용한 것이기도 해."

"콜록."

샤스틸은 세차게 기침을 했다.

"무슨 일이야?"

"아, 아니, 아무것도 아니야. 계속해."

――오리아스라면 설마 네피의 어머님?

현재의 오리아스가 그 요정왕 타이타니아라는 건 자간을 시작으로 하는 일부 사람들 밖에 모른다.

타이타니아 자신은 이미 이름을 버리고 제2의 오리아스가 되었지만 과거에 그녀가 사용한 무기라면 〈마왕〉도 타도할 수 있는 무기라는 뜻이 된다.

아마 사실일 것이다. 오베론의 전설 중에 〈마왕〉을 쓰러뜨렸다는 게 있었는데 타이타니아의 위업을 차용한 거라면 납득이 된다.

예전에 자간이 〈아자젤〉이라는 이름에 대해 조사하기 시작했을 때, 그게 '열세 번째' 성검일지도 모른다는 말을 했던 게 생각난다. 어떤 의미에서는 맞는지도 모른다.

오베론의 이야기는 계속된다.

"그 〈아자젤의 지팡이〉를 아무래도 〈마왕〉이 원하고 있는 것 같아. 그래서 빼앗기기 전에 되찾아야만 하고. 그러니 보물고를 열어줬으면 해."

그 말에 모두 술렁거린다.

──〈마왕〉……. 자간이 아니었으면 좋겠는데.

어쨌든 이 자리에서 샤스틸이 어떻게 행동할지는 정해져 있다.

"오베론 경, 그게 사실이라면 아주 심각한 사태다. 나도 협력하고 싶어."

"고마워, 샤스틸 님."

오베론은 표정 변화 없이 고개를 끄덕였지만 샤스틸은 위화감을 느꼈다.

──어라? 방금 그거, 뭔가 이상한 느낌이…….

고개를 갸웃거리지만 답을 찾기도 전에 바리야카가 목소리를 높인다.

"확실히 심각한 사태이긴 하지만, 오베론 경. 귀공을 의심하는 건 아니지만 그 이야기에 근거는 있나?"

갑자기 나타난 '전설의 성기사'가 귀를 의심하게 되는 사건을 고한 것이다. 아무 의문도 품지 않는다면 오히려 그게 더 이상하다.

카르티아이넨이 코웃음을 친다.

"근거라면 들어볼 것도 없지. 〈마왕〉 자간이다. 그 자식, 〈메타트론〉을 수중에 넣고 우쭐해하고 있을 게 분명해."

그것이야말로 근거 없는 트집이다. 샤스틸이 입을 열려고 하자 그 전에 오베론이 고개를 가로저었다.

"아니, 적은 〈마왕〉 시어칸과 비프론스야."

이 대답에 성기사장들도 동요했다.

"〈마왕〉이 둘이라고?"

"자세한 경위는 모르겠지만 현재 그들은 협력 관계에 있는 것 같아."

그 순간 기니어스가 어금니를 악문다.

"나와 오베론 경은 그 조사를 맡고 있었다. 그때 시어칸의 부하와 교전을 벌였는데 놓치고 말았지."

그런 다음 머리를 옆으로 흔든다.

"아니, 놓쳤다는 건 정확한 표현이 아니야. 우리가 튕겨 날아간 거지."

오베론이 한심하다는 듯 한숨을 흘린다.

"전이 마술로 카타후니아 황야까지 튕겨 날아가서 사흘이나 오도 가도 못하고 있었어."

카르티아이넨이 자리에서 일어난다.

"사흘이라고? 그러면 설마……."

"응. 아마 이미 침입해 있을 거야."

천 년이라는 세월 동안, 마술사의 침입을 막아온 보물고가 허무하게 무너진 것이다.

◇

"하아~, 이젠 무리. 진짜 무리. 여긴 도대체 뭐야~!"

라지엘 대성당 지하 대미궁. 그곳에서 소녀의 비통한 외침이 울려 퍼졌다.

나이는 15세 남짓. 어깨 부근까지 내려오는 금발 머리의 오른쪽에는 작은 리본이 묶여 있다. 작은 얼굴에는 아직 앳된 느낌이 남아 있고 감청색 눈동자에는 눈물이 맺혀 있다. 그런데도 배꼽이 훤히 드러나는 흉갑에 속옷이 보일 것처럼 짧은 스커트로 이루어진 거친 차림을 하고 있다.

허리에 두른 벨트에는 가냘픈 몸에 어울리지 않는 장검이 묶여 있다.

소녀의 이름은 데크쉬아라고 했다.

"아~, 진짜 저 여자 뭐냐고~! 저 녀석만 없으면 지금쯤 보물고에 들어가 있을 텐데~! 그만 돌아갈래――히익?"

바닥에 팔다리를 내던지고 버둥거리는 소녀의 앞에 검이 푹 하고 박힌다.

"무무무무무무슨 짓이야, 아리스텔라!"

"데크쉬아는 죽어야 한다고 아리스텔라는 판단했다."

"왜?"

데크쉬아는 엉덩방아를 찧은 채 뒤로 물러난다. 아리스텔라의 눈은 진심이었다.

"지, 지지지진정해, 아리스텔라. 우리 사이가 틀어지면 시어칸 님이 슬퍼할 거라는 생각 안 들어?"

"안 들어. 임무 포기는 중한 죄. 마스터를 귀찮게 할 것까지도 없다. 아리스텔라와 데크쉬아는 여기서 자진한다."

"임무를 포기한다는 말은 안 했잖아!"

생기 없는 눈동자로 칼을 들이대는 소녀――아리스텔라는 데크쉬아와는 대조적으로 얌전하고 중후한 프릴로 장식된 셔츠와 스커트를 입고 있었다. 그런 차림과는 어울리지 않는 벨트를 허리에 차고 있는 건 데크쉬아와 동일하다.

하지만 벨트에 달린 건 투박하게 생긴 샴쉬르 두 자루다.

두 소녀는 머리색도 얼굴 생김새도 쏙 빼닮았다.

옷차림 외에 다른 차이가 있다면 데크쉬아가 오른쪽 머리를 리본으로 묶은 데 반해 아리스텔라는 왼쪽 머리를 리본으로 묶었다는 점 정도이다.

"임무는 완수할 거야. 그치만 이런 곳을 사흘 동안이나 헤매고 있잖아? 살짝 불평 정도는 할 수 있는 것 아니야?"

여자 쪽은 잘 모르겠지만 소년은 기니어스라고 했던가. 데크쉬아와 아리스텔라는 라지엘 보물고로 침입하려다가 두 성기사에게 저지당했다.

아리스텔라는 고개를 옆으로 흔든다.

"살짝 정도가 아니야. 벌써 꼬박 사흘이나 불평을 듣고 있다. 아리스텔라의 정신은 한계에 도달했어."

생각해보면 이 소녀의 눈동자가 이렇게 공허한 건 그게 원인인지도 모른다.

그러자 데크쉬아도 움츠러들어서 양손 손가락을 만지작거린다.

"저, 미안해. 내가 잘못했어. 나도 노력할 테니까 우리 같이 탈출하자. 그래서 임무를 완성하면 아무 문제도 없지?"

진심으로 사과하자 아리스텔라도 샴쉬르를 거두어 다시 칼집에 넣었다.

그런 다음 작게 한숨을 쉬고 그 자리에 주저앉았다. 아리스텔라도 기가 죽어 있기는 마찬가지인 것 같다.

데크쉬아는 다시 그 옆에 앉아서 중얼거렸다.

"우리가 사흘이나 곁에서 떠났는데 시어칸 님은 괜찮으실까."

"……음. 빨리 돌아가고 싶다. 아리스텔라는 '그 녀석'은 위험하다고 경고한다."

그 녀석이라는 건 일주일 전에 나타난 〈마왕〉을 말한다.

시어칸을 구해준 건 고맙지만 도통 신용할 수가 없다. 마술사라는 게 원래 그런 건지도 모르지만 그는 우리의 왕(시어칸)과는 다르다.

"그 여자는 어디까지 튕겨 보냈어?"

"카타후니아 황야 외곽. 마차도 거의 다니지 않는 장소. 사흘은 벌 수 있어."

"사흘이라면 슬슬 시간이 다 되었다는 건가."

그래서 아리스텔라도 초조해하고 있는 것이다.

데크쉬아는 자조한다.

――오히려 우리가 발이 묶였으니 정말 웃기지도 않아.

아리스텔라의 마술로 두 성기사를 멀리 날려버린 것까지는 좋았지만 여자 쪽에서 보물고에 있는 덫을 가동시키고 말았다.

벽이라는 벽의 모든 위치가 뒤바뀌고 함정과 독침 같은 고전적인 덫부터 사령이 튀어나오는 악질적인 저주까지 발동되었다. 여기가 정말 교회의 지하가 맞긴 한 걸까. 차라리 마술사의 거점이라고 하면 믿을 수 있을 것 같다.

덕분에 데크쉬아와 아리스텔라는 사흘이나 미궁을 헤매고 다니게 되었다.

"그러고 보니 그 성기사들, **그 녀석**이 불러들인 건 아니겠지?"

고개를 갸웃거리자 아리스텔라는 머리를 끄덕인다.

"내통자라는 뜻?"

"응, 묘하게 우호적인 게, 이중 스파이 같은 짓을 하고 있는 건 아닐까?"

데크쉬아와 아리스텔라가 보물고로 간단히 숨어들 수 있었던 건 성기사측에 협력자가 있기 때문이다.

하지만 아리스텔라의 반응은 싸늘했다.

“그렇다면 마스터가 처리하실 터. 아리스텔라가 신경 쓸 일은 아니다.”

“하긴 배신자가 있더라도 그 녀석을 제거해봤자 아무것도 해결되지 않으니까.”

공복이나 졸음을 마술로 달래는 것도 슬슬 한계다. 식사와 수면은 마술로 장기의 활동을 저하시키거나 아리스텔라와 교대로 먹고 자면 조금은 버틸 수 있지만 물이 없는 게 제일 문제다.

특히 전이마술은 현재 가진 마술 중에서도 제일 소모가 크다. 아리스텔라의 피폐는 전투에 지장이 생길 정도로까지 심해졌다. 갑자기 자살을 요구할 정도로 그녀도 궁지에 몰려 있는 것이다.

——그런 건 싫어. 반드시 둘이서 시어칸 님의 곁으로 돌아갈 거야!

그럼에도 불구하고 계속 약한 소리만 하고 있었다. 확실히 데크쉬아가 잘못했다.

데크쉬아는 허리춤에 있는 주머니에서 종잇조각을 꺼냈다.

“나도 마냥 길을 헤매고 다니기만 한 건 아니야. 지도 제작 자체는 이미 다 끝났거든.”

덤벙거리는 소녀였지만 그 손에는 발걸음 수로 거리를 재면서 기록한 정밀한 지도가 있었다. 계층도 하나가 아니라 3층에 걸쳐 있다. 이제 이 미궁에 대한 거라면 주인인 교회 사람들보다 더 자세히 알고 있을 것이다.

"그런데 중요한 보물고로 이어지는 길이 보이지 않아."

"내 말이 그거야~. 〈아자젤의 지팡이〉라는 게 이런 미궁에 봉인해둬야 할 정도로 위험한 보물인가 봐?"

"분명 위험해, 냄새가 위험해."

"……아리스텔라, 조금 자도록 해. 머리가 제대로 돌아가지 않잖아."

그렇게 지적하자 아리스텔라는 충격을 받은 것처럼 눈을 커다랗게 떴다.

"데크쉬아에게 바보 취급을 당했다. 아리스텔라는 이제 죽는 수밖에 없어."

"넌 도대체 나를 어떻게 생각하고 있는 거야?"

노려봤지만 아리스텔라는 데크쉬아의 무릎으로 풀썩 쓰러졌다.

"아, 진짜. 남의 무릎을 멋대로……."

데크쉬아가 한숨을 흘릴 즈음, 아리스텔라는 이미 새근새근 잠들어 있었다.

아리스텔라의 머리를 부드럽게 쓰다듬는 데크쉬아는 천진난만하게 웃으며 속삭인다.

"열심히 노력해서 잔뜩 죽이는 거야. 희귀종, 성기사, 마술사 모두 죽여서 시어칸 님을 기쁘게 해드리는 거지. 〈아자젤〉 때처럼 말이야, 아리스텔라."

"……응. 열심히 죽이자, 데크쉬아."

거기에 주저나 죄책감은 조금도 없다. 소녀들은 가여울 정도로 순수한 마술사였다.

◇

날이 저물었다.

성도에 도착했지만 관광을 하기에는 시간도 이미 늦었다. 그래서 자간과 네피는 숙소를 잡았는데…….

——도대체 어째서 이렇게 된 거지!

현재 자간과 네피가 잡은 방에는 거대한 침대가 하나 놓여 있다. 하나뿐이다. 그럼에도 불구하고 베개는 두 개가 있었다.

이미 식사와 목욕을 끝내서 자간은 타월천으로 된 가운 차림.

네피는 연한 하얀색의 잠옷을 입은 귀여운 모습이다. 평소에는 리본으로 묶고 있는 머리를 푼 것도 분위기가 달라서 좋다.

참고로 라파엘은 종자답게 방을 따로 잡았다. 성도에서는 자유롭게 행동하기로 했으니 알아서 움직일 것이다.

아니, 물론 원인은 알고 있다.

네피가 긴장한 목소리로 말한다.

"시, 신혼여행을 가면, 이런 방에 묵게 되는군요……."

이곳은 성도에서 가장 큰 숙박시설 중 하나인 숙소 '라지엘의 눈동자'. 라파엘이 예약한 이 숙소의 프론트에서 자간과 네피는 별 생각 없이 서로를 '여보', '당신'이라고 불렀고 직원에게 '신혼여행이시죠?'라고 확인까지 받았다.

당연히 숙소측에서도 신혼부부용 방으로 환대해주기 때문에 이 문제로 불평을 하는 건 번지수가 한참 잘못된 거다.

——하지만, 하지만! 이 상황을 어떻게 하면 된단 말이냐!

머뭇머뭇 네피를 쳐다본다.

'이, 이게…… 마뉴엘라가 말했던…….'

올 때가 온 것이라고 각오하고 있는 것 같은 분위기다.

침을 꿀꺽 삼키는 소리가 난다.

——괘, 괜찮을까……? 이건 진도를 더 나가도 된다는 뜻인가?

주저할 필요가 어디 있단 말이냐.

……아니, 주저할 요소는 있었다. 자간 역시 아직도 손을 잡거나 같이 걷기만 해도 얼굴이 빨개지는 초심자다. 입맞춤도 한 번밖에 하지 못했다. 침대 위에서 어떻게 하면 되는지는 이론적인 것밖에 모른다.

즉 밤의 시간에 네피를 에스코트할 자신이 없었다.

자간은 머리를 붕붕 흔든다.

——에잇, 한심하긴! 그러고도 네가 네피를 행복하게 해줄 수 있는 남자냐, 자간!

스스로에게 자신감을 불어넣은 다음, 자간은 네피의 어깨를 잡았다.

"네, 네피!"

"네, 네에!"

다음 말이 나오지 않는다.

심장이 미친 듯이 방망이질 치고 있다.

네피도 마찬가지인지 그가 잡은 어깨가 떨리고 있는 것이 느껴졌다.

잠옷이 얇아서 피부의 온기가 그대로 전해져온다. 가슴팍도 살짝 비쳐 보이고 긴장한 탓인지 땀이 조금 배어 있었다.

감청색 눈동자를 들여다보니 새하얀 속눈썹에 둘러싸인 눈동자에 자신의 경직된 얼굴이 비치고 있었다.

다시 스스로에게 자신감을 불어넣으려고 하자 먼저 움직인 건 네피였다.

자간의 가슴에 풀썩 몸을 맡기더니 꺼져 들어가는 것 같은 목소리로 이렇게 중얼거린다.

"오, 오늘은, 한 침대에서 자도, 괜찮은, 거죠……."

눈이 번쩍 뜨일 만한 한마디였다.

――네피도 불안할 텐데 이 무슨 한심한 꼴이냐!

자간은 네피의 몸을 번쩍 안아들었다.

"다, 당연하지!"

"……네!"

네피는 그대로 목에 팔을 감고 그를 꽉 끌어안았다. 평소와 달리 적극적인 모습에 가슴이 뜨거워졌다.

자간은 네피를 안아든 채 침대에 걸터앉는다.

평소에는 딱딱한 옥좌에만 앉아 있다 보니 왠지 마음이 진정되지 않는 기분이었다.

――다, 다음은 옷을 벗기고……. 아니, 아직 일러. 음, 음…….

일단은 침대에 누워야겠지.

그런 생각을 하다가 두 사람 모두 아직 슬리퍼를 신고 있다는 사실을 깨달았다. 자신의 슬리퍼는 휙 걷어차 버리고 한 손을 떼서 네피의 발에서 한쪽씩 슬리퍼를 벗겨낸다.

훤히 드러난 맨발은 엄지까지 쭉 뻗어 있는 모습이 마치 발까지 부끄러워하고 있는 것 같았다.

그런 다음 조금씩 침대 중앙으로 몸을 이동시켜서 베개를 향해 눕는다.

그러자 자간이 팔베개를 해주는 형태가 되었다.

"휴우……."

네피의 입에서 비명인지 환희인지 알 수 없는 목소리가 흘러나온다.

——아, 그런데 굳이 따지자면 이건 마지막에 해야 되는 것 아닌가?

애당초 '정확한 순서'가 있는지조차 모르지만, 자간은 고민에 잠겼다.

잔뜩 흥분한 건 네피도 마찬가지인 모양이다. 빙글빙글 돌아가는 눈을 한 채 코를 킁킁거린다.

"……자간 님의 냄새가 나요."

"뭐, 내 냄새?"

자간이 당황하자 자기가 무슨 말을 했는지 자각했는지 귀는 말할 것도 없고 얼굴까지 새빨개진다.

"아, 아니에요! 아니, 아닌 건 아니지만……."

"으음, 내 냄새라는 건, 어떤 냄새지?"

자신의 체취 따위는 신경 써본 적도 없었다. 아니, 맡아봐도 모른다.

"히익? 그그, 그건 저…… 땀냄새도 나고."

듣고 보니 네피뿐만 아니라 자간도 긴장 탓인지 땀을 흘리고 있었다.

그런데도 꼭 붙어 있었던 것이다.

"미안하다, 그건 몰랐어."

"아, 아니, 아니에요. 싫은 건 아니거든요"

서로 횡설수설하다가 네피가 웃음을 터뜨린다.

"왠지 처음 만났을 때가 생각나요."

"아……. 응. 뭐, 그때는 이것저것 다 서툴렀지."

"네. 그리고 제 이야기를 들어주신 밤도 그랬죠."

"네피의 이야기?"

고개를 갸웃거리자 네피는 자간의 얼굴 앞에 손을 들어보였다.

"마법 말이에요. 제가 마을에서 무슨 짓을 했는지 듣고도 자간 님은 정말 아무 일도 아닌 것처럼 받아들여줘서 기뻤어요."

"그건 뭐, 내가 더 말도 안 되는 짓을 저질러 왔으니까 그렇지."

오히려 그런 상황에서도 도망치지 않은 네피가 더 대단하다고 생각했다.

네피는 자간의 팔에 머리를 대고 문지른다.

"그날 밤, 제가 이렇게 곁에서 잠을 자드릴 생각이었어요."

"그거라면 했잖아. 그렇게 푹 잔 게 얼마 만인지 몰라."

"그렇게 말씀해주시니 기뻐요."

네피의 하얀 머리를 어루만진다.

"그때와 비교하면 웃음이 꽤 많아진 것 같구나."

"제, 제가 그렇게 무뚝뚝했나요?"

무표정했다는 자각은 있는지 당황해서 묻는다.

"아니, 무뚝뚝한 건 아니었다. 그건 그것대로 귀엽기도 했고."

"히으으……."

네피는 새빨간 귀를 떨더니 반격한다.

"그치만 표정이 부드러워진 건 자간 님이라고 생각해요."

"어, 내가 그렇게 무서운 얼굴을 하고 있었나?"

"무서운 얼굴이라고 할까……. 그게, 당시에는 말의 의미를 헤아리기 힘들었다고 할까……."

하긴 성에 와보니 여기저기 고문 도구와 시체가 널브러져 있고 자간 자신도 오해하기 쉬운 말만 했었다. 네피 역시 정신이 하나도 없었을 것이다.

자간은 미안한 듯 뺨을 긁적인다.

"그것도 미안하다. 그때는 솔직하게 네피를 귀엽다거나 좋아한다고 말할 수가 없었거든."

"귀, 귀, 귀엽다구요?"

"당연하지. 예전도 지금도 온몸 구석구석 귀엽지 않은 곳이 없어! 아까 발가락을 끝까지 쭉 뻗고 있던 것도 얼마나 귀여웠는데."

"그런 곳은 왜 보고 그러세요!"

네피는 눈물을 글썽이며 얼굴을 가렸다.

——그런 점도 다 귀여운데…….

하지만 계속 '귀엽다'를 연호하면 네피가 기절할지도 모른다. 자간은 현명하게 입을 다물었다.

"오늘은 추억 이야기를 많이 하는군."

"그건…… 이렇게 단둘이 있는 건 포레가 온 이후로 처음인 것 같지 않아요?"

——그러고 보니 그렇군!

네피도 둘만의 시간을 원했던 것이다. 자간은 왜 알아차리지 못한 걸까.

하지만 네피는 만족스러운 듯 자간의 가슴에 얼굴을 파묻었다.

"하지만 가끔이라서 더 좋은 것 같아요."

"그, 그래?"

"그치만 매일 이러면 부끄럽고 기뻐서 기절할지도 모르잖아요."

네피를 부끄럽게 만드는 게 은밀한 즐거움인 자간의 얼굴이 굳었다.

자간은 네피의 등을 가만히 어루만진다,

"일리 있는 말인 것 같기도 하군."

실로 반년 만에 완벽하게 둘만의 시간을 가지게 되었다. 충분히 부끄러워하게 만들어야지.

추억을 되돌아본 덕분일까, 서로 긴장도 풀리기 시작했다.

"네피……."

마침내 다음 단계로 나가려고 하는 순간…… 자간의 입에서는 얼빠진 목소리가 나오고 말았다.

"어라, 네피?"

네피는 자간의 가슴에 얼굴을 묻은 채 새근새근 잠들어 있었다.

——으으으음~! 왜 지금 자는 거냔 말이다!

하긴 무리도 아니다.

거의 아무 설명도 없이 성도까지 데리고 왔고 오는 내내 흔들리는 마차에 몸을 싣고 있었으니 피로가 쌓일 만도 하다. 그리고 지금 상황에서 네피의 긴장과 피로가 피크에 도달했다.

그 극한 상태에서 긴장의 실이 끊어지면 이렇게 될 만도 하다.

자간도 생각을 바꾸고 어깨에서 힘을 뺐다.

"……뭐, 괜찮나."

처음으로 사복 입은 모습도 봤고, 마차 안에서 서로 '여보', '당신'이라고 부르면서 오베론과 소년 성기사와도 대화를 나누었고, 밤에는 이렇게 추억을 떠올리며 이야기꽃을 피우고 귀엽고 사랑스러운 네피를 실컷 볼 수 있었으니 말이다.

성도에서 지내는 날은 오늘밤만 있는 게 아니다.

내일은 좀 더 잘해보자.

자간도 나름대로 만족하고 잠이 들었다.

"미안해, 네프테로스. 이제부터 임무를 맡게 되었어."

성기사장 회합 직후, 샤스틸은 대기실로 돌아가 그렇게 말했다.

그곳에는 은색 머리에 금색 눈동자, 그리고 갈색 피부를 가진 엘프 소녀가 있었다. 성격이 강해 보이는 표정도 그렇고 평소에는 별로 느껴지지 않지만 가만히 있으면 정말 네피를 쏙 빼닮았다.

〈마왕〉 비프론스의 손에 의해 만들어진 하이 엘프이자 네피의 여동생이기도 한 네프테로스다. 그 옆에는 장신의 성기사 리처드가 있다.

"함께 가겠습니다."

"아니, 귀공은 네프테로스 옆에 있어줘. 아무래도 우리에겐 별로 좋지 않은 상황인 것 같아."

"그건 무슨……."

"——비프론스군."

샤스틸이 대답하기 전에 네프테로스가 그렇게 말했다.

"가슴 속이 질퍽질퍽 불길한 느낌이 들어. 그 사람이, 근처에 있는 거지?"

"……맞아."

인조인간이라는 성질상, 결별한 지금도 그 존재가 느껴지는 것이리라.

"비프론스가 이곳에 있다는 건 형부의 마술이 깨어졌다는 뜻……?"

〈마왕〉 비프론스는 자간에게 '서약의 마술'이 걸려서 네프테로스 앞에 모습을 나타내지 못하게 되었다. 이 마술을 깨면 기다리고 있는 건 자신의 죽음이다. 〈마왕〉 정도 되는 자에게는 수지가 맞는 일은 아니다.

"아니, 꼭 그렇다고만은 할 수 없어. 그 〈마왕〉은 시어칸과 손을 잡았다고 해. 목적이 그쪽이라면 네프테로스 앞에 나타날 생각은 없을지도 모르지."

"그렇다면 우리도 같이 가는 게 좋지 않아? **벌레 제거**는 할 수 있을 거야."

샤스틸은 가열찬 비아냥거림에 씁쓸하게 웃으면서도 머리를 가로저었다.

"안 돼. 다른 성기사장들도 전원 돌입하게 될 거야. 만약의 경우에는 네프테로스와 리처드의 도움이 필요할 테니까 여기서 위험을 무릅쓰게 할 수는 없어."

샤스틸은 네프테로스를 지켜줘야 하는 친구라고 생각하고 있지만 동시에 의지할 수 있는 동료라고도 생각하고 있다.

지금 이 교회에서 샤스틸은 명확하게 적을 만들고 말았다. 혹시라도 그들에게 허를 찔리게 되었을 때, 도움을 구할 수 있는 건 네프테로스와 리처드 밖에 없다.

——애당초 우리의 목적은 그 대책이니까…….

오베론 경의 의뢰는 샤스틸 일행 입장에서는 예상치 못한 사태이다.

네프테로스는 어쩔 수 없다는 듯 고개를 끄덕였다.

"……알았어. 이런 때의 넌 짜증날 정도로 냉정하다니까. 나도 고민할 시간 정도는 좀 줘."

"미안해. 나중에 꼭 갚도록 할게."

"가, 갚고 말고 할 일이 아니잖아!"

네프테로스가 답답하다는 듯 머리를 흔들자 샤스틸의 발밑에서 낯익은 웃음소리가 울려 퍼졌다.

「히히, 그보다 범인의 목적은 대충 짐작하고 있겠지, 덜렁이.」

"덜렁이라고 하지 말라고 했잖아, 발바로스."

당연하다고 할까, 그 회합의 자리에서도 발바로스는 샤스틸의 '그림자'에 숨어 있었다.

그림자 속에서 어이없어하는 한숨이 흘러나온다.

「……오늘은 누가 뭐래도 덜렁이였잖아. 그 꼬마가 말리지 않았으면 사이좋게 칼부림 파티를 벌렸을 거라고.」

"으, 그건……."

그 지적에는 샤스틸도 이마에서 땀을 흘리며 시선을 피했다. 스텔라가 나타났을 때 보인 모습은 그 어떤 변명도 할 수 없었다.

"어, 뭐야. 또 무슨 짓을 저지른 거야?"

"네프테로스까지 그렇게 말하지 마! 안 그래도 꽤, 한계에 다다랐단 말이다."

"네가 그런 게 하루 이틀 일도 아니잖아? 자자, 울지 마."

네프테로스는 익숙한 모습으로 샤스틸을 끌어안더니 머리를 쓰다듬어준다.

——분하지만 힐링 되는 기분이야…….

샤스틸이 진정하자 발바로스가 다시 그림자 속에서 말을 걸어 온다.

「미리 말해두지. 자간 녀석도 성도에 와 있어.」

"자간이? 그도 〈아자젤의 지팡이〉라는 걸 쫓고 있는 건가?"

「글쎄? 신부도 함께 있으니까 의외로 그냥 관광하러 온 건지도 모르지.」

발바로스의 말에 샤스틸과 네프테로스는 어처구니가 없다는 듯 머리를 흔들었다.

"설마. 자간이 그렇게 무계획적인 행동을 할 리 없잖아?"

"맞아. 형부라면 비프론스의 행동을 미리 읽은 건지도 몰라."

「……너희들, 자간에 대한 망상이 너무 과한 것 아니냐?」

실제로는 발바로스의 말이 맞았지만 아무도 그를 믿으려 하지 않았다. 평소의 행실을 생각하면 어쩔 수 없는 일이긴 했다.

「뭐, 됐어. 그보다 여기서 **범인**을 잡지 않으면 더 이상 기회는 없는 거야!」

공생파라는 입장에 있는 샤스틸은 교회 내에서 고립되어 있다. 정보까지 차단되어 있으니 궁지에 처한 셈이다.

——하지만 동시에 그렇게까지 할 수 있는 사람이라면 한정되어 있지.

추기경급이나 성기사장급이다.

"추기경측은 공생파가 제압하고 있다고 했어. 그렇다면 범인은 성기사장 중 한 명이라는 뜻이 되는데……."

솔직히 의심하기 시작하면 모두가 다 수상해 보인다.

——제일 수상한 건 카르티아이넨인데…….

회합 중에도 '반역자' 운운했을 정도다. 의심하지 않는 게 더 이상하긴 하지만 너무 노골적이라서 반대로 별로 수상하게 느껴지지 않기도 한다.

머리를 갸웃거리고 있자 그림자 속에서 즐겁게 웃는 소리가 들린다.

「수상한 놈은 하나 밖에 없었잖아.」

"……! 진짜야?"

그림자 속에서 보는 시점은 샤스틸과는 다른 걸까.

「그보다 너도 이제 좀 눈치 채야지. 그 녀석이잖아——앗.」

말을 하던 발바로스의 기척이 갑자기 사라졌다. 한 발 늦게 샤스틸도 깨달았다.

——누군가 왔다.

샤스틸은 평정을 가장한 채 리처드에게 말을 건넨다.

"어쨌든 그렇게 됐으니까 귀공은 네프테로스를 지켜줘."

"알겠습니다."

"난 보호를 받을 정도로 약하지 않아."

두 사람 모두 얼른 눈치를 채고 샤스틸에게 맞춰준다.

바로 그때 방문을 두드리는 소리가 울려 퍼졌다.

"샤스틸, 잠깐 좀 괜찮나?"

그렇게 말하고 안으로 들어온 사람은 바리야카였다. 그는 들어오자마자 네프테로스를 보고 눈이 동그래졌다.

"바리야카 경, 이런 때에 무슨 일이신지?"

"아, 아아……. 상대는 〈마왕〉이다. 보물고에는 2인1조로 돌입하게 되어다. 귀공은 나와 같이 팀을 꾸리지 않겠냐고 물어보러 왔는데……."

교회에 있어 엘프는 신성한 존재이기도 하다. 바리야카의 시선은 네프테로스에게 못 박혀 있었다.

"소개하지. 부관인 리처드와 내 개인적인 친구인 네프테로스다. 이쪽은 바리야카 경. 나와 똑같이 성기사장 중 한 명이지."

리처드는 자세를 바로 하고 경례하고 네프테로스는 가볍게 눈인사를 한다. 바리야카는 공손히 머리를 숙였다.

"깜짝 놀랐네. 설마 엘프 협력자까지 얻었을 줄이야. 이거, 내가 괜한 참견을 하는 건 아닌지 모르겠군."

이 말에 네프테로스는 눈썹을 찌푸렸다.

"당신, 샤스틸과 사이가 좋아?"

"사이가 좋다고 할까, 그녀의 오빠는 예전에 내 부관이었지. 그래서 샤스틸을 여동생처럼 생각하고 있어. ……물론 그녀도 지금은 훌륭한 성기사장이니까 언제까지고 어린애 취급하는 게 좋지 않다는 건 알고 있지만."

"흐음, 그래?"

네프테로스의 시선에 샤스틸은 긍정의 의미를 담아 어깨를 으쓱였다.

"그렇다면 샤스틸을 부탁할게. 꼭 중요할 때 덤벙대는 면이 있으니까."

"네프테로스."

"그래도 의지하고 있으니까 없어지면 곤란해."

솔직한 말에 샤스틸 역시 자기도 모르게 멈칫한다.

"약속하지. 털 끝 하나 다치지 않도록 하겠다고. 자, 가자, 샤스틸. 다른 성기사들은 이미 돌입했다."

"알았어."

바리야카의 재촉에 샤스틸도 검자루에 손을 올린다.

"금방 돌아올 테니까 걱정하지 말고 기다리고 있어."

"응, 잘 다녀와."

샤스틸은 고개를 끄덕이더니 대기실을 나선다. 나가기 직전에 문득 생각난 것처럼 리처드를 쳐다본다.

"……그리고 리처드. 귀공도 열심히 해."

"……네. 노력하겠습니다."

성기사들의 회합이 있는 동안 단둘이 있었을 텐데도 두 사람 사이에서는 어떤 진전도 찾아볼 수 없었다.

◇

같은 날 밤. 포레는 옥좌에 오도카니 앉아 생각에 잠겨 있었다.

——자간이 자신을 위해 놀러간 건 기쁜 일이야. 그치만…….

왜 지금 타이밍에?

포레가 아는 자간은 네피와 관련되기만 하면 갑자기 바보가 된다. 하지만 〈마왕〉과 다툼 중인 지금 상황에서 방어를 허술하게 하는 어리석은 대책을 취할 남자는 아니다.

자간이 잠깐 성을 비운 오늘, 비프론스의 침입이 있었다.

현재의 포레를 신뢰해준 것으로 받아들일 수도 있지만 그건 어디까지나 즉시 도우러 올 수 있는 거리였기 때문이다. 물론 부재 중에 고메리와 키메리에스는 성에 두고 갔지만 금방 돌아오기 힘든 먼 곳으로 갔다면 이야기는 다르다.

그렇다면 방어를 희생해서라도 자간이 직접 움직일 필요가 있었다는 뜻이 된다.

——그렇다면 그건 뭘까?

신경 써도 어쩔 수 없는 일인지도 모르지만 신경 쓰인다.

답을 알 수가 없어서 뒤로 기대자 등받이가 생각보다 멀리 있어서 쿵 하고 떨어지고 말았다. 그 순간, 황금색 눈동자가 눈에 들어온다.

“쿡쿡, 꽤 험악한 표정을 짓고 있군요.”

알시에라였다. 팔걸이에 걸터앉아서 포레의 얼굴을 살펴본다.

“빈 집을 지키고 있으려니 불만스러워서 그래요?”

“그런 건 아니야.”

불만은 아니지만 불안한 건지도 모른다.

그 점을 꿰뚫어본 듯이 알시에라는 포레의 머리를 쓰다듬었다.

“자, 이번 은안의 왕의 목적은 어디에 있는 걸까요?”

정곡을 찔렸지만 포레는 이젠 익숙하다는 것처럼 고개를 끄덕인다.

“곤란해 하는 것 같진 않았어. 하지만 서두르고 있는 것 같아.

무슨 일이 있었던 걸까?"

"그럼 알아보러 가는 건 어떨까요?"

"……됐어. 자간을 방해하고 싶진 않아."

모처럼 네피와 단둘이 여행을 하고 있다. 그 여행을 따라가면 또 평소와 똑같아진다.

평소의 두 사람도 물론 좋아하지만 조금 더 진도를 나가도 괜찮지 않을까 싶다.

알시에라는 다시 즐겁게 웃는다.

"은안의 왕을 쫓아가지 않아도 은안의 왕이 무엇을 봤는지는 알아낼 수 있어요."

"……오리아스에게 가는 거야?"

어제, 자간은 오리아스의 거처를 찾아갔었다. 그곳에서 무슨 일이 있었거나 무언가를 발견했다. 그래서 갑자기 성도로 간다는 말을 꺼낸 것이다.

호기심이 생겼지만 역시 포레는 고개를 가로저었다.

"그건 안 돼. 난 알시에라를 지킬 거야."

포레가 비프론스에게 한 방 먹일 수 있었던 건 이곳이 자간의 영지이기 때문이다. 밖에서 마주쳤다면 승산은 없었을 것이다.

알시에라는 그것도 알고 있다는 것처럼 고개를 끄덕인다.

"그래서 말한 거예요. 나와 함께 가면 골치 아픈 일은 전혀 없을 거예요."

아무래도 포레를 데리고 가주겠다는 말인 것 같다. 마음이 흔들렸지만 포레는 머리를 붕붕 옆으로 흔든다.

"……감사의 의미라는 거지? 알시에라를 지킨 건 내 사정 때문이야. 그러니까 괜찮아."

"감사의 의미가 아니라 상이에요. 열심히 노력한 아이는 상을 받아도 될 자격이 있는 거잖아요."

그 말에서는 고메리가 말하는 '상'처럼 수상쩍은 느낌이 났지만 포레는 부정할 이유가 떠오르지 않았다.

——자신의 능력에 맞게 열심히 했으면 받아들여도 되는 건가?

무리하는 게 아니라면 받아들일 건 받아들이는 게 좋은 걸까.

포레는 시계의 초침이 한 바퀴 돌 정도의 시간 동안 고민하다가 고개를 끄덕였다.

"알았어. 그럼 갈게."

"쿡쿡, 착한 아이군요."

어딘가 기쁜 목소리로 말하는 알시에라를 보니 포레도 알 수 있을 것 같았다.

"알시에라도 신경 쓰였던 거지?"

"제가 신경 쓰지 않을 것 같나요?"

알시에라는 팔걸이에서 폴짝 내려오더니 손을 내밀었다.

"자, 갈까요?"

"……지금 당장?"

이미 늦은 밤이다. 평소라면 포레는 이불 속에 들어가 있을 시간이다.

하지만 밤의 일족 소녀는 장난치자고 꼬드기는 나쁜 꼬마 같은 미소를 지으며 말한다.

"지금은 제 시간이랍니다."

역시 졸리긴 했지만 그와 동시에 신경이 쓰여서 도저히 잠들지 못할 같은 느낌도 든다. 망설이긴 했지만 결국 포레는 그 손을 잡았다.

"그럼 갈게."

——뭘까, 이 느낌은.

자간이나 네피에게서 느낄 수 있는 온기와 비슷하지만 어딘가 다르다. 고메리와 라파엘이 보여주는 다정함과도 다른, 그렇다고 싫지는 않은——.

——친구——그런 단어가 머릿속을 가로질렀다.

한쪽은 〈마왕〉에 비견된다고 하는 용의 딸.

다른 한쪽은 자간조차 이기지 못한다는 말을 하게 만든, 오랜 세월 살아온 흡혈귀.

그 두 사람이 나란히 서 있는 광경이긴 했지만 실제로는 두 소녀가 손을 잡고 신나게 놀러 가는 모습으로 밖에 보이지 않았다.

'크흐흐, 이건 이것대로 좋은 사랑의 힘! 두 사람 모두 부양하고 싶어지는 이 보호 본능은 무엇이란 말이냐! 사랑의 힘에는 참으로 무한한 가능성이 숨어 있구나!'

"……고메리도 갈래?"

옥좌의 방 앞에서는 노파가 행복에 겨운 몸부림을 치고 있었다.

◇

날이 밝을 무렵. 포레와 알시에라, 그리고 고메리, 이렇게 세 사람은 오리아스의 거점에 도착했다. 포레와 알시에라의 나이에 맞춘 건지, 지금은 고메리도 어린아이의 모습을 하고 있다.

——고메리 나름대로 우리를 호위해주려는 건지도 몰라.

90퍼센트는 자신의 욕구 때문이겠지만 10퍼센트 정도는 포레와 알시에라를 지켜주려는 목적이 있는 게 아닐까 생각한다. 평소 본능대로 행동하는 이 노파 입장에서 보면 10퍼센트는 상당히 큰 비중이다.

오리아스의 거점을 직접 눈으로 본 알시에라는 이상하다는 듯 고개를 갸웃거렸다.

"이곳이 〈마왕〉이 사는 장소라고요?"

그곳은 큐아노에이데스에서 멀리 떨어진 북쪽 숲에서도 꽤 깊은 곳에 위치하고 있었다. 걸어서 갈 수 있는 범위 안에 마을은 없고 사냥꾼조차 발을 들여놓지 않는다고 한다. 물론 여자가 있는 기척도 전혀 없으니 고메리가 목숨을 걸고 도주를 꾀할 정도의 비경이긴 했다.

성도 라지엘보다 더 먼 곳에 있고 자간의 성에서는 마차를 타고도 일주일은 걸리는 경우도 있는 거리에 위치한 장소다.

그런데도 불구하고 셋이서 성을 나온 지 몇 시간 후에는 이곳에 있었다.

——심부름꾼 정도는 아니지만 전이마술이다.

자간이 이동용으로 마련해준 마술 장치이다.

발바로스처럼 어디든지 갈 수 있는 건 아니지만 자간은 정해진

장소와 장소를 잇는 마술을 습득하는 데는 성공한 모양이었다. 목적지에 마술진을 그려둬야 하기 때문에 한 번은 직접 발로 이동할 필요가 있지만 이것 또한 고도의 마술이다.

오히려 한 번 인식한 사람의 그림자라면 누구의 것이든 이을 수 있는 발바로스가 이상한 거다. 그건 마술사로서는 천재적인 실력이다. 과연 〈마왕〉 중에도 그 정도로 공간 전이에 뛰어난 사람이 있을까.

——자간이 〈마왕〉이 되기 전이라면 아마 심부름꾼이 가장 뛰어났을 것이다.

고메리와 키메리에스도 각 분야를 대표하는 마술사이긴 하지만 단순히 누가 제일 고도의 마술을 잘 다루는가 하면 발바로스이다.

그리고 제일 아래가 포레일 것이다. 당시의 자신에게는 용의 마력 외에는 뛰어난 것이 아무것도 없었기 때문이다.

——지금의 나라면 심부름꾼을 이길 수 있을까?

머릿속에서 발바로스와 싸우는 자신의 모습을 재현(시뮬레이션)해본다.

정면으로 마주 하고 시합처럼 싸우면 아마 이길 수 있을 것이다. 최악의 경우, 그림자와 함께 통째로 먹어서 죽이는 것도 가능하니까.

——그렇지만 **적대**하면 승산이 없을 것 같아.

밤에 혼자 걷고 있을 때. 혹은 잠잘 때. 친한 사람과 서로 웃고 있을 때.

늘 긴장을 늦추지 않고 사는 건 불가능하다. 발바로스는 그런

틈을 기다렸다가 천천히 나이프로 찌르기만 하면 된다. 다른 마술을 사용할 필요조차 없다.

물론 전이 마술을 막는 마술은 있다. 하지만 그 발바로스에게 그런 것이 통할까. 자간의 마법진조차 가볍게 빼앗는 괴물이다. 종이 방패로 검을 막는 것이나 마찬가지다.

기습을 받더라도 다음 마술을 허용하지 않고 나이프로도 죽이지 못하는 신체 강화를 자랑하는 자간이기에 대등하게 있을 수 있는 것이다.

그런 전이 마술의 구조를 배우려고 관찰하고 있자 알시에라가 의아한 듯 중얼거렸다.

"전에 왔을 때는 이곳이었어. 그렇지만……."

"흐음. 지금은 자리를 비운 것 같군."

고메리가 건물을 올려다보며 안심한 것처럼 말한다.

"그럼 자간은 오리아스와 만나지 못한 거야."

"글쎄? 만났기 때문에 이곳을 비웠을 가능성도……. 아니, 그건 아닌가."

고메리가 바닥을 살펴본다. 그곳에는 무수히 많은 발자국이 있었는데 이곳을 찾아온 사람이 바로 들어가지 않고 그 앞에서 우왕좌왕하고 있었다는 걸 알 수 있었다.

——자간 일행도 아무도 없는 것을 알고 들어가기를 망설였던 거야.

이런 흔적을 금방 발견해내는 것을 보면 분명 이 노파도 유능하긴 하다.

알시에라가 복잡한 심정이 묻어나는 목소리로 말한다.

"〈마왕〉이라고 해서 훨씬 더 큰 성에 사는 줄 알았어요."

"스승님은 인간을 싫어하기에 이 정도가 딱 좋다고 하셨지."

오리아스의 거점은 다른 〈마왕〉과 달리 작은 집이었다. 마술사의 지혜의 창고인 서가는 마술로 만들어낸 아공간에 수용해두고 있다고 한다. 혼자 살기에 딱 좋은 크기라서 손님이 두세 명 정도 오면 비좁게 느껴질 정도다.

머리에 **혹이** 난 고메리가 이곳에서 정좌하고 있었던 모습이 기억에 새롭다.

건물 자체도 이끼가 끼어 있어서 주위에 있는 나무들과도 잘 동화되어 있다. 마치 엘프의 은신처 같은 정취가 풍겼다.

그런 오리아스의 은신처에 지금은 인기척이 없다. 그래서 고메리도 이곳에 따라온 것이겠지만.

"들어가 볼까?"

포레가 전이 마법진의 관찰을 포기하고 일어나자 알시에라도 고개를 끄덕인다.

"그러지 않으면 여기까지 온 의미가 없죠."

"키히히, 스승님의 비밀을 파헤치는 것도 재미있겠군."

"……그러면서 왜 제 뒤에 숨는 거죠?"

아무도 없다는 걸 알아도 거부 반응은 숨기기 힘든 모양이다. 고메리는 알시에라의 뒤에 딱 붙어 있었다.

"할머니, 잠깐 들어갈게."

포레는 일단 그렇게 말하고 나서 문에 손을 올렸다.

문에는 열쇠 구멍도 자물쇠도 없다. 안쪽에서 빗장을 채우는 방식이다. 살짝 밀자 삐걱거리는 소리와 함께 저항도 없이 열린다.

이른 아침인데도 집안은 어두컴컴하고 차가운 공기가 흘러나왔다. 습한, 나무들과 흙냄새가 코를 찌른다. 계절은 겨울이지만 재나 기름처럼 몸을 녹인 흔적이나 냄새는 없다. 아무래도 집을 비운지 하루 이틀이 지난 게 아닌 것 같다.

용의 눈으로 보면 이 정도는 밝은 바깥과 다를 게 없다. 포레는 집안을 둘러본다.

예전에 왔을 때는 벽쪽에 있던 테이블이 지금은 중앙에 있었다. 벽에는 가늘고 긴 선반이 세 개 있었는데 약품 몇 가지가 든 병이 늘어서 있는 선반이 둘, 나머지 하나에는 잡다한 양피지와 마도서가 꽂혀 있었다.

테이블을 보니 커다란 양피지 몇 장과 메모를 해둔 작은 종잇조각이 몇 개나 흩어져 있었다. 뭔가 조사하고 있었던 것처럼 보였는데 그대로 내버려두고 간 것을 보면 아마 정리할 여유도 없었던 걸까.

"싸운 것처럼, 보이지는 않아."

"그런 것 같아요. 불도 제대로 꺼두었구요."

알시에라가 난로를 가리킨다.

난로에는 새 장작을 지핀 흔적이 있고 재는 깨끗하게 치워져 있었다.

안으로 들어가니 얇은 바닥에서 끼익 하는 소리가 난다. 먼지가 쌓이기 시작했지만 발자국이 남을 정도는 아니다. 테이블을 만져

봐도 손가락 끝이 더러워지진 않았다.

그 사실에서 뭔가 깨달은 포레는 다시 테이블로 몸을 내밀어 종잇조각을 살펴본다.

"예전에 왔을 때는 좀 더 잘 정리되어 있었어. 급하게 나간 것도 아닌에 왜 이렇게 흐트러져 있지?"

"아니야, 스승님은 사생활에서는 꽤 칠칠맞지 못하……. 히익?"

뭔가를 폭로하려던 고메리는 비명을 지르며 뛰어올랐다.

"왜 그래?"

"왠지 누군가 나를 죽일 것 같은 느낌이 들어서……."

포레와 알시에라는 고개를 갸웃거렸지만 고메리는 덜덜 떨면서 더 이상 아무 말도 하려 하지 않았다.

알시에라는 집안을 확인하더니 고개를 갸웃거린다.

"이곳을 비운 지는 일주일 정도 되는 것 같네요."

"일주일이라면 〈아시엘 이메라〉 때라는 거야?"

"그렇게 되겠군요."

그 사실에 고메리도 어느 정도 불안한 표정을 지었다.

"스승님에게 무슨 일이 있을 리 없지만 그래도 마음이 쓰이네."

〈아시엘 이메라〉 사건은 '희귀종 사냥'의 재래라고 불러야 할 사건이었다. 그 희귀종 중 대표적인 예가 엘프다. 고메리가 우려할 만도 했다.

그때 고개를 가로저은 건 알시에라였다.

"이쪽에 간섭할 여유는 없었을 겁니다. 싸운 흔적도 없고 애당초 〈마왕〉 두세 명을 동시에 적으로 돌릴 멍청한 사람이라면 5년 전에 죽었을 테니까요."

확실히 그렇긴 하다며 포레도 납득한다.

비록 부상을 입긴 했지만 알시에라도 〈마왕〉급 괴물이다. 그런 그녀가 자간에게로 도망을 왔으니 실제로는 〈마왕〉 둘을 상대하고 있는 셈이 된다. 거기서 적을 더 늘리다니, 설령 자살 희망자라도 다른 방식의 죽음을 선택할 것이다.

——그러면 어떻게 된 거지?

포레는 의자 위로 기어 올라가 테이블 위에 흩어져 있는 종잇조각을 살펴본다.

"……못 읽겠어."

아무래도 엘프의 언어인 것 같다. 자간은 능숙했지만 포레는 읽지 못한다.

그 대신 고메리가 의자로 뛰어 올라와서 테이블을 내려다본다.

"어디 보자……. 아, 이건 나도 무리. 대부분이 신령 언어네."

"신령 언어……?"

그 〈마왕〉은 하이 엘프다. 아마 세상에서 신령 언어에 가장 정통한 사람은 네프테로스도 비프론스도 아닌 오리아스일 것이다.

"〈마왕의 각인〉이 그려져 있는 걸 보면 그것과 관련이 있는 것 같은데."

종잇조각의 수는 열세 장. 중앙에는 포레도 본 기억이 있는 〈각인〉이 그려져 있었다.

마지막으로 알시에라도 다른 의자 위에 올라가더니 예의범절 나쁘게 테이블에 걸터앉았다.

"심장…… 오른손…… 어머, 놀래라. 설마 〈마왕의 각인〉을 해석하고 있었던 거예요?"

고메리도 두 손을 든 메모를 알시에라는 술술 읽어내려갔다.

"읽을 수 있어?"

"그냥 조금 아는 정도예요."

"뭐라고 적혀 있어?"

포레가 묻자 알시에라는 알기 쉽게 찌푸린 표정을 지었다.

"별로 설명하고 싶지 않아요."

"상은 받아도 되는 거라고 했잖아."

그렇게 대꾸하자 알시에라는 체념한 것처럼 한숨을 쉬었다.

"……의외로 조르는 데 능숙하군요."

"키히, 그야 내가 열심히 가르쳐준 덕분이지."

"……포레, 사람을 가려가면서 사귀도록 하세요."

"칭찬으로 받아두지!"

진심으로 탄식하는 알시에라의 말을 고메리는 강철 심장으로 받아넘긴다. 이 노파도 일류 마술사라는 사실을 통감했다.

알시에라는 종잇조각을 집어 들더니 순서가 있는 것처럼 늘어놓기 시작했다.

"이건 심장. 은안의 왕의 〈각인〉이에요. 이게 폐. 꼬마 안드레의 〈각인〉이죠."

생각지도 못한 이름이 튀어나오자 포레와 고메리는 동시에 고개를 들었다.

"꼬마 안드레?"

"설마 〈마왕〉 필두인 안드레알푸스를 말하는 거냐?"

알시에라는 별 일 아닌 것처럼 고개를 끄덕인다.

"200년 정도 전이었나? 류카온까지 놀러 간 적이 있어요. 그때는 **응석쟁이**였는데 지금은 조금 차분해졌다고 봐야 할까요."

"200년 전……."

포레와 고메리 모두 그 연대에 대해 들어본 적이 있다.

——천사【고해】〈자라키엘〉——이 세상에서 이 녀석이 사용되는 건 200년 만이다. 라파엘조차 도달하지 못했던 성검의 최종형태자——.

그렇게 이야기하는 안드레알푸스는 성검과 〈마왕〉의 힘으로 자간까지 궁지에 몰아넣었다. 자간의 말에 따르면 그가 처음부터 죽일 생각으로 싸웠다면 이기지 못했을 거라고 한다.

그런 〈마왕〉이 도대체 무엇과 싸웠나 싶었는데 혹시 알시에라에게 도전했던 걸까. 게다가 말하는 걸 보니 일축당한 모양이다.

알시에라는 말문이 막혀 있는 포레와 고메리는 아랑곳 않은 채, 잇달아 종잇조각을 늘어놓는다.

"이건 왼손. 《마공(魔工)》 나벨리우스예요. 이건 눈동자…… 비프론스? 아아, 은안의 왕이 싫어하는 아이군요. 그리고 이게——."

알시에라의 목소리가 분노인지 한탄인지 알 수 없는 색으로 흔들린다.

"기억——《호랑이의 왕》 시어칸."

눈이 슥 가느스름해진다.

"그렇군요. 이제 어떤 구조인지 알겠어요."

"무슨 말이야?"

"〈마왕〉들이 어디까지 자각하고 있는지도 모르지만 한 번 〈각인〉이 깃들게 되면 그 영향으로부터 벗어나지 못해요. 은안의 왕은 본능적으로 그 사실을 알고 있는지도 모르죠. 그래서 이 힘을 극단적으로 멀리하고 싶어 하는 거예요. 그렇지만——."

테이블에 늘어놓아진 종잇조각의 중앙, 자간의 〈각인〉을 손가락으로 어루만진다.

"심장의 마력의 근원. 그 모습은 '주는 것'이에요."

그 말에 깜짝 놀란 사람은 포레만이 아닐 것이다.

——자간은 다른 사람에게 아낌없이 힘과 상을 준다.

물론 자간의 인품이 좋아서 그런 것도 있겠지만 이미 〈각인〉의 영향을 받고 있는 건지도 모른다.

알시에라는 계속해서 말한다.

"그리고 '주는 것'의 거절은 허무죠. 은안의 왕이 꼬마 안드레에게 선사해보인 〈각인〉의 정지는 심장의 힘만일 거예요."

그러던지 어쩔 수 없다는 듯 미소 짓는다.

"……은안의 왕은 조금 더 〈각인〉과 마주해**줬으면** 좋겠다는 생각이에요."

마치 〈각인〉이 그리운 친구라도 되는 것 같은 말에 포레는 고개를 갸웃거렸다.

"그건, 무슨 뜻이지?"

"……이야기가 조금 길었던 것 같네요. 지금 알고 싶은 건 시어칸의 〈각인〉이 아니었나요?"

아무래도 가르쳐주지 않겠다는 뜻인 것 같다. 상을 주겠다고 했지만 무엇이든 다 대답해주는 건 아닌 모양이다.

포레는 마지못해 납득했다.

"일단은 여기에요."

알시에라는 위에 놓인 두 장의 종이를 가리킨다. 그 두 장은 다른 종이와 달리 같은 표시가 되어 있었다.

"'눈동자'와 '기억'은 손을 잡은 건지도 모르겠군요."

"비프론스와 시어칸이?"

"이것도 〈각인〉끼리 서로 끌어당긴 결과일 수 있어요."

어떤 의미인가 하고 포레가 고개를 갸웃거리고 있자 고메리가 두 손을 마주쳤다.

"혹시 '기억'이라는 건 뇌를 의미하는 건가?"

"뇌라면 뭔가 달라지는 거야?"

"으음. 뇌 속에서도 기억을 관장하는 부위와 시신경은 바로 옆에 위치해 있지. ……그래서 쿠로카 아가씨의 치료도 쉽지 않을 정도다."

쿠로카의 이야기는 처음 들었지만 대충 그렇게 된 모양이다.

——머리에 대한 건 전문 밖. 하나도 모르겠어.

알시에라가 콜록 헛기침을 한다.

"하던 이야기로 돌아갈게요."

"이게 기억이라고 표기되어 있는 건 아마 필자의 실수일 겁니다. 하지만 결과적으로는 정확했는지도 모르겠군요."

그리고 알시에라는 말을 머뭇거리다가 입을 닫았다.

——말하기 곤란한 건가? 아냐, 아마도 말하고 **싶지 않은** 것.

고메리도 그 사실을 알아차린 것 같다. 재촉하지 않고 가만히 다음 말을 기다리고 있다.

결국 체념한 걸까. 알시에라는 입을 열었다.

"〈마왕의 기억〉에 봉해져 있는 건 글자 그대로 '최초의 마왕의 기억'……. 시어칸은 천 년 전의 진실을 지녔을 지도 모릅니다."

"천 년 전……? 그때 무슨 일이 있었어?"

알시에라는 고개를 옆으로 흔든다.

"말할 수 없어요."

심술이나 고집이 아니라 어떤 이유로 인해 입 밖으로 꺼내지 못한다는 걸 직감할 수 있었다.

알시에라의 이야기는 계속 이어진다.

"〈마왕의 기억〉을 계승하고 있다면 시어칸의 행동 이유도 알 수 있어요. 아주 어리석고 황당무계한 이야기이지만요."

"희귀종 사냥의 이유?"

포레가 확인하자 알시에라는 슬프게 고개를 끄덕였다.

"네. 말하자면 그건 세계를 구하려 하고 있는 거랍니다."

예상치 못한 말에 포레와 고메리의 눈이 동그래졌다.

"세계를 구해? 그런데 희귀종을 죽이고 있다고?"

"네. 어리석은 이야기이죠. 기억만 있어봤자 '그것 자체'가 되지는 못하는 것인데 말이에요."

"무슨 말이야?"

"말하자면 기억이라는 건 자세히 기록한 책 같은 것이라고 할 수 있어요. 그 책을 가지고 있더라고 저자가 되지는 못하잖아요?"

"잘 모르겠어. 저자가 된 것 같은 기분이 들더라도 그건 그냥 기분 탓이라는 거야?"

그렇게 물으니까 알시에라는 똑똑하다며 포레의 머리를 쓰다듬었다.

"이해가 빠르군요."

나쁜 기분은 들지 않았지만 〈마왕의 기억〉에는 도대체 무엇이 감춰져 있는 걸까. 포레는 한 발 더 내딛어 봤다.

"이해가 안 돼. 시어칸은 뭘 본 거지?"

"……아마도 한 남자의 비업(非業)의 죽음. 구하려고 했지만 구하지 못했던 그 사람, 그리고……."

가슴을 꾹 누른다.

"그때 죽은 '나'의 모습."

그것은 원망도 분노도 아닌, 그저 공허한 미소였다.

"자신에게 좀 더 힘이 있다면……. 그때 살았던 모두가 그렇게 생각했어요. 그래서 필사적으로 저항하고 싸우고 발버둥치고 쓰러졌다가 다시 일어나고, 그랬는데, 그래도……."

이 작은 몸으로 어떤 세상을 봐온 것일까. 알시에라는 가냘픈 어깨를 끌어안고 입술을 깨물며 한탄한다.

무시무시한 흡혈귀는 지금은 그저 울고 싶어도 울지 못하는 소녀로 밖에 보이지 않았다.

포레는 알시에라 옆으로 기어 올라가서 가만히 안아주었다.

"……괜찮아. 이젠 괜찮아."

자기도 왜 그랬는지 모르겠지만, 포레는 알시에라의 머리를 쓰다듬으며 그렇게 말했다.

문득 소녀의 몸에서 힘이 빠지는 게 느껴졌다.

"후후, 피는 못 속이는군요."

"……?"

"옛날에 당신 아버지에게 같은 말을 들은 적이 있답니다."

"아버지……?"

자간을 말하는 건 아닐 것이다.

현룡 오로바스――신화시대부터 살았다고 하는 전설의 용이다. 천 년을 살아온 알시에라라면 안면이 있다고 해도 이상하지는 않지만.

이제 좀 진정이 된 모양이다.

알시에라는 포레에게서 몸을 떼더니 차분한 목소리로 이야기를 한다.

"이야기가 빗나갔군요. 시어칸은 제가 죽는 광경을 봤어요. 그리고 그런데도 살아 있는 것을 알게 되었죠."

"밤의 일족이 되었다는 것?"

많은 마술사들이 불사가 되기 위해 밤의 일족으로 변모한다는 건 마술사에게는 상식이다.

알시에라는 고개를 흔들었다.

"제가 밤의 일족이 된 건 다른 이유가 있어서예요. 그렇지 않으면……."

다음 말은 입 밖으로 나오지 않았다. 그 대신이기라도 한 것처럼 알시에라는 자신의 복부를 만진다.

――상처가 아픈 건가……? 아니다.

다친 곳은 아니다. 그 동작이 무엇을 의미하는지 포레는 알아차렸다.

그래서 그 의미를 알아차리지 못한 척 하면서 묻는다.

"그렇게 되기 전에 한 번 죽었다는 거야?"

그렇기 때문에 〈아시엘 이메라〉는 알시에라의 생일이고 교회에서도 신성한 날로 기리고 있는 것이다.

알시에라는 작게 고개를 끄덕이고 말한다.

"인간이 인간으로 부활할 수 있는 가능성. 시어칸은 그걸 알게 된 거예요. 잃어버린 생명을 되찾을 가능성. 그건 인간이 죽음으로부터 해방되는 가능성이기도 하죠. 그것을 위해서라면 이 세상을 멸망시켜서라도 이루려고 하지 않겠어요?"

만약 정말로 인간이 죽음으로부터 해방된다면 그건 낙원이라 할 수 있을 것이다.

――하지만 그게 정말 행복일까?

한없이 불사에 가까운 존재인 알시에라조차 그 모습은 고뇌로 물들어 있는 것처럼 보인다. 무엇보다 알시에라 본인이 그것을 받아들이지 못하고 있다.

포레는 그 너머에 지금보다 좋은 세상이 기다리고 있다는 생각이 들지 않았다.

그런 생각을 하면서 말한다.

"시어칸은 어떤 사람을 되살리려는 거야? 그렇다면 그건 누구지?"

"그건 모르겠어요. 시어칸 개인적으로 관계가 있는지도 모르고 천 년 전의 누군가일지도 모르죠. 혹은…… 아뇨, 그렇게까지 어리석진 않을 거예요."

그러더니 스커트 안에서 '천사 사냥꾼'을 꺼낸다.

"**오라버니**는 숨통을 끊어놓는 데 실패했다고 했지만 '천사 사냥꾼'까지 사용했는데 그럴 리 없어요. 그때 분명 시어칸도 죽었을 거예요."

분명 충격적인 사실이었지만 포레는 다른 말에 주의가 끌렸다.

——오라버니……? 시어칸을 쓰러뜨린 건 자간의 친구인 마르크일 텐데.

그렇다는 건…….

——어떻게 하지? 자간에게 말하는 게 좋을까? 아니면 그냥 잠자코 있는 게 좋을까?

아직도 자간은 알시에라에게 복잡한 감정을 가지고 있는 것 같았다. 그런데 그 상대가 자신과 더 가까울지도 모른다는 걸 알게 되면 고뇌는 더 깊어질 것이다.

하지만 그렇다고 묵과해도 될 사실 또한 아닌 것 같다.

포레의 고뇌를 아는지 모르는지, 알시에라는 이야기를 이어나갔다.

"현재의 시어칸은 정말로 '시어칸'일까요? 혹시 그렇게 믿고 있는 다른 '무언가'는 아닐까요?"

"다른, 무언가……."

빨려들듯이 시선이 향한 곳은 테이블 위에 놓인 종잇조각이다.

〈마왕의 각인〉——이 안에 봉인되 '무언가'——그렇게 생각하자 소름이 끼쳐서 포레는 몸서리를 쳤다.

그러자 알시에라는 정신을 차린 것처럼 고개를 갸웃거렸다.

"어라? 그러고 보니까 조금 전부터 나머지 한 명이 조용한 것 같네요."

고메리를 말하는 것이리라. 포레는 별 일 아닌 것처럼 머리를 옆으로 흔들었다.

"늘 있는 일이니까 신경 쓰지 마."

"……어째서 피를 내뿜으며 쓰러져 있는 거죠?"

아마 아까 포레가 알시에라를 끌어안았기 때문일 것이다. 고메리는 만족스러운 표정으로 바닥에 엎어진 채 '나이스, 사랑의 힘……'이라는 말을 남겼다.

알시에라 정도 되는 사람도 고메리의 기행은 이해를 벗어난 일인 모양이다.

뭐, 늘 있는 일이라 포레는 다시 테이블로 시선을 돌렸다. 그곳에는 종잇조각 외에도 양피지 몇 개가 준비되어 있었다.

시선을 알아차린 알시에라는 양피지도 읽기 시작했다.

"이건 〈각인〉의 번역에 이용된 메모인 것 같아요. 어머, 여기는 엘프의 언어로 적혀 있네요."

양피지를 대충 훑어보고서 알시에라는 노골적으로 눈썹을 찌푸렸다.

"으응……? 이게 무슨 일이죠?"

"무슨 일인데 그래?"

"〈아자젤의 지팡이〉를 찾으러 간다고 적혀 있어요."

바로 자간이 뒤쫓고 있는 이름이다.

——오리아스는 그것을 쫓아가느라 모습을 감추었다. 즉 자간은 그것을 쫓고 있는 건가?

이번에는 라파엘도 동행하고 있다. 성도의 이름에 다다른 건 그 인지도 모른다.

자간의 목적이 오리아스인지 〈지팡이〉인지는 확실하지 않지만——아마 양쪽 다일 것이다——알시에라의 이 반응은 뭘까.

알시에라는 팔짱을 끼고 고개를 갸웃거린다.

"지팡이……? 지팡이라는 게 뭐죠? 그런 게 있었던가요……."

"그건, 말해도 되는 거야?"

보아하니 알시에라는 〈아자젤〉과 관계된 이야기는 못하는 것 같다. 만약 이야기해서 그녀에게 재앙이 닥치게 되면 어쩌냐고 물어보자 알시에라는 곤혹스러운 얼굴 그대로 고개를 끄덕인다.

"알지도 못하는 이야기를 해봤자 아무 관계도 없을 거라고 생각하는데요.”
잘 모르겠지만 이것과 관련해서는 말해도 되는 모양이다.
“있으면 이상한 거야?”
“그보다는 제가 짐작이 가는 게 전혀 없다는 게 이해가 되지 않아요. 그런 일이 있을 수 있나요…….”
알시에라는 한동안 머리를 갸웃거리더니 ‘아’ 하고 목소리를 높인다.
“설마 ‘그것’을 말하는 건가……? 아니, 그치만 그런 게……?”
“뭔가 생각났어?”
“이걸 생각이 났다고 해야 할지 모르겠지만 짐작이 가는 건 찾아냈어요. 그걸 ‘지팡이’라고 형용할 수 있을지는 모르겠지만요.”
그러더니 한숨을 내쉰다.
“은안의 왕이 성도로 향했다는 건 교회의 유물로 모셔져 있다는 소리겠지만 상당히 **과장된** 이야기예요. 뭐, 오라버니는 옛날부터 그랬지만요.”
또 흘려들을 수 없는 말을 듣게 되자 포레는 얼굴을 찌푸렸다.
――알시에라의 오라버니는 교회 사람?
즉 자간이 찾고 있는 인물에 대한 단서도 교회에 있다는 건가?
알시에라는 흥미를 잃은 것처럼 테이블에서 뛰어내린다.
“이것으로 은안의 왕이 왜 지금 여행을 갔는지 알게 되었네요.”
“괜찮을 것 같아?”
“그걸 시어칸에게 탈취당하면 확실히 골치 아파지게 될 것 같긴 하지만 일단은 괜찮을 거예요. 이것을 남긴 아이는 〈지팡이〉의 정체를 알고 있는 것 같으니까요."

이 메모들이 남겨져 있었던 건 이곳을 찾아올 사람——아마도 자간——에게 보내는 메시지였을 것이다. 난로를 포함해서 깔끔하게 잘 정돈되어 있는 걸 보면 걱정할 필요는 없다는 뜻도 느껴진다.

게다가 자간 일행이 성도로 향한 건 서두를 이유가 있었기 때문이다.

——생각해볼 수 있는 건 쿠로카의 치료와 관련된 것?

아니면 그 치료를 위해 네피에게 필요한 것일까. 어느 쪽이 됐든 더없이 자간다워서 충분히 납득이 되었다.

그리고 여전히 코피를 줄줄 흘리고 있는 고메리를 흔든다.

"자, 돌아갈 준비하세요. 전 이만 돌아가서 포도주를 마시고 싶어요."

"라파엘에게 혼 날 거니까 안 돼."

"어머, 성 근처에 큐아노에이데스가 있잖아요. 슬슬 시장이 열릴 시간이니 들렀다 가면 되죠."

포레는 한숨을 쉰다.

"알시에라는 나쁜 아이야."

"너무 좋은 아이로 있으면 어깨가 뻐근해진답니다."

고메리를 질질 끌면서, 세 소녀는 귀갓길에 올랐다.

◇

"호오, 이 알갱이는 뭐지?"

"타피=오카라는 것이라고 하네요. 저도 실물은 처음 봤어요."

"알 같은 건가?"

"아뇨, 감자의 일종을 가공한 것이라고 들었어요……."

아침. 팔베개를 한 채 아침까지 숙면을 취한 두 사람. 서먹서먹해서 눈도 제대로 맞출 수 없었지만 그런 서먹함도 디저트가 나오는 것과 동시에 사라졌다.

잠옷도 벌써 다 갈아입어 관광을 하러 나갈 준비는 다 되었다.

낯선 디저트를 앞에 두고 자간과 네피는 아주 진지하게 고민하는 중이었다.

메뉴의 이름은 타피=오카 주스라고 한다. 지금 성도에서 폭발적인 인기를 끌고 있는 음료로 이것을 맛보기 위해 먼 곳에서 여행을 오는 사람까지 있다고 한다.

"빨대의 굵기를 보니 이걸로 빨아서 먹으라는 건가? 아니, 빨아지긴 하나?"

테이블 위에 있는 건 예쁜 유리잔에 든 음료다. 음료 자체는 달달한 코코아에 우유를 섞은 것이다. 빨대가 꽂혀 있는 점을 봐도 마셔서 즐기는 음료인 건 명백하다.

그런데 그 코코아 밀크 바닥에는 콩처럼 생긴 알갱이가 여러 개 가라앉아 있었다.

——이건 얼음 같은 역할을 하는 건가? 아니면 먹어도 되는 건가?

평소 이럴 때는 네피가 답을 알려주지만 이건 네피도 잘 모르는 음식……. 아니, 음료라서 일단은 미지의 존재였다.

빨대의 굵기를 확인한다.

안에 든 검은 물체가 아슬아슬하게 통과할 것 같은 굵기로 일반적인 빨대의 두 배 이상은 되는 것 같다.

물론 마술사의 폐활량을 생각하면 아무것도 아니다. 하지만 가게에서는 마술사를 염두에 두고 내놓은 메뉴는 아닐 것이다.

시험 삼아 빨대로 찔러본다.

"호오……? 의외로 탄력이 있군."

"네. 게다가 왠지 조금 귀여워요."

"귀여워……? 음, 이런 것도 귀엽다고 표현하는 거구나."

"그게, 아우우……."

네피의 의외의 감성에 고개를 끄덕이고 있자 그녀도 실언이라고 생각했는지 귀 끝이 빨개졌다.

"계속 노려보고 있어봤자 끝이 없다. 일단 마셔볼까."

"제가 먼저 맛을 볼까요?"

"안 돼, 만약 위험하기라도 하면 어쩌려고? 내가 조사해보지."

도대체 타피=오카 주스에 어떤 위험이 있을 거라 가정한 건지, 자간은 진지하게 말했다.

빨대에 입을 대어본다.

머뭇거리며 빨아보니 안에 든 코코아밀크가 올라와서 입안에 달콤한 맛이 퍼졌다.

——흐음. 주스는 나쁘지 않군. 네피도 좋아할 것 같다.

하지만 문제는 타피=오카라는 고형물이다. 이건 도대체 뭐지?

알갱이 하나를 노려보다가 빨대로 빨아본다.

"오?"

의외로 매끄러운 감촉과 함께 빨대를 따라 올라와서 무리 없이 입 안으로 굴러들어갔다.

핥아본다.

――음……? 아무 맛도 안 나는데.

방울 토마토를 처음 먹었을 때가 떠오른다. 그때는 씹는다는 답에 도달하기까지 몇 분이나 되는 시간이 걸렸고 깨물었을 때에는 이미 미지근하게 변해 있어서 안타까움을 맛봐야 했다.

같은 식수를 반복하지 않기 위해서 재빨리 깨물어보기로 결심했다.

"……! 호오, 달달하군."

"달콤한 맛이에요?"

"음. 주스의 맛이 배어 있는 건지 상당히 달아. 그리고 표면은 젤리 같은데 씹으면 안에는 심 같은 게 있는 것 같군."

탱글거리는 감촉은 제법 나쁘지 않았다.

옳거니, 하고 고개를 끄덕이더니 네피도 빨대를 집어 든다.

"그럼 저도 도전해볼게요."

그리고 분홍색 입술을 대자 투명한 빨대를 따라 코코아색 액체가 올라온다. 긴장한 표정이 꽃이라도 피는 것처럼 가벼워졌다.

"――! 달콤해요."

"그렇지?"

"네. ……음, 어머?"

웃고 있던 네피의 얼굴이 당혹감으로 굳었다.

자간은 왜 그러나 물어보려다가 그만뒀다.

가만히 보니 빨대 중간 정도에 알갱이가 막혀 있었다. 심지어 막혀 있는 건 두 개. 두 개가 딱 붙어 있어서 잘 빨아올려지지 않았던 것 같다.

자간이 보고 있어서 긴장한 것일 수도 있다. 네피는 뾰족한 귀 끝까지 힘을 주고 빨대를 빨았지만 알갱이는 올라오지 않았다.

하지만 자간이 볼 때는 사랑스러움의 폭력이라고 할까, 꽉 끌어안고 볼을 비비고 싶어지는 모습이었다.

——음. 나중에 〈봉서〉에 기록해두자.

고메리, 발바로스와 함께 만든, 기록 보관 마술이다. 그때 불평하지 않고 완성시켜두길 정말 잘 했다.

"——!"

마침내 네피의 노력이 결실을 맺어서 막혀 있던 알갱이가 쏙 빠졌다.

그리고 역시 자간처럼 혀 위에서 이리저리 굴리다가 마침내 결심을 한 것처럼 깨물어본다.

"……! 묘한 식감이에요."

"음. 시내에 나가면 또 주문해볼까."

"마음에 드셨나 봐요."

"그럴지도. 포레를 비롯한 다른 사람들에게 맛을 보여주고 싶을 정도다."

그것보다는 당황하는 포레의 모습을 또 보고 싶은 마음이 더 컸

지만 대충 얼버무렸다.

네피는 눈을 가늘게 뜨고 타피=오카를 뚫어져라 응시한다.

"……제가 만들 수 있을까요? 원재료가 상당히 특이한 것 같긴 하지만요."

"흐음. 그렇다면 무역을 시작해보는 것도 나쁘지 않겠군."

"무역, 이요?"

"그래. 종이나 향수, 비단 같은 재료부터 마술 도구까지, 마술사가 만든 물건은 유통시키기가 쉽지. 값싼 가격에 만들 수 있으니."

일단 무역로를 뚫으면 물건을 사들이는 것도 간단하다.

단 너무 과하면 교회에 찍혀서 말도 안 되는 이유로 토벌당할 수도 있지만.

——그러면서 놈들도 마술사가 만든 종이와 펜을 사용하고 있는 것 같지만.

하긴 표면적으로 대립하지 않도록 조심하면 충분히 돈이 되기 때문에 이것을 자금원으로 삼는 마술사도 있을 정도다. 나중에 성에 돌아가면 자세히 아는 사람이 없는지 물어보자.

불행하게도 타피=오카 하나 때문에 무역로까지 개척하려는 〈마왕〉을 말리려는 제대로 된 사람은 이곳에 없었다.

그런 생각을 하고 있는데 네피가 재미있다는 듯 웃었다.

"자간 님, 즐거우신 것 같아요."

"새로운 일을 시작하는 건 즐겁지. 물론 본격적으로 손을 대는 건 샤스틸의 문제가 해결된 후가 되겠지만."

"샤스틸 씨의 문제라면 교회에서 고립되어 있다는 이야기 말인가요?"

친구 문제가 나오니 샤스틸도 신경이 쓰이는 모양이다. 자간은 고개를 끄덕여 보였다.

"맞아. 하지만 발바로스를 보내뒀으니 곧 정리될 거다."

"발바로스 님도 샤스틸 씨의 일에는 진지해지니까요."

"그렇기도 하지만 녀석에게는 훔쳐보기와 몰래 듣기 같은 방식이 있으니 걸리면 끝이다. 〈마왕〉의 비호 아래라도 들어가지 않는 한 도망치는 건 불가능하거든."

일일이 모습을 들킬 위험을 무릅쓰지 않더라도 한 번 본 사람의 그림자라면 그 어떤 사람과도 연결시킬 수 있다. 목욕할 때나 화장실을 사용할 때 모두 감시당하고 있는 것이나 마찬가지다. 심지어 마술도 사용하지 못하는 교회 사람이라고 생각하니 불쌍하기까지 하다.

네피는 어쩔 수 없다는 듯 씁쓸하게 웃었다.

"조금 가엽기는 하지만 샤스틸 씨에게 손을 댄 사람이 나쁜 거예요."

이 소녀도 할 말은 하는 성격이었다.

——네피도 화를 많이 냈으니까.

오히려 속이 시원한 것 같은 표정이다. 가만히 보니 이마에 힘줄까지 살짝 보인다.

이럴 때 솔직하게 분노를 드러낼 수 있게 된 것도 처음 만났을 때에 비해 크게 성장한 점이다.

자간은 흐뭇하게 지켜보며 성도의 지도를 펼친다.

“자, 오늘은 어디부터 구경을 갈까.”

그런 이야기를 꺼내자 네피는 곤란한 것처럼 두 손의 검지를 꼼지락거렸다.

“저기, 자간 님은 찾는 사람이 있잖아요. 그 일을 주안점으로 삼아서 걷는 건 어떨까요?”

“응? 아, 그 일은 괜찮아. 어제 오베론이라는 여자를 만났잖아?”

“네.”

“그 녀석에게 맡겨두면 돼. 우리는 모처럼 성도에 왔으니 관광이나 즐기자고.”

“그래도, 될까요…….”

석연치 않은 얼굴을 한 네피를 보고 자간은 웃었다.

“뭐, 다른 목적이 없는 것도 아니지만.”

“정말요?”

“그래. 〈아자젤의 지팡이〉라는 보물이 교회에 봉납되어 있다고 들었는데 그것의 정체를 확인하고 싶군. 가능하면 확보까지 하고 싶지만.”

“그렇다면 그쪽을 견학하는 건 어떨까요?”

네피는 좋은 생각인 것처럼 손뼉을 쳤지만 자간은 고개를 가로저었다.

“교회의 보물이니 그 보물을 파헤치려고 하면 성도에서 전쟁을 벌이게 될 수도 있어.”

“……아, 맞다. 그렇군요.”

"그래도 몰래 숨어들 수 있을 것 같으면 시험 삼아 가볼까? 교회 본부의 보물고는 쉽게 볼 수 있는 게 아니니까 관광할 수 있으면 기념이 될 거다."

"네. 저도 흥미가 있어요."

"그래? 그럼 일단 교회에 있는 사람들을 모두 마술을 써서 잠재우고——."

"자간 님, 그냥 평범한 관광이 좋을 것 같아요."

진지하게 장대한 계획을 중얼거리기 시작했을 때였다.

""——?""

자간과 네피는 동시에 고개를 들었다.

이곳은 숙소의 최상층이다. 위에는 지붕 밖에 없는데 그곳에 기묘한 마력의 흐름…… 아니, 일그러짐이 발생한 것이다.

——테이블 위로 뭔가 떨어질 것 같군.

타피=오카 주스도 아직 남아 잇다. 자간이 테이블을 이동시키려 하자 네피도 반대쪽을 들었다.

이런 공동 작업도 왠지 좋구나, 라며 가슴을 두근거리고 있자 마침내 그 일그러짐 속에서 무언가가 떨어졌다.

"도망치세요, 오베론 경!"

그것은 낯익은 목소리였다.

그리고 몇 초 전까지 테이블이 있던 곳에 갑옷이 떨어진다.

쿵 하는 꽤 아플 것 같은 소리를 내는 그 물체를 본 자간과 네피의 눈이 동그래졌다.

"넌, 어제 그……?"

"어……? 아, 마차에 있던 두 사람인가?"

만신창이가 되어 떨어진 건 어제 마차에 태워줬던 성기사장 소녀이었다.

◇

시간은 10여 분 전으로 거슬러 올라간다.

"드디어 발견했다, 이 쥐새끼들!"

성검을 뽑아들고 용감하게 외친 사람은 기니어스였다.

열한 명의 성기사장과 오베론, 총 열두 명은 여섯 개의 조로 나뉘어 힘입자 토벌에 나섰다. 그 중에서 제일 먼저 침입자와 조우한 게 바로 기니어스와 오베론이었다.

"과거를 설욕할 기회를 준 점을 나 기니어스, 신에게 감사한다!"

숨 막히는 말에 침입자들은 정말 짜증난다는 표정을 지었다.

"우와, 촌스러워! 어떻게 돌아온 거지?"

"아리스텔라는 경악한다."

침입자는 두 소녀였다.

하지만 소녀의 겉모습에 속아선 안 된다는 것을 기니어스는 알고 있다.

기니어스 일행을 카타후니아 황야까지 날려버린 게 바로 이 쌍검의 소녀였다.

——지난번에 보니까 장검을 가진 소녀는 마술을 사용하지 않았다.

분명 마술사이긴 하지만 아마 전투 전문은 아닌 것 같았다. 그렇다면 성검을 가진 자신이 쌍검을 다루는 소녀를 제압하는 게 정석이다.

오베론은 대답하지 않았지만 작게 고개를 끄덕이는 모습을 시야 한쪽 구석에서 확인할 수 있었다.

"봐주지 않겠다! 노래하라——〈라지엘〉!"

성검을 향해서 말하자 도신에서 녹색 바람이 넘쳐흐르기 시작했다.

"크윽……."

"아리스텔라!"

장검 소녀가 비명을 질렀지만 그 앞길을 오베론이 막는다.

——역시 듬직하군!

기니어스는 성검의 바람으로 소녀의 움직임을 막으면서 상대에 육박했다.

마술사의 신체 능력이라면 이 바람으로부터 도망칠 수 있을지도 모르지만 검의 기량이라는 것은 마술로는 메우지 못하는 부분이다.

심지어 최연소로 성기사장 필두를 맡게 된 기니어스다. 검술에 있어 다른 사람보다 뒤처지는 일은 없다.

쌍검 소녀는 검을 들고 무언가 중얼거렸지만 마술은 발동하지 않았다.

"소용없는 짓이다! 정화의 바람은 마술 따위는 손쉽게 날려버리거든."

——죽이지는 않을 거다!

성검의 등부분으로 소녀의 몸을 때려눕힌다.

아니, 때려눕힌 줄로만 알았다.

"——뭐, 사라졌어?"

바로 앞에 있던 소녀의 모습이 그 어떤 전조도 없이 사라진 것이다.

검에서는 아무 느낌도 나지 않았다. 성검으로 날려버린 것은 아니다.

"뒤야, 기니어스."

오베론의 목소리에 기니어스도 깨달았다.

검이 평소보다 무겁다.

검 끝이 어딘가에 묶인 것처럼 움직이지 않는다.

아연실색해서 뒤를 돌아보니 그곳에는 나른한 얼굴을 한 소녀가 성검 끝에 올라타 있었다.

"말도 안 돼……."

"바람 때문에 들리지 않았던 모양이군. 한 번 더 말하지. '서비스. 선수는 양보하지'."

그 입의 움직임은 정화의 바람 속에서 중얼거린 말과 똑같았다.

——마술도 아니었다는 건가?

경악하는 기니어스 앞에서 소녀는 춤을 추는 것처럼 몸을 비틀었다.

그 직후, 바로 밑에서 샤쉬르가 베고 올라왔다.

"큭!"

도망치려고 해도 소녀가 기니어스의 검 위에 서 있다. 몸놀림으로는 피하지 못한다.

기니어스는 성검에서 손을 떼고 돌바닥을 굴렀다.

"착한 아이. 방해가 되는 검을 놓았군."

소녀는 통로 반대쪽으로 성검을 걷어찼다.

그리고 기니어스가 일어날 틈도 주지 않고 질주한다.

"아직 멀었다!"

자신의 목을 향해 날아오는 샤쉬르를 기니어스는 두 손 사이에 끼워서 받아냈다.

그 모습에 소녀의 표정 없는 얼굴도 무너지며 눈이 동그래진다.

"성기사의 기술이 검만 있다고 생각하지 마라!"

"음. 의외였다."

놀란 건지 아닌 건지, 소녀는 나머지 샤쉬르를 내민다.

샤쉬르 한 자루를 막는 데 두 손을 다 사용한 기니어스는 막을 도리가 없다.

"——오너라 〈라지엘〉!"

그렇게 외치자 바닥에 내던져져 있던 성검이 저절로 튀어 오르더니 등 뒤에서 소녀를 공격했다.

"쳇."

이번에는 소녀가 검을 놓고 바닥을 구를 차례였다.

소녀를 베는 데 실패한 성검은 처음부터 그렇게 될 예정이었던 것처럼 기니어스의 손에 안착한다.

――성기사장 역사상 성검이 가장 사랑한 소년――.

그것이 바로 기니어스가 어린 나이에 성기사장 필두의 자리에 앉아 있는 이유였다.

한편 오베론은 파르스름한 도신을 가진 세검을 들고 장검 소녀와 겨루고 있다.

……아니, 장검은 아니었다.

"바보, 바보! 성기사를 상대로 칼싸움 따위를 해줄 이유가 없잖아~?"

챙강 하고 장검의 날이 빠졌다.

빠진 날은 마치 채찍처럼 휘어지더니 검이라면 절대 불가능한 방향에서 오베론을 향해 다가간다.

"사복검(蛇腹劍)인가. 제법 능숙하네."

하지만 오베론은 당황하지 않고 세검을 빙글 돌려서 채찍 같은 칼날을 처리했다.

그냥 쳐내기만 하면 사복검은 상대의 검에 감겨서 목을 치기 위해 달려들 것이다. 그런데 오베론은 사복검의 끝부분을 쳐내서 제어를 잃게 만들었다.

말처럼 간단한 건 아니다.

채찍 같은 도구는 선단 부분이 제일 빠르다. 진짜 채찍 같은 경우는 인간의 눈으로는 제대로 포착하지도 못할 정도다. 그런 사복검의 끝부분을, 심지어 투구를 써서 시야가 나쁜 상황에서 정확하게 받아쳐냈으니 엄청난 기량이라 할 수 있었다.

소녀는 잠깐 기가 꺾이긴 했지만 곧 의기양양한 미소를 지으며 사복검을 휘두른다.

"제법이군. 하지만 언제까지 막을 수 있을까!"

소녀가 휘두르는 사복검은 미궁의 바닥을, 벽을, 천장을 베면서 다가온다. 엄청난 솜씨였다. 그 하나하나가 퇴로를 차단하는 것처럼 육박해오고 있었다.

"거 참, 귀찮군."

오베론은 그것들을 하나씩 정확하게 튕겨낸다.

서로 더 이상 다가가지 않은 채 고착 상태에 빠진다.

——오베론 경에게 가세해야 돼.

기니어스는 샴쉬르를 바닥에 꽂고 다시 소녀와 마주한다.

"검술도 귀공이 더 위인 것 같군. 마술사지만 그 검기는 인정하지. 하지만 여기까지다."

소녀는 패기 없는 한숨을 흘린다.

"아리스텔라는, 검술이 뛰어나다."

"……? 무슨 뜻이지?"

"말 그대로."

조금 뒤에야 기니어스는 화들짝 놀랐다.

"오베론 경! 그 녀석에게서 떨어져!"

"캬하하, 늦었어, 늦었다고!"

무지막지하게 휘두르고 있는 모양인지, 사복검의 참격은 치밀한 마법진을 그리고 있었다.

그 중앙에 서 있는 건 오베론이다.

"데크쉬아는, 마술이 뛰어나다."

기니어스는 머리로 생각하기 전에 이미 달리고 있었다.

그대로 몸을 부딪치는 것처럼 오베론을 들이받아서 마법진 밖으로 내보낸다.

마술이 완성된 건 그때였다.

"하늘 여행, 잘 다녀와, 바보야!"

풍경이 일그러진다.

사흘 전과 똑같이 공간전이 마술에 걸렸다는 것을 한 발 늦게 깨달았다.

◇

그리고 이야기는 숙소 '라지엘의 눈동자' 최상층으로 돌아온다.

"어, 어째서 당신들이 이곳에?"

경악인지 경계인지 알 수 없는 목소리로 외치는 소년을 보고 자간은 어이가 없어서 머리를 흔들었다.

"왜냐니, 여기는 우리 방이다. 너야말로 어디서 뛰어 들어온 거지?"

자간은 마치 소년이 어디서 나타난 건지 모르겠다는 것처럼 물었다.

"방……? 미안하군, 여긴 어디지? 라지엘인가?"

자간은 어쩔 수 없다는 듯 창가로 다가가서 커튼을 걷었다.

"여긴 '라지엘의 눈동자'라는 숙소다. 바로 저기 라지엘 대성당도 보이지?"

그렇게 설명해주자 소년도 상황이 이해되기 시작한 걸까. 주위를 두리번거리다가 네피를 발견하자 꾸벅 머리를 숙인다.

"이거 실례. 곧 나가지."

손에는 성검을 쥔 채다. 서둘러 일어나려는 소년을 자간은 만류했다.

"기다려. 상처를 입었잖아. 무슨 일이 있었는지는 모르겠지만 치료 정도는 하고 가."

"하지만――"

"네가 맡은 임무는 그런 꼴로 수행할 수 있는 거냐? 가능한 한 완벽한 상태로 싸우는 것도 성기사의 의무일 텐데?"

그렇게 타이르자 소년도 반론할 말이 없는지 잠자코 있었다.

"면목이 없군."

"부탁 좀 할까……. 여, 여보?"

"네, 여보."

역시 미칠 듯이 쑥스러웠지만 네피 역시 귀 끝이 빨개진 얼굴로 대답해줬다.

소년은 그 모습을 차마 못 보고 있게쌌는 듯 얼굴을 가렸지만.

"귀공에게는 폐만 끼치는군."

"신경 쓰지 마. 성검 소유자에게 협력하는 것은 시민의 의무잖아?"

인간은 나쁜 생각을 할 때일수록 거짓 웃음이 부드러워지는 법이다. 자간은 아주 당연한 것처럼 미소 지었다.

소년의 눈이 휘둥그레진다.

"눈치 채고 있었던 건가?"

"경건한 신자라면 당연히 눈치 채고 말고."

자기가 그렇다는 말은 한마디도 하지 않았으니까 거짓말은 아니다.

소년은 감탄해서 미소를 지었다.

"깊은 교양 수준도 그렇고, 마차에 신세를 졌을 때도 그렇고, 귀공에게는 놀라기만 하는 것 같아."

"치켜세우지 마. 쑥스러우니까."

자간이 과장되게 어깨를 으쓱이자 소년도 경계심을 풀고 씁쓸하게 웃었다.

겉모습은 엉망진창이었지만 상처 자체는 그리 심하지 않은 것 같다. 전투가 아니라 아까 떨어질 때 입은 상처일 것이다. 치료는 금방 끝났다.

자간은 더 진정시키려는 것처럼 말을 건넨다.

"그런데 무슨 일이 있었지?"

"우리 보물고에 도둑이 침입해 와서 나와 오베론 경도 토벌에 나섰는데 방심해서 이 꼴이 되었다."

치료도 받아서 제법 긴장이 풀린 걸까. 소년은 자간의 질문에 넘어가서 실언을 했다.

——호오, 역시.

오리아스도 지팡이를 탈취하기 위해 갔을 터. 그녀도 비밀리에 행동하고 있었겠지만 〈마왕〉이 움직였는데도 교회가 조용할 리 없다. 뭐, 시어칸과 비프론스도 손을 잡았다고 하니 그쪽일 가능성이 높을 것 같기는 하지만.

자간은 머리 위를 의식한다.

——누구인지는 모르지만 제법 실력이 좋은 마술사이군.

소년이 빠져나온 마술의 흔적이 머리 위에 남아 있다.

전이마술에 관해서는 신출내기인 자간보다 뛰어날 것이다. 아마도 고도만 지정하고 출현 위치는 랜덤인 것 같다. 이동에 사용하기에는 치명적인 결함이 있지만 적을 쫓아내기에는 아주 효과적이다. 지면과 충돌하기 전에 비행 마술을 발동시킬 수 있는 마술사가 그리 많은 것도 아니고 상대가 성기사라면 거의 무적에 가까운 공격이다.

그런데 이곳과 연결된 건 소년이 가진 강한 운인가…….

——아니면 성검이 이곳으로 안내해주었거나.

성검 안에 천사라 불리는 무언가가 봉인되어 있다는 건 안드레알푸스와의 싸움을 통해 이미 확인했다. 소유자를 구하기 위해 그 어떤 기적을 일으켰다 해도 전혀 이상하지 않다.

어쩌면 그게 이 소년이 성기사장이 된 이유인지도 모른다.

어쨌든 그런 소년을 이곳으로 날려 보낸 마술의 구조 자체는 치료를 하는 동안 이미 해석을 끝냈다.

——억지로 여는 건 힘들지만 **같은 마술**을 사용하면 원래 장소와 연결 지을 수 있겠어.

'마술 먹어치우기'로 마술을 먹어치우지 않고 관찰하면 똑같이 흉내 낼 수 있다. 마술이라는 건 결국 이론만 알면 누구든 사용할 수 있는 것이기 때문이다.

이 점을 이용해 자간은 마술의 반사, 흡수라는 두 가지 단계부터 모방이라는 힘까지 손에 넣었다.

분하지만 안드레알푸스의 조언은 꽤 도움이 되었다.

소년이 분해하며 바닥을 때린다.

"크, 라지엘로 오게 된 건 불행 중 다행이지만 여기서 다시 뒤를 좇아가려면 얼마나 시간이 걸릴까?"

"흐음. 자세한 사정은 모르겠지만 저기를 통해 돌아가는 건 불가능한가?"

자간은 마치 이제 막 생각난 것처럼 머리 위를 가리켰다. 그곳에는 **자간이**다시 이어놓은 전이 마법진이 밝게 빛나고 있었다.

"넌 저곳에서 떨어진 것 같은데……."

소년은 눈을 휘둥그레 뜨고 일어났다.

"――! 아직 돌아갈 수 있어!"

소년은 그 안으로 뛰어들려다가 문득 생각난 것처럼 자간과 네피를 돌아본다.

"다시 한 번 사과하지. 이 은혜는 반드시――."

"됐으니까 가. 급한 것 아니었나?"

"무운을 빌게요."

"그래!"

자간이 손을 흔들고 네피가 허리를 숙이자 소년은 용감하게 마법진 속으로 뛰어들었다.

그 모습을 지켜본 후, 자간은 네피에게 외투와 모자를 내민다.

"그럼 우리도 갈까."

"네……?"

"라지엘 지하 보물고다. 아까 가고 싶다고 했잖아?"

그렇게 말하자 네피도 꽃이 피는 것처럼 환한 미소를 지었다.

"네!"

이렇게 해서 교회 총본부에 세 명이나 되는 〈마왕〉의 침입을 허락한, 교회 사상 초유의 대사건은 점입가경에 이르렀다.

"……흐음. 아무래도 나 말고 다른 침입자는 여전히 날뛰고 있는 것 같군."

단속적으로 계속 이어지는 땅울림과 함께 머리 위에서 흙먼지가 푸스스 떨어진다. 누군가 전투를 벌이고 있는 모양이다.

라지엘 지하 대미궁. 그곳에 갑옷 차림의 거한이 잠시 멈춰 서 있었다.

라파엘이다. 자간과 네피를 라지엘까지 데려다준 후, 그는 개별 행동을 허락 받아서 이 대미궁에 침입했다. 왼쪽 의수가 희미한 빛을 발하며 주위를 비추고 있다.

목적은 당연히 〈마왕〉 오리아스와 접촉하는 것이다.

이미 늙은 이 몸으로 계속해서 힘을 얻을 수 있다면 〈마왕〉에게도 매달릴 수 있다.

──이곳은 같은 성기사장이라면 쉽게 침입할 수 있지.

대미궁──아니, 보물고의 열쇠는 사실 성검이다. 성검을 가지고 있지 않은 사람에게는 무수히 많은 함정이 기다리고 있는 구조로 되어 있다.

다시 말해 직접 들어갈 수 있는 건 열두 명의 성기사장뿐이라는 뜻이다.

성기사장 중 최연자이기도 했던 라파엘은 대성당 이외의 출입구도 알고 있다. 이곳을 만든 사람은 성기사장의 배신이라는 가능성은 염두에 두지 못했던 것 모양이다. 물론 성기사장의 배신은 그대로 교회의 종언을 의미한다. 염두에 뒀더라도 무의미했을지 모르지만.

하지만 라파엘이 침입했을 때, 이곳은 미궁으로 변해 있었다.

다른 침입자 때문에 함정이 발동한 결과이다.

——〈마왕〉 오리아스는 좀 더 스마트하게 일을 벌인다고 들었는데.

그렇다면 다른 침입자도 있다고 생각해야 되는 건가.

오리아스가 모습을 감춘 지 일주일이 지났다. 이미 이곳을 떠났을지도 모른다고 걱정했지만 지금 모습을 보니 아직 남아 있다는 기대를 해볼 수 있을 것 같다. 적어도 이틀 전의 시점에서 은신처로 돌아오진 않았으니까.

라파엘과 오리아스, 그리고 세 번째 침입자. 경우에 따라서는 관광 중인 자간도 합류할 수 있다.

이미 관계를 끊은 몸이지만 교회 입장에서는 재앙과 같은 하루가 될 것 같다.

예전 기억에 의지해서 보물고로 걸음을 옮기고 있자 전방으로 어떤 물체가 굴러들어왔다.

"으으윽……, 정신 차려, 아리스텔라. 여기까지 왔으면, 괜찮으니까."

"……커헉……. 그, 여자, 정체가, 뭐야?"

마술사일까. 그 물체의 정체는 두 소녀였다.

호되게 당했는지 머리에서 피를 흘리는 만신창이 상태였다. 도

적 같은 차림을 한 소녀가 나풀거리는 옷을 입은 다른 소녀를 부축해주고 있다.

상처를 보니 마술이 아니라 검에 베인 것 같다.

——이 녀석들이 침입자인가?

딱히 도와줄 의무는 없고 오히려 경쟁자인 셈이다. 그렇지만 빈사 상태에 있는 소녀들의 숨통을 끊어놓는 건 라파엘도 다소 가슴이 아프다.

우선 성검은 언제든 빼들 수 있도록 해두자 그제야 라파엘의 존재를 알아차린 모양인지 한 소녀가 고개를 들었다.

"힉, 성기사……."

손에는 마술의 빛. 성검의 등부분으로 치면 아마 죽지는 않을 것이다. 검자루를 잡으려는 순간, 요란한 절규가 울려 퍼졌다.

「아아아에아우우우우우우우우우우(라파엘)! 에이엔오아에에에에에에에에(성검을 돌려줘).」

갑자기 눈앞에 나타난 그것은 창백한 인형이었다. 인간의 형태조차 유지하지 못하고 있는 그것은 망령의 일종일 것이다. 무슨 말인가 하고 있는 것 같기도 하지만 턱이 부서졌는지 도저히 알아들을 수 없었다.

——보물고의 함정인가?

이 소녀들이 끌어당긴 걸까, 라파엘에게까지 반응한 것 같다.

하는 수 없이 의수로 그대로 뿌리친다.

「게엑?」

왠지 추기경처럼 보이기도 했던 망령은 벽에 부딪쳐서 그대로 소멸했다.

"응? 내게 원한이라도 있는 망령이었나?"

짚이는 게 쓸어 담을 정도로 많다 보니 정체가 뭔지는 전혀 짐작이 가지 않지만.

그런 다음 발밑에 웅크리고 있는 두 소녀를 향해 시선을 준다.

지저분한 얼굴을 본 라파엘의 눈이 휘둥그레졌다.

"……음? 네놈이 왜 여기에?"

분명 안면이 있는 얼굴이었다.

"어……?"

"아니, 잘못 봤나……?"

깜짝 놀라는 소녀는 다른 소녀와 똑같은 얼굴을 하고 있었다. 쌍둥이인 것 같다. 둘 다 라파엘을 알아보지 못한다…… 기 보다는 전혀 모르는 것 같은 반응이다.

뭐, 얼굴을 가리고 있으니 당연한 일일 수도 있지만 마술사라면 목소리만 듣고도 알아볼 수 있을 것이다. 얼굴을 본 건 자간의 성이었으니 말이다.

——그렇다면 다른 사람인가. 많이 닮았는데 말이지.

라파엘에게 적의가 있다는 것을 느낀 걸까, 소녀는 그 자리에서 이마를 땅에 대고 문지른다.

"마술도 없이 유령을 처리하는 그 수완, 게다가 그 갑옷 차림. 과거 마왕 후보 중 한 명이었던 《망령》 월포레 님이라고 판단했습니다. 그렇지 않은지요?"

월포레의 갑옷과는 다르지만 소녀는 키와 차림새를 보고 그렇게 판단한 것 같았다.

——뭐, 밖에서는 그 이름을 사용하고 있으니 틀린 건 아닌가.

어떻게 대답할지 조금 망설이다가 고개를 끄덕였다.

"그렇다. 너희들은 누구지?"

"앗! 〈마왕〉 시어칸 님의 수하인 데크 쉬아, 이쪽은 아리스텔라라고 합니다."

도적 같은 차림을 한 소녀가 데크쉬아이고 나풀거리는 옷을 입은 쪽이 아리스텔라라고 하는 모양이다. 아리스텔라는 중상을 입었는지 이미 의식이 혼탁한 것 같았다.

라파엘은 아리스텔라를 턱으로 가리킨다.

"치료 마술은 사용하지 못하는 거냐? 사용할 수 있으면 치료를 해줘. 그 정도는 기다려주마."

"아, 네! 힘내, 아리스텔라. 지금 치료해줄게."

데크쉬아는 눈물을 글썽이며 다른 소녀의 치료를 시작한다. 기다리고 있는 동안에도 여기저기 유령이 나타나서 라파엘은 귀찮아하며 유령들을 뿌리쳤다.

얼마 지나지 않아 치료가 끝났는지 데크쉬아가 이마를 훔치며 고개를 들었다.

"끝났나?"

"네. 지혈을 하는 정도 밖에 안 되지만 일단은 괜찮을 겁니다."

데크쉬아는 소녀를 소중히 무릎 위에 눕힌 채 안심한 표정으로 대답했다.

"그나저나 너희들은 이곳에서 무엇을 하고 있는 거지?"

그렇게 묻자 데크쉬아는 허둥지둥 자세를 바로 하고 머리를 숙였다.

"네! 주인의 명령에 따라 이 보물고에 침입했습니다. 《망령》님도 이곳에 계신다는 건 같은 목적이지 않을까 추측합니다만."

"흐음, 그래서?"

마술사가 자신들의 목적을 줄줄 늘어놓고 있다. 노리는 게 전혀 없는 건 아닐 것이다.

데크쉬아는 긴장해서 침을 꿀꺽 삼키며 이렇게 말했다.

"보물고까지 길안내를 해드릴 수 있습니다. 협력해주실 수 있을까요?"

보물고까지의 길이라면 라파엘도 알고 있지만.

——왕이라면 지금 같은 상황에서 못 본 척하진 않겠지.

만일 자간에게 방해가 된다면 자신이 책임을 지고 처리하면 된다. 게다가 보물고에 볼 일이 있는 건 사실이다.

"그러도록 하지."

라파엘은 그렇게 대답했다.

그리고 아직 일어나긴 힘들어 보이는 아리스텔라를 오른팔로 안아 올린다.

"히익."

"아와와, 아리스텔라?"

꽤나 궁지에 몰려 있었는지 안아 든 소녀는 덜덜 떨고 있었다.

"일일이 놀래지 마라. 협력해주겠다고 했잖나."

"아…… 네."

그렇게 말하자 두 사람 모두 얌전해졌다.

그런 다음 데크쉬아도 일어난다.

"이, 이쪽입니다."

여전히 긴장한 모습이긴 했지만, 소녀는 앞장서서 걸어가기 시작했다.

"그나저나 누구에게 당한 거냐?"

라파엘과 소녀들 외에 이곳에 있을 사람이라면 〈마왕〉 오리아스와 침입을 알아차린 성기사장들일 것이다. 성기사장이라면 누가 응전하러 나왔는지 파악해두고 싶었다.

그런데 데크쉬아의 대답은 꽤나 예상 밖이었다.

"오베론이라는 성기사입니다."

어제 마차를 태워준 성기사 중 한 명이다.

그게 대대로 내려오는 세계 갑옷 기사(技師)를 가리키는 이름이라는 것 정도는 라파엘도 알고 있다. 애당초 〈아자젤의 지팡이〉라는 이름을 듣고 제일 먼저 떠오른 게 그 인물이었다.

〈지팡이〉를 노리고 있다는 걸 알아차리고 방어에 나선 것일까.

라파엘은 재임 중에 그 모습을 본 적이 한 번도 없었다. 어제 실제로 만나기 전까지는 교회가 허세를 부리는 것뿐이지 사실 그런 기사는 없는 게 아닐까 하는 생각까지 했을 정도다.

"오베론? 성기사장이 아니고?"

"성기사장도 있었지만 그쪽은 처리했습니다."

"호오……."

누가 당했는지 모르겠지만 이 소녀들은 성검 소유자를 쓰러뜨릴 수 있을 정도의 힘은 가지고 있는 것 같다.

——샤스틸은 아니면 좋겠는데.

그 소녀는 교회와 마술사의 가교 역할을 할 수 있는 존재이다. 라파엘이 공생파를 맡긴 희망이자 포레와 함께 라파엘이 지켜야 하는 대상이다.

물론 자간이 지키고 있으니 죽는 일은 없겠지만.

"……그런데, 그 여자, 힘을, 감추고 있었다."

아리스텔라가 가냘픈 목소리로 말한다.

"무기는, 성검이, 아니었다. 그래도……."

"성검도 아닌데 우리의 마술을 베었습니다. 어떻게 된 건지 모르…… 겠어요."

라파엘은 흐음 하고 고개를 끄덕인다.

——쿠로카의 단검과 비슷한 건가?

그건 류카온의 신기 중 하나로 성검에 가까운 힘을 가지고 있다. 교회의 역사도 제법 길다. 그런 신기를 더 숨겨두고 있었다 해도 전혀 이상하지 않다.

——아니, 세례 갑옷의 기술로 만들어진 것인지도 모르지.

하이 엘프인 네피는 교회보다 강력한 세례 갑옷을 제작할 수 있었다. 그렇다면 그 외에도 엘프의 유산이 존재할 가능성은 높다. 수 개월 전, 자간이 네피의 고향을 찾아갔을 때도 성검에는 미치지 못하더라도 전설의 무기급인 활이 남아 있었다고 했다.

라파엘은 그런 가능성을 염두에 두고 고개를 끄덕였다.
“그런 무기의 존재에 대해 대충 짐작이 가는 건 있다. 교회에 남아 있을 줄은 몰랐다만.”
“그런 것이, 더 있나요?”
데크쉬아는 몸서리를 치며 말한다.
“그렇지만 위험한 건 검보다 그 실력이었어요. 또 다른 성기사장보다 훨씬 강했거든요. 그 녀석과 함께 있을 때는 실력을 감추고 있었던 건지 방심한 틈을 타고 눈 깜짝할 사이에…….”
하긴 성기사장 정도 되는 상대를 쓰러뜨렸으니 자만하지 말라고 하는 것도 가혹한 것이리라.
“일단 물어보겠는데 쓰러뜨린 성기사장은 누구였나?”
“이름은 모르지만 꼬마였어요.”
“기니어스라고 하던가?”
“아, 맞다! 그랬어요.”
라파엘은 가슴속으로 한숨을 쉬었다.
——기니어스의 유복자인가.
재능이 있는 아이였던 만큼 라파엘도 안타까움을 느끼지 않을 수 없었다. 하지만 그 일로 이 소녀들을 비난하는 건 번지수를 잘못 찾은 것이나 마찬가지다. 한쪽은 성기사장, 한쪽은 마술사, 싸워야 하는 상대와 싸웠으니 실력이 부족한 쪽의 잘못이다.
그런 라파엘의 심정은 알지도 못한 채, 데크쉬아는 말한다.
“그래도 다른 열 명도 온 것 같으니까 고작 한 명을 처리한 것에 지나지 않아요.”

"뭐, 전원 다 왔다고?"

샤스틸이 성기사장의 회합 때문에 이곳에 와 있다는 이야기는 들었지만 설마 성기사장 전원이 소집되었을 줄은 몰랐다.

——열두 자루가 다 모이면 〈마왕〉조차 쓰러뜨릴 수 있다고 하는 게 성검이다.

자간이나 오리아스 정도 되는 〈마왕〉에게는 만에 하나라는 게 없겠지만 이곳에 성검과 〈마왕〉이 다 모였다는 건 아무래도 불길했다.

"……이거 원. 일이 골치 아파졌군."

이렇게 되니 한숨을 참을 수가 없었다.

◇

같은 시각, 샤스틸과 바리야카는 미궁을 걷고 있었다.

"땅울림이 멎었어. 결판이 난 건가?"

"교전한 건 기니어스나 디크마이어겠지. 유티라이넨 형제라면 저렇게 얌전한 소리를 내진 않을 테니까."

30분 정도 전부터 계속되고 있던 소리가 멎었다.

——도적을 토벌한 것이라면 좋겠지만 그게 아니라면 성기사장 중 누군가가 당했다는 뜻이 돼.

고개를 숙이는 샤스틸을 보고 바리야카가 말한다.

"걱정이 되나?"

"당연하지. 반발은 하더라도 일단은 동료다."

"그 말을 들으니 안심이 되는군."

샤스틸은 눈썹을 찌푸린다.

"그건 무슨 의미지, 바리야카 경?"

바리야카는 과장되게 어깨를 으쓱였다.

"자네를 믿고 있긴 하지만 자네와 관련된 소문을 들었으니 경계하지 않을 수는 없는 것 아닌가? 어쨌든 그 〈마왕〉 자간과 손을 잡았다는 말이 돌고 있으니까."

"손을 잡았다는 말을 듣는 건 별로 좋은 기분이 아니지만 그와 맹약을 맺은 건 사실이야."

"맹약이라고?"

바리야카는 갑자기 눈을 가느스름하게 떴지만 샤스틸은 의연하게 대답한다.

"그래. 교회와 마술사, 둘 중 하나가 죽을 때까지 계속 싸우면 이 세상에 미래는 없지. 교회가 마술사에 대한 억지력으로 필요한 것처럼 마술사 또한 약한 자들이 필요로 하고 있어. 그래서 난 서로 양보하지 못하는 경계선을 확인하고 따로 나뉘어 살아야 한다고 생각하게 된 거다."

"……그런 걸 교회가 인정할 것 같아?"

"인정해주지 않는다면 바꿔야지. 그러기 위해서라면 난 얼마든지 강해질 수 있어."

서로 뚫어져라 노려보다가 먼저 어깨에서 힘을 뺀 건 바리야카였다.

"헛소리라고…… 치부하고 싶지만 진심인 것 같군."

"이제 믿을 수 있겠어?"

그러더니 어쩔 수 없다는 듯 머리 위로 시선을 준다.

"엘프까지 같은 편으로 데리고 있는 걸 봤으니 인정할 수밖에 없잖아? 디크마이어도 자네에게 협력적이고. 그렇다면 자네는 이미 교회에서도 무시할 수 없는 세력을 이루고 있다는 거다."

설마 이렇게 순순히 받아들여줄 줄은 몰랐던 샤스틸은 눈을 동그랗게 떴다.

바리야카는 머리를 숙였다.

"자네를 어엿한 성기사장이라고 인정하는 대신 내 사과를 받아주지 않겠나?"

"……무슨 말이지?"

"슈르베스테르――자네 오빠 일 말이다. 난 그를 죽게 만든 무능한 상관이었다."

"그런 건……."

바리야카는 머리를 흔든다.

"그날, 우리는 '희귀종 사냥' 사건을 쫓고 있었다. 그런데 〈마왕〉 시어칸의 함정에 빠져서 많은 부하들을 잃었지. 슈르베스테르의 헌신이 없었다면 나 역시 그 자리에서 목숨을 잃었을 거야."

그러고 나서 머리를 깊이 숙였다.

"내가 지금 이렇게 수치를 알고도 살아 있을 수 있는 건 모두 슈르베스테르 덕분이다. 그에 대한 은혜를 갚기 위해 나도 자네에게 협력하기로 여기서 맹세하지."

"바리야카 경……."

샤스틸은 고개를 옆으로 흔든다.

"고개를 들어, 바리야카 경. 당신이 후회하고 있다는 것만으로도 나와 오빠는 만족하고 있어."

"그렇게 말해주니 고맙다."

바리야카의 눈동자에 눈물이 맺혔을 때였다.

지하 미궁이 크게 흔들렸다.

◇

"어이, 여자! 도대체 언제까지 따라올 거냐!"

커다란 목소리로 고함을 지른 건 카르티아이넨이었다.

스텔라는 진심으로 짜증나서 죽겠다는 듯 스승을 올려다본다.

"스승님, 난 그만 돌아가도 돼?"

"하하, 나를 이렇게 갑갑한 공간에 혼자 두겠다고? 나를 울릴 셈이냐?"

"나도 갑갑한 공간에 있으니까 눈물이 날 것 같단 말이야."

지하 미궁에 돌입하는 성기사장 중에 미하엘과 카르티아이넨이 한 팀을 이루게 되었다. 그런데 이건 또 무슨 심술인지, 스텔라까지 따라온 것이다.

카르티아이엔의 이마에 힘줄이 불끈불끈 솟는다.

"아무래도 네가 죽고 싶은 모양이구나."

"스승님, 왜 이런 아저씨랑 한 팀이 된 거야?"

스텔라는 소리를 지르는 중년 성기사장을 묵살하고 묻는다.

성기사장이라면 그 외에도 열 명이나 더 있다. 샤스틸과 한 팀이 되었으면 스텔라도 마음이 편했을 텐데 말이다.

미하엘은 스텔라의 머리를 슥슥 휘젓는다.

"그렇게 매정하게 굴지 마. 카르티아이넨은 좋은 녀석이야. 그냥 마술사라면 구역질이 날 정도로 싫은 것뿐이지."

"난 네놈도 구역질이 날 정도로 싫다."

"야!"

뭐가 '야!'인지는 모르겠지만 미하엘 나름대로 생각하는 게 있는 모양이다. ……아니, 있으면 좋겠는데.

스텔라가 두통을 참고 있자 미하엘은 느닷없이 진지한 표정을 지어 보였다.

"뭐, 농담은 이쯤 해두고, 이번에 무조건적으로 신용할 수 있는 건 카르티아이넨 정도 밖에 없거든."

"샤스틸은 안 돼?"

"그 녀석도 솔직해서 거짓말은 못 하겠지만 이야가 자간에게 다 흘러가는 게 문제지. 이번에는 그건 사양하고 싶단 말야."

당당하게 샤스틸과 자간이 손을 잡았다는 사실을 폭로하는 미하엘의 말에 스텔라는 그렇구나 하고 고개를 끄덕였다.

──즉, 이 아저씨는 여기서 해치울 생각이구나.

이번에 처음 들었는데 이 스승은 스텔라에게 성검을 물려줄 생각이라고 한다. 카르티아이넨을 죽여서 성검을 빼앗을 작정인 것이다. 솔직히 검보다는 때리는 데 더 뛰어난 스텔라 입장에서는 달갑지 않은 배려이지만.

하지만 카르티아이넨은 동요하지 않고 콧방귀를 뀐다.

"흥. 〈마왕〉에게 아첨하는 방식은 마음에 안 들지만 살기 위해 수단과 방법을 가리지 않는 건 더할 나위 없이 좋은 일이다."

이상하게도 그 말에서는 어떤 적의도 느껴지지 않았다. 스텔라는 고개를 갸웃거린다.

——어라? 그걸 이유로 샤스틸을 처리하고 싶은 것 아니었어?

그 소녀는 자간의…… 아니, 그 신부인 네피의 친구이다. 스텔라 입장에서는 지켜줄 만한 가치가 있는 사람이다.

그래서 경계하고 있었는데 지금 반응은 그것을 허용해주고 있는 것 같았다.

미하엘이 쓴웃음을 지으며 동의한다.

"하긴 1년 전 사건으로 인해 이젠 성기사장도 젊은 녀석들만 있으니까."

"젊은 건 상관없지만 녀석들은 금방 죽고 싶어 하는 게 문제다. 깔끔하게 죽는 것보다 추하더라도 살기 위해 발버둥치는 쓰레기가 더 강해질 수 있는 법이지."

"그런 논리대로라면 이 세상에는 온통 쓰레기만 가득하게 될 텐데?"

"현실적으로 그런 걸 어쩌란 말이냐."

자신이 그 증거라고 말하는 것 같았다.

스텔라도 미하엘이 이 남자를 파트너로 선택한 이유를 알 수 있을 것 같았다.

——자신이 악당이라는 건 자각하고 있구나.

생각해보니 회합에서도 '신성한'이라는 미사여구를 사용할 때 비아냥거렸었다. 그런 의미에서 보면 이 남자의 사고방식은 마술사와 비슷한지도 모른다. 같은 편은 아니지만 신용은 할 수 있을지도 모른다.

카르티아이넨은 미하엘을 노려본다.

"그보다 디크마이어. 나와 팀을 꾸리자고 한 걸 보면 이미 눈치채고 있겠군."

"응? 아아. 우리 중에 배신자가 잔뜩 있다는 것 말이야?"

"배신자……?"

스텔라는 눈썹을 찌푸린다.

"그래. 교회 안에 마술사들을 안내해주고 있는 누군가 있어. 그렇지 않으면 아무리 〈마왕〉이라도 이렇게 간단히 보물고에 침입하지 못해."

"하나 더 덧붙이자면 〈아자젤〉이 괴멸한 것 역시 그 녀석 탓이겠지."

회합에서도 나온 이름이다. 스텔라는 금방 쫓겨났지만 당연히 방안의 대화 정도는 다 엿들었다.

스텔라도 점점 무슨 뜻이지 이해가 되지 않아서 끼어들었다.

"아저씨, 그래서 샤스틸을 의심하고 있는 것 아니었어?"

"의심한 건 사실이지만 그 녀석은 그렇게 잔꾀를 부릴 수 있는 녀석이 못 돼."

"하긴 그렇게 덜렁대니까."

의도하지 않았지만 회합에서 보여준 덜렁대는 모습이 그녀의 결백을 증명해준 듯 했다.

그래도 스텔라는 납득이 되지 않았다.

"음~, 그래도 이해가 안 돼. 마술사와 내통하는 건 안 되지만 공공연하게 협력하는 건 괜찮아? 그건 어떻게 다른 거야?"

카르티아이넨은 진심으로 어이가 없다는 표정을 지었다.

"많이 다르지. 공공연하게 손을 잡는 바보는 자기 책임이지만 내통자는 같은 편을 파는 것이라고! 그 녀석 때문에 몇 명이나 되는 성기사가 죽었는지 아냐?"

그 경계는 개인의 주관이라고 생각하지만 스텔라도 그가 무슨 말을 하려는 건지는 알 수 있었다.

——음, 샤스틸은 타인을 끌어들이지 않았으니 괜찮다는 건가?

그리고 지금 문제가 되고 있는 '배신자'는 성기사를 죽게 만들고 있기 때문에 나쁘다는 거고.

——그게 바로 샤스틸을 괴롭히고 있는 녀석일까?

자간과 샤스틸 자신이 결판을 낼 작정인 것 같았지만 스텔라도 누군지 알아볼까 하는 생각 정도는 하고 있던 참이었다.

아무래도 미하엘이 카르티아이넨과 한 팀을 이룬 것도 그 녀석을 찾는 것이 목적인 것 같다.

"그나저나 어떻게 생각하지?"

"어디 보자. 회합에서 반응을 보였던 건 바리야카와 유티라이넨 형제, 그리고 주니어, 이렇게 네 명 정도였지. 하르트넨은 잘 모르겠지만 아마 아무것도 모를 거야."

"기니어스는 신참이다. 제대로 아는 것도 없을 터."

"글쎄. 모르는 사이에 이용당하고 있는 것도 가능하지 않을까?"

주니어라는 건 제일 마지막에 온 소년을 말하는 건가? 확실히 너무 우직해서 쉽게 속을 것처럼 보이긴 했다. 그런 반면, 샤스틸은 속인 쪽에서도 폭탄을 안고 있는 것이나 마찬가지인 덜렁이니 의심의 여지는 없을 것이다.

——그 아이, 대단한 걸. 덜렁대는 성격이 반대로 위기 회피 능력으로 작용하고 있다니.

그것도 일종의 기적이 아닐까.

마술사 입장에서는 해부를 해서 이론적인 면을 밝혀내고 싶은 욕구가 생긴다.

바로 그때였다.

"——음."

"오오? 지진인가?"

지하 미궁이 크게 흔들렸다.

◇

"오베론 경! 으윽, 둘이나 되는 마술사를 상대로 부디 무사해야 될 텐데."

자간이 전이한 곳에는 돌로 된 어두컴컴한 통로가 있었다. 조금 앞에서는 기니어스가 당황한 목소리로 외치고 있다. 아무래도 오베론은 더 이상 이곳에 없는 것 같았다.

벽 자체가 희미한 빛을 발하고 있어서 마술사라면 시야도 확보

할 수 있지만 성기사나 일반인에게는 불빛이 필요할 것이다.

발밑의 바닥으로 시선을 주니 동일한 간격으로 어떤 문장(紋章)이 새겨져 있다. 그 문장을 둘러싸고 작은 문자가 늘어서 있었다.

——마술…… 은 아니군. 엘프의 언어인가?

이들 문자와 문장에서 힘은 느껴지지 않았지만 엘프가 만든 장치의 일부가 아닐까 하고 추측했다.

벽과 천장에는 무수히 많은 열상이 있어서 꽤나 요란하게 싸웠다는 것을 짐작할 수 있었다.

자간은 그 광경을 보다가 흥미로운 듯 중얼거렸다.

"흐음. 이곳이 라지엘 지하 보물고란 말이지. 아니, 지하 미궁 같은 모습이군."

"신기한 곳이에요. 왠지 그리운 느낌이 들기도 하구요."

"그리운 느낌?"

"네. 제가 살았던 마을의 공기와 조금 비슷해요."

"그렇군. 하긴 교회니까 엘프와는 친화성이 높을 수도 있지. 모처럼 왔으니 조금 걸어볼까."

"네."

"그런데 여긴 조금 춥군. 당신도 따뜻하게 하고 있도록 해."

"네, 여보."

자간이 두르고 있던 망토 매무새를 바로 잡자 네피도 외투 자락을 가다듬고 모자를 고쳐 쓴다. 두 사람 모두 따뜻한 차림을 하고 있자 왠지 가슴 속까지 따뜻해졌다.

"……잠깐 기다려. 왜 귀공들, 그렇게 아무렇지도 않게…… 가 아니라, 왜 여기에?"

그제야 정신을 차린 걸까, 기니어스가 아연실색해서 그런 말을 했다.

자간은 어깨를 으쓱여 보인다.

"왜라고 물어봐도 그냥 정신을 차리고 보니 이곳에 있더군. 오히려 내가 설명을 듣고 싶은 참이라고."

전이마술을 사용했는데 정신이 들고 보니 이곳에 있었던 것이다. 구체적으로는 이곳이 미궁의 어디 즈음인지, 보물고는 이 옆에 있는지 설명을 듣고 싶었다.

기니어스는 분해하며 가슴을 눌렀다.

"……그랬군. 전이마술에 말려든 거였어. 뭐라 사죄해야 할지 모르겠군."

물론 열심히 회유하긴 했지만 조금도 의심하지 않고 믿는 소년의 모습에 네피는 양심의 가책에 시달리는지 가슴을 꼭 잡았다.

"네가 한 짓도 아니잖아? 사과할 필요는 없다."

자간이 다소 과장되게 놀란 모습을 보이자 기니어스도 조금 마음이 놓인 것처럼 웃는다.

"그렇게 말해주니 마음이 조금 편하군."

순박한 소년의 말을 듣고 자간은 전혀 미안해하지 않는 얼굴로 말한다.

"그나저나 이곳은 우리가 들어와선 안 되는 장소인 것 같군. 출구가 어디인지 알고 싶은데 어디로 가면 되지?"

기니어스는 두통을 참는 듯이 이마를 누른 채 머리를 흔들었다.

"무리다. 이곳은 라지엘의 보물고. 멋대로 움직였다가는 함정이 작동할 거야. 나를 따라오도록 해."

"하지만 우리가 괜히 짐이 되진 않을까?"

"귀공들을 죽게 놔둘 수는 없잖아."

자간은 그 고집에 졌다는 것처럼 고개를 끄덕였다.

"알았다. 미안하지만 따라가도록 하지. 위험해지면 둘이서 근처에 숨도록 하마. 이곳은 아직 안전하지 않지?"

"역시 귀공은 현명하군."

기니어스는 성검 자루를 높이 들었다.

"빛이여."

그렇게 외치자 검자루에서 희미한 빛이 나오더니 어두컴컴한 회랑을 비추었다. 너무 멀리까지는 닿지 않지만 걷기에는 충분한 빛이다.

혹이 달리게 될 줄은 몰랐지만, 자간은 네피에게 손을 내민다. 네피도 머뭇거리며 그 손을 마주잡더니 쑥스럽게 웃었다.

——아, 오늘은 장갑을 꼈구나.

자간이 선물해준 장갑이다. 외투와도 잘 어울려서 그 모습을 볼 수 있는 것만으로도 행복한 기분이었다.

그렇게 기니어스의 뒤를 따라 걸으면서 자간은 질문을 던졌다.

"그런데 이곳은 엘프와 관계가 있는 곳인가? 보다시피 내 아내는 엘프다. 왠지 느껴지는 게 있는 것 같은데."

아내라고 하자 네피의 귀가 새빨갛게 물들었다.

기니어스는 어디로 눈을 두면 좋을지 모르겠는 것처럼 이리저리 시선을 돌리며 헛기침을 한다.

"글쎄, 그런 이야기는 들어본 적이 없지만 엘프족은 교회에 있어 특별한 존재다. 어쩌면 무슨 관계가 있을지도 모르지."

지면의 문장 같은 경우는 노골적으로 엘프의 언어가 섞여 있었지만 성기사는 의미까지는 읽지 못하는 모양이다.

——하긴 마술사라도 못 읽는 녀석들이 많으니까 어쩔 수 없나.

네피도 바닥의 문자에 관심이 있는 모양인지 뚫어져라 보면서 걷고 있다.

자간은 문득 떠오른 생각에 네피에게 물었다.

"맞다, 당신, 바닥의 문자를 읽을 수 있나?"

"네, 제가 말인가요?"

사실 네피는 자간에게 팔려오기 전까지는 간단한 읽고 쓰기 밖에 하지 못했다. 숫자와 물건의 이름 정도만 읽을 수 있을 정도다. 자간은 그런 네피에게 마술을 가르치면서 제대로 읽고 쓰는 방법과 함께 엘프의 문자도 가르쳐왔다.

즉 이건 네피가 열심히 공부했는지 확인해보는 테스트이기도 하다.

기니어스도 깜짝 놀라서 뒤를 돌아본다.

"읽을 수 있어요?"

"네, 조금이긴, 하지만요."

네피가 고개를 끄덕이자 기니어스도 발밑으로 불빛을 비춘다.

네피는 문장을 가만히 보다가 분홍색 입술을 떨면서 말하기 시작했다.

"——부디 이리도 가여운 자를 구원해주십시오——당신이 열세 개의 검과 각인을 가진 자라면 우린 길을 안내하겠습니다——."

문장의 주위에 새겨진 문자는 그것이 전부였다.

네피가 자간의 얼굴을 슬쩍 올려다본다. 직역을 해서 뜻이 잘 통하지 않는 부분은 있지만 대충 다 맞는 것 같아서 고개를 끄덕여준다.

전반은 정정할 필요가 없고 후반은 성검 소유자와 **어떤 각인**을 가진 자 외에는 기곳을 지날 자격은 없다는 뜻이다.

안심한 듯 웃는 소녀의 모습에 얼굴 표정을 풀고 있자 기니어스는 당혹스러운 목소리를 흘렸다.

"그게 전부인가?"

"네. 이 근방에 있는 돌에 새겨져 있는 건 전부 똑같은 내용인 것 같아요."

"으음. 검이라는 성검을 가리키는 것 같은데 열셋 이라는 건 무엇을 가리키는 거지?"

"성검은 열두 개라고 들었는데."

역시 천사와는 별개로 '열세 번째'는 존재하는 걸까?

——아니면 〈아자젤〉을 봉인한 성검이 존재했다는 뜻인지도 모르고.

그렇게 생각하자 이 기술이 잘 이해되었다.

다만 자간이 신경 쓰이는 건 오히려 그 뒤의 문장이다.

——열세 각인…… 이라.

〈마왕의 각인〉을 떠올리지 말라는 건 불가능하다.

하지만 안드레알푸스처럼 말도 안 되는 〈마왕〉이 있을 정도다. 그 외에도 교회와 마술에 정통한 사람이 있을 가능성은 부정할 수 없다.

"——〈아시엘 이메라〉——."

생각에 잠긴 자간의 입을 뚫고 나온 것은 그 이름이었다.
"〈아시엘 이메라〉가 어쨌다는 거지?"
"아, 아니……. 그건 죽음으로부터 부활한 여인의 일화에서 생긴 기념일이잖아?"
자간도 〈아시엘 이메라〉 때 일어난 사건 때문에 교회의 일화에 대해 조사해봤다.
"그 여인은 부활한 후, 어디로 사라진 걸까 싶어서."
"그야 물론 하늘로 돌아갔지. 그 정도나 되는 기적을 일으킨 성녀가 하늘의 환대를 받는 건 당연한 일 아닌가?"
교회적인 모범답안이긴 했다.
"부활했는데 다시 죽었다?"
물론 자간은 그 여인이 아직 존재하고 있다는 것도, 자신의 성에서 신세를 지고 있다는 것도 알고 있지만.
거기에 대한 명확한 답은 가지고 있지 않는지, 기니어스는 고개만 갸웃거릴 뿐이었다.
"그게 이 내용과 무슨 관계가 있는 거지?"
"아니, '이리도 가여운 자'라는 문장을 들으니까 그 여인이 생각난 것뿐이다. 아는 사람 하나 없는 이 세상을 아직도 방황하고 있다면 너무 가엾다고 생각하지 않나?"

교회측 사람에게 이런 생각은 반감을 사게 될까.

하지만 기니어스는 감탄한 것처럼 고개를 끄덕였다.

"음, 그런 시점에서 생각해본 적은 없어."

기니어스는 성검을 높이 든다.

"그렇다면 이 비문은 그 분을 구하라는 의미가 담겨 있는 건지도 몰라."

"그럴지도 모르지."

이것이 소년을 적으로 삼을지 같은 편으로 삼을지는 모르지만 자간은 순순히 고개를 끄덕였다.

그리고는 지긋지긋하다는 듯 주위를 둘러본다.

——이곳에 들어온 후로 이상하게 불길한 느낌이 든단 말이지.

누가 보고 있는 것 같은 느낌이라고 할까, 전에도 이런 불쾌감을 맛본 적이 있다.

그래, 쿠로카가 마을에 왔을 때다.

그때 느낀 시선의 정체는——.

「히히히, 배우들도 다 모였으니 슬슬 파티를 시작해볼까.」

역시라고 해야 할까, 이젠 귀에 익은, 짜증나는 목소리에 자간은 한숨을 쉬었다.

"뭐하는 놈이냐!"

기니어스가 용감하게 검을 빼들자 자간은 네피를 안아 들었다.
그리고 그것이 신호인 것처럼 미궁의 바닥이 갑자기 무너져 내렸다.

◇

밑에도 다른 층이 있었지만 발밑은 텅 비어 있어서 자간 일행은 공중에 내동댕이쳐졌다.

'뛰어오를 거다, 네피. 꼭 잡고 있어.'

'네, 자간 님.'

붕괴와 함께 그렇게 속삭이자 네피는 자간의 목에 팔을 두르고 꼭 매달렸다. 사랑스러운 소녀를 안아든 자간은 무너지는 바닥의 파편을 걷어차며 공중으로 도망친다.

——이 정도는 마술사가 아니더라도 가능한 범주겠지.

강화라고 할 만한 마술은 사용하지 않았으니 말이다.

그렇게 어려움 없이 떨어지는 잔해들로부터 벗어나자 발밑에서 비명이 울려퍼졌다.

"으아아아아아아아!"

기니어스다.

역시 13세의 소년이 이런 상황에 대응하는 건 쉽지 않았던 것 같다.

——손이 많이 가는 녀석이군.

그냥 놔두면 잡동사니에 깔릴 것 같아서 마지못해 소년의 목덜미를 향해 손을 뻗었다.

그 직후, 떨어지는 잔해들이 공동(空洞)의 바닥과 충돌했다.

모래먼지가 자욱하게 피어오르는 가운데 자간은 잡동사니 위에 느긋하게 착지한다.

——좋아, 네피는 다친 곳이 없군!

즉시 그것을 확인한 다음 소년에게서 손을 떼고 사랑하는 소녀를 고쳐 안는다.

"으앗."

"아, 미안하군. 괜찮나?"

기니어스가 잔해 속에서 넘어지자 자간은 깜빡 잊고 있었다며 사과한다.

"귀, 귀공은 도대체 누구지? 방금 그 몸놀림, 보통 사람은 아닌 것 같은데."

"……? 그래? 아내를 지키려면 이 정도는 당연히 할 줄 알아야 되는 것 아닌가?"

그야 교회와 다른 모든 마술사 정도는 퇴치할 필요가 있다. 이 정도 몸놀림은 아무것도 아니다.

네피는 순식간에 뺨까지 빨개져서는 자간의 가슴에 얼굴을 묻었다.

"여보, 그만 내려주셔도 괜찮아요."

"음. 발밑이 불안하다. 조심하도록 해."

잔해더미 위에 가만히 내려주자 네피도 비틀거리면서도 똑바로 선다.

――음. 위험하니까 손을 잡고 있어야겠군!

오른손을 꽉 잡자 네피도 머뭇거리며 손깍지를 껴왔다.

그런 모습에 기니어스도 체념한 것처럼 씁쓸하게 웃는다.

"그래, 당신에게는 필요한 힘이겠군."

하지만 자간은 기니어스를 보고 있지 않았다.

그들이 떨어진 곳은 넓은 공간이었다. 자간의 거성에 있는 옥좌의 방 정도 될까. 정렬하면 100명 이상은 들어갈 수 있을 것 같은 크기다.

그 중앙에는 옥좌처럼 생긴 돌로 된 대좌와 지팡이 하나가 꽂혀 있었다.

창백한 빛은 은인 것 같기도 했지만 그곳에서 나오는 마력――교회의 표현에 따르면 영력――은 분명 은의 빛은 아니다.

――마법은(미스릴)…… 저게 바로 〈아자젤의 지팡이〉인가?

자간의 시선을 알아차린 기니어스도 목소리를 높인다.

"설마, 이곳이 보물고? 우리의 미궁이, 붕괴되었다는 거야?"

아무래도 이곳이 목적지인 보물고인 모양이다. 발밑을 자세히 보니 각양각색의 보석과 금관 등이 건물 잔해더미에 무참하게 깔려 있었다. 민중들에게 기부금을 거둬서 축적한 재보가 엉망진창이 된 모습을 보니 조금 우스웠다.

지팡이 주위도 예외는 아니고 대좌도 절반은 부서져 있었다. 게다가 어디서 섞여 들어왔는지 알 수 없는 더러운 빗자루까지 굴러다니고 있다. 처음에는 미스릴의 성스러움 때문에 알아차리지 못했지만.

깜짝 놀라는 목소리에 정신이 들었는지, 여기저기서 신음 소리가 들린다.

"아야야……. 무사한가, 바리야카 경."

"그래, 귀공도 무사한 것 같군, 샤스틸."

자간의 몸이 움찔 굳었다.

익숙한 목소리에 뒤를 돌아보니 조금 떨어진 곳에서 붉은 머리 소녀가 몸을 일으키고 있는 중이었다.

――아~, 덜렁이(샤스틸)까지 이곳에 있는 건 예상 밖이군.

일단 자신의 정체가 드러나는 건 확정이다.

물론 성도에 있다는 정보는 입수했다. 비록 신혼여행(가짜) 때문에 들떠 있었다 해도 염두에 두지 않았던 건 자간의 실수다.

샤스틸도 금방 자간을 알아보고 외친다.

"어…… 아아! 왜 여기에――."

"음, 그곳에 있는 건 기니어스인가?"

옆에 있던 성기가사 말을 건넨 덕분에 샤스틸도 정신이 든 걸까. 허둥지둥 자신의 입을 막았다.

'헉, 말도 안 돼! 왜 저 꼬마가 살아 있지?'

'데크쉬아, 목소리가 커. 지금 복수의 성검을 상대하는 것은 힘들다.'

소근거리는 목소리가 들리는 곳을 보니 통로 그늘에 마술사로 보이는 두 소녀와 갑옷 차림의 라파엘이 있었다.

어떤 조합인지는 모르겠지만 그들도 이곳에 들어온 침입자인 모양이다.

다시 보니 여기저기서 움직이는 사람들이 보인다.

——저 잔해더미 뒤에 있는 건 오베론인가.

그녀도 이곳에서 모습을 보이고 싶진 않은지, 다른 성기사들의 눈에 잘 띄지 않는 위치에 있다. 그 외에도 시치미를 뚝 떼고 실실 웃는 미하엘, 그리고 어떻게 된 영문인지 스텔라까지 있다.

——어, 저 녀석, 왜 성기사 차림을 하고 있지?

그쪽 사정은 잘 모르지만 스텔라도 자간을 발견하더니 아무 말도 못하고 있다.

그 순간, 느닷없이 기니어스의 성검이 요란스러운 소리를 내며 떨기 시작했다. 아니, 기니어스의 성검만 그런 게 아니다. 샤스틸과 미하엘의 성검도 마찬가지다.

성기사 중 한 명이 믿을 수 없다는 듯 중얼거렸다.

"공진(共振)? 그렇다면 이곳에 열두 자루의 성검이 다 모였다는 뜻인가?"

그 말에 모두의 시선이 자연스럽게 자간에게 모였다.

——하긴 이 자리의 유일한 외부인이니까.

즉 이곳에 라파엘까지 포함한 열두 명의 성기사장이 다 모인 것 같다.

자간은 한숨이 흘러나오는 것을 참을 수 없었다.

——성검 열두 자루에 〈마왕〉이 네 명이라, 이거 엄청난 소동이 벌어질 것 같군.

자간은 다시 이 자리에 있는 사람들을 보다가 내심 고개를 갸웃거렸다.

묘하게도 젊은 성기사들 밖에 없었다. 라파엘이 최연장자라고 듣기는 했지만 그 사이에 있어야 할 연령대가 통째로 다 빠지고 없다.

——신경 쓰이긴 하지만 지금은 상황이 이러니까.

어떻게 얼버무릴까 고민할 사이도 없이 다음 목소리가 울려 퍼진다.

「히히히, 바로 그렇다! 어찌 됐든 그곳에 있는 남자야말로 사라진 성검의 현 보유자이니까. 안 그래, 〈마왕〉 자간?」

——아~, 비프론스 자식, 하여간에 제일 짜증나는 일은 골라서 한다니까.

역시 그때 벌이니 어쩌니 하는 물러터진 소리를 하지 않고 발바로스의 충고대로 죽였어야 했다. 발바로스도 배를 잡고 웃고 있을 것이다. 샤스틸의 발밑에서 그림자가 술렁술렁 꿈틀거리고 있다.

성기사들은 즉시 몸을 긴장시키며 자간과 마주한다.

비프론스가 노리는 것도 〈지팡이〉일 것이다. 그렇다고 성기사장 열두 명과 자간을 상대로 빼돌리는 건 아무리 〈마왕〉이라도 쉬운 일은 아니다.

그렇다면 적과 적을 서로 싸우게 만드는 것이 제일이다. 자간도 그럴 생각이다.

그때 끼어든 사람은 기니어스였다.

"속지 마라! 저들은 평범한 일반인이다. 이 목소리의 주인이야말로 〈마왕〉이 아닌가?"

"하지만 왜 일반인이 이런 곳에 있지? 이상하잖아!"

젊은 성기사 중 한 명이 당연한 지적을 한다.

"그건……."

기니어스도 말이 막혀 머뭇거린다.

이런저런 정보도 모두 끌어냈고 이용할 것도 다 했다. 더 이상 속이는 것도 가여운 것 같아서 자간은 별 일 아닌 것처럼 입을 열었다.

"아아, 그러고 보니 이름을 밝히지 않았군. 난 자간이라고 한다. 큐아노에이데스에 거점을 두고 있는 마술사의 왕이지."

기니어스의 얼굴은 마치 배신이라도 당한 것처럼 딱딱하게 굳었다.

"거짓말, 이지……?"

불쌍하긴 하지만 이것도 마술사를 믿지 말라는 교훈으로 받아들여주면 좋겠다. 마술사에 대한 원한이 더 강화될 것 같은 느낌도 들지만 애당초 마술사와 성기사는 적이다. 이게 자연스러운 모습이다.

오른손에 낀 장갑을 벗자 〈마왕의 각인〉이 나타난다. 갑자기 폭풍 같은 마력이 몰아치자 성기사들이 숨을 삼켰다.

기니어스는 믿을 수 없다며 망연자실해 있다. 샤스틸은 이 자리에서 벌어질지도 모를 전투를 가늠해보고 있을 것이다. 자간과 성기사, 양쪽을 경계 어린 눈으로 보고 있다. 스텔라는 가만히 있는 게 현명하다고 판단한 건지 미하엘이 어떤 태도를 취할지 살펴보고 있었지만, 정작 미하엘은 자기와는 관계없다며 엉뚱한 곳으로 시선을 돌려 피하고 있었다.

자간은 그대로, 위압적인 모습으로 천천히 팔을 벌리더니 품을 향해 뻗는다.

과장된 동작을 하는 틈에 라파엘을 향해 시선을 던진다.

――그냥 가만히 있어.

성기사들이 라파엘이 살아 있다는 것을 알게 되면 곤란하다. 이 상황은 자간이 초래한 것이다. 여기서 리스크를 무릅쓰게 할 필요는 없다.

남은 불확정 요소는 오베론과 비프론스인데 오베론은 그냥 놔둬도 괜찮을 것이다.

――비프론스는 이제부터 끌어내주마.

그렇게 해서 자간이 품에서 꺼낸 건 키 세르였다.

"헉, 마술 도구인가!" "방심하지 마, 유리우스!"

이제부터 치열한 마술이 나올 것이라 생각한 성기사들은 이마에 땀을 흘리며 자세를 갖추었다.

그러자 자간은 심드렁하게 손을 들더니 옆에 있는 네피에게 물었다.

"맞다, 네피. 이건 어떻게 잡는 게 올바른 방법이었지?"

"아, 네."

네피는 자간의 손가락을 가만히 잡더니 엄지와 검지로 잡도록 유도한다.

“이렇게 중앙 부근을 밑에서 감싸는 것처럼 잡는 게 우아하다고 하네요.”

“흐음. 익숙해지려면 연습이 필요하겠어.”

“잘 어울려요, 자간 님.”

누가 먼저랄 것 없이 헤실헤실 웃는다.

“도대체 우리가 뭘 보고 있는 거지?” “이것도 마술의 일종인가?”

몇몇 성기사가 참다못해 중얼거렸다.

그래도 자간은 차분한 모습으로 키 세르에 불을 붙이더니 기분 좋게 폐 안으로 연기를 들이마신다.

연기를 내뿜으면서 그제야 미하엘을 발견한 것처럼 외친다.

“오오, 거기 있는 건 성기사장 미하엘 디크마이어 아닌가?”

자기 일이 아니라며 모른 척 하고 있는 미하엘을 지명했다.

“너, 이 자식, 이쪽은 보지 마——.”

허둥지둥 외치지만 이미 늦었다.

“네가 우정의 증거로 권해준 담배인데 아주 마음에 들었다.”

〈마왕〉의 입에서 나온 우정이라는 말에 성기사들의 살기가 미하엘을 향해 쇄도했다.

“너, 너 이 자시이이이이이이이이이익!”

“아하하하하하! 스승님, 얼굴이 너무 웃겨!”

"시끄러워어어어어어!"

미하엘의 원망어린 목소리가 기분 좋았다.

——흥. 안드레알푸스의 이름을 꺼내지 않은 것만 해도 감사히 생각하도록 해.

이것으로 성기사들은 배후를 경계하지 않으면 안 되게 되었다. 비프론스의 목소리도 잊은 건 아닐 것이다. 사이좋게 일치단결하도록 내버려둘지 알았냐? 참고로 스텔라는 큰 소리로 웃고 있다.

그러더니 성기사들을 향해 말했다.

"그런데 제군들, 이곳은 교회에 있어 신성한 장소잖아? 침입자가 있는 것 같은데 잡지 않아도 돼?"

성기사들도 전투 자세를 잡는다.

"더, 덤벼라!"

자간이 검지를 세우자 그곳에 검은 불길이 피어올랐다.

무슨 짓을 하려는지 알아차린 샤스틸이 노골적으로 안색이 변해서 외쳤다.

"——진심이냐? 전원 대피해!"

현재 샤스틸이 어느 정도의 신용을 받고 있는지는 모르지만 그 긴박한 목소리에 성기사들도 예사롭지 않은 느낌을 받았을 것이다. 자간의 정면에서 뒤로 뛰어 물러났다.

——음. 훈련이 잘 되어 있군.

자간은 성기사들이 피할 수 있도록 천천히 지팡이를 향해 손가락을 가리켰다.

"——〈천린 · 일조(一爪)〉——."

그곳에서 나온 것은 검은 칼이었다.

――〈오련대화(五連大華)〉의 축소판이다.

이 칼을 다섯 자루 동시에 던지는 것이 바로 〈오련대화〉이다.

마족조차 도륙하는 것이 이 마술인데 위력이 너무 세서 하나도 남김없이 다 죽이게 된다는 단점이 있다. 〈일조〉는 그 연구 성과로 만든 시험용 마술인데 죽이고 싶은 사람이 하나 정도 있을 때 딱 사용하기 좋은 위력을 가지고 있었다.

그리고 그 마술이 노리는 것은 교회의 지팡이다.

"아뿔싸, 지팡이가!"

"그런 말을 할 때가 아니다. 어서 피해!"

역시 성기사장은 다르다. 전원 〈일조〉의 범위에서 벗어나자 날아온 칼은 지팡이를 직격했다.

하지만 지팡이는 부서지지 않았다.

"……정말 짜증나는 녀석이라니까. 내가 〈지팡이〉를 지키지 않았다면 어쩌려고 그런 거냐?"

지팡이 앞에는 유리처럼 투명한 벽이 가로 막고 있었다. 엄청난 고위 방어 마술이겠지만 거무스름해지는가 싶더니 순식간에 무너졌다.

그리고 그 너머에서 소년 같기도 하고 소녀 같기도 한 어린 마술사가 모습을 드러냈다.

"호오, 위력을 감소시키기는 했지만 〈천린〉을 막아내다니, 역시 〈마왕〉이다, 비프론스."

여보란 듯이 박수를 치자 비프론스도 악의로 가득한 미소로 답했다.

"여어, 〈마왕〉 자간. 장난 좀 쳤기로서니 보물을 파괴하려고 하다니, 짜증이 난 어린아이 같군."

"너라면 막을 거라 믿었기 때문에 한 행동이다."

"아, 그쪽이 아니라 이쪽."

그러더니 양쪽 입꼬리가 슥 올라간다.

"네 귀여운 딸 말이야. 피를 토하던데 괜찮을지 모르겠네."

"——포레."

네피가 숨을 삼켰지만 자간은 그녀의 얼깨를 부드럽게 안았다.

"걱정하지 마라. 포레 녀석, 꽤 많이 강해졌지? 네가 이름을 선물할 정도니까 말이야."

자간 역시 비프론스가 포레를 습격했다는 사실은 파악하고 있었다.

——이 녀석의 눈은 의외로 의식 밖으로는 향하고 있지 않은 것 같군.

당연히 자간이 보고 있다는 걸 깨닫고 물러난 줄 알았는데 그냥 도망친 것이었다.

비프론스가 어린애처럼 천진난만한 미소를 짓는다.

"에헤헤, 그걸 알고도 이렇게 놀러 나오다니, 정이 두터운 것으로 유명한 너답지 않잖아. 뭐가 그렇게 들떠 있었던 거지?"

"딸아이가 몸을 던져가면서까지 보내준 여행이다. 거기에 응해주지 못하면 부모도 아니지."

자간이 주위 사람들이 이해하지 못할 정도로 이번 여행을 만끽한 이유는 여기에 있다.

——내가 걱정을 끼쳐서야 안 될 일이지.

가끔은 즐겁게 놀고 있는 모습을 보여주지 않으면 주위 사람들도 마음이 편하지 않다.

그렇지만 네피 앞에서 그런 말을 해서 그녀를 동요하게 만든 건 화가 났다.

자간은 엷게 웃는다.

"여기서 사람의 정 운운하는 건 그만두지 그래?"

"어라? 뒤가 켕기는 일이라도 있나 보지?"

"널 배려해준 것이라 생각하는데?"

무슨 의미인지 모를 것이다.

눈썹을 찌푸리는 비프론스에게 자간은 부드러운 미소와 함께 이렇게 고했다.

"네가 인간의 정을 이해하지 못하기 때문에 **사랑하는 누나**가 나간 거잖아?"

툭, 뭔가 끊어지는 소리가 들린 것 같았다.

미하엘이 머리를 감싼다.

"……아~, 그 말은 하면 안 되지."

그 말과 함께 비프론스의 모습이 사라졌다.

"건방지게 굴지 마라, 애송이!"

"애송이인 건 서로 마찬가지 아닌가?"

모래 같은 결정이 모이더니 자간의 몸속으로 빨려 들어가는 것처럼 꿈틀거린다.

그때는 자간도 꽉 쥔 주먹을 내리고 있었다.

""으으윽!""

울려 퍼진 것은 자간과 비프론스, 양쪽의 신음이었다.

——이 녀석, 마술의 구조에서 떨어져 나온 건가!

결정의 움직임은 '마술 먹어치우기'로 막을 수 없었다. 이건 마력으로 움직이고 있지만 마술 도구와는 다른 존재인 것 같다.

그 결정이 옷을 뚫고 들어와서 몸에 붙더니 자간의 심장을 도려내기 위해 그대로 피부에 꽂혔다. 이 힘은 마음만 먹으면 칼이나 손의 형태를 만들 필요도 없을 것 같다. 한순간이라도 반격이 늦었으면 심장을 도려냈을지도 모른다.

자간은 그런 결정을 매체로 마력을 쏟아 부어서 비프론스라는 존재 그 자체에 타격을 입혔다.

얼굴이 빨갛게 부어오른 비프론스가 허공에 나타나더니 그대로 바닥에 쓰러졌다. 동시에 자간도 한쪽 무릎을 꿇었다.

"자간 님!"

"……조금 옥신각신했을 뿐이다. 문제없어."

하지만 네피에게 대답한 짧은 시간에 비프론스의 모습이 다시 먼지가 되어 무너졌다.

"라파엘!"

자기도 모르게 외치고 있었다.

결정의 모습으로 변한 비프론스는 자간이 아니라 잔해더미 뒤에 몸을 숨기고 있던 라파엘을 향해 기어간 것이다.

"불살라라, 〈메타트론〉!"

그 즉시 성검을 뽑아서 정화의 불을 쏟아냈지만 비프론스의 결정은 불에 타면서도 라파엘을 향해 밀려들고 있었다.

하지만 그때 비명을 지른 건 라파엘이 아니었다.

"아리스텔라! 커헉."

라파엘이 데리고 있던 두 소녀가 결정의 무리에 삼켜진다.

「히히, 시어칸과 약속한 게 있어서 이건 회수하도록 하지.」

그 후에는 비프론스도 소녀들의 모습도 남아 있지 않았다.

자간은 혀를 찼다.

――제길, 당했다!

비프론스는 그의 도발에 넘어가지 않았던 것이다.

자간을 공격한 것도, 자간이 때리는 대로 맞고 있었던 것도 모두 소녀들을 납치하기 위한 포석이었다. 그리고 그 뒤에는 정체를 폭로 당한 라파엘이 남았다.

비프론스만 이기고 자간이 싫은 일을 전부 다 한 셈이다.

중년의 성기사가 머뭇머뭇 중얼거린다.

"그 검…… 아니, 〈메타트론〉이 응답했다는 건, 자네가 맞는 거냐, 라파엘?"

이 자리에서 얼버무리는 건 불가능하다. 라파엘은 작게 한숨을 쉬더니 투구를 벗어던졌다.

"다들 오랜만이군."

샤스틸의 옆에 있던 성기사가 깜짝 놀라 외친다.

"말도 안 돼. 당신 같은 남자가 교회를 배신했다는 건가!"

"배신? 흠, 따지고 보면 배신인 셈인가. 추기경을 죽이고 도주했으니까."

"——아니야!"

그렇게 외친 건 샤스틸이었다.

"크라벨 추기경은 대대로 이어 내려온 성기사장을 암살했어. 그래서 라파엘 경은 크라벨 추기경을 벨 수밖에 없었던 거고. 배신한 건 교회야."

미하엘이 지금이라는 듯 목소리를 높인다.

"그래서 공생파와 우호 관계에 있는 자간에게 몸을 의탁했다는 건가?"

라파엘은 아무 대답 없이 어깨를 으쓱인다. 그것만으로도 이 자리에 있는 사람들에게는 충분한 답이 되었다.

절반 이상의, 특히 젊은 성기사들이 노골적으로 동요해서 누구에게 검을 겨눠야 하는지 고민하기 시작한다.

그런데도 자간은 불쾌한 표정을 감추지 못했다.

——아아, 진짜, 점점 더 골치 아파지기 시작했군…….

네피와 함께 다시 관광이나 하러 가고 싶다.

물론 포레 일도 있으니 슬슬 마무리 지어야 할지도 모르지만, 어쨌든 어서 돌아가고 싶다.

라파엘은 데리고 돌아가면 되지만 미하엘은 입장 회복을 위해 자간을 놓치려 하지 않을 테고 무엇보다 보물고가 파괴된 성기사들이 그를 순순히 돌려보내줄 리 없다.

이 상황을 무너뜨릴 수 있는 사람이 있다면 아직도 입을 열고 있지 않은 오베론인가.

——하지만 움직이지 않겠지.

기척을 완전히 죽이고 있는 게, 아무래도 관여하고 싶어 하지 않는 것 같다.

고착 상태.

그런데 그 상태를 무너뜨린 건 의외의 한 마디였다.

"저기, 자간 님, 성으로 돌아가시지 않을 거예요? 포레가 걱정이 돼요."

"——그렇군. 비프론스도 흠씬 때려줬으니 돌아갈까."

사랑하는 신부의 말에 자간은 주저하지 않고 고개를 끄덕였다.

어떤 의미에서는 사건을 이렇게까지 크게 만든 장본인의 당당한 도주 선언에 성기사들의 얼굴도 분노로 굳었다.

고착 상태는 그렇게 간단히 무너졌다.

◇

"웃기지——마라!"

몇몇 성기사들이 성검을 빼들고 달려들었다.

——음. 고민할 필요는 없었어.

심플해서 좋다.

방해하는 자는 모두 때려눕히고 돌아가자. 그러면 모든 게 다 해결된다.

"아아, 정말이지, 당신은 왜 그렇게 자유로운 거야?!"

머리가 아파 죽겠다는 듯한 얼굴을 한 채 샤스틸도 움직인다.

이렇게 해서 제일 먼저 검을 뽑은 건——.

"빛나라——성검 〈아즈라엘〉!"

검을 뽑는 것과 동시에 섬광이 쏟아진다.

그 끝에 있는 건 자간이 아니라 성기사들이었다.

몇몇 성기사가 검을 떨어뜨린다. 그 외의 사람들은 검으로 받아내거나 몸을 돌려서 도망친다.

"릴키비스트! 역시 배신하는 거냐!"

성기사들은 샤스틸에게 분노를 쏟아내면서 떨어뜨린 성검을 주우려고 했지만 성검의 빛이 다시 그들을 막았다.

"착각하지 마. 난 귀공들을 지켜주는 거다."

그런 다음 검을 떨어뜨린 성기사들을 내려다본다.

"지금 검을 떨어뜨린 사람은 낙제다. 이 정도도 받아내지 못하는 자가 〈마왕〉과 싸우겠다고? 동료가 개죽음 당하도록 내버려둘 수는 없잖아."

그 말에 자간의 눈도 동그래졌다.

——이 녀석, '근무 중'에는 정말 유능하군.

자간의 적을 줄이면서 성기사도 지키는 '공생파'로서는 이상적인 행동이다.

무력화된 성기사장은 세 명인가. 혼자서 세 명이나 막았으니 충분하고도 남는 성과다.

하지만 나머지는 아직도 검을 쥐고 있다.

"널 신용하는 건 아니지만 그 의견에는 동의한다. 발목을 잡는 녀석들은 필요 없다."

"——카르티아이넨인가!"

중년의 성기사가 샤스틸을 향해 검을 휘두른다. 실력이 제법 좋아서 샤스틸도 혼자 상대하느라 애를 먹는 것 같았다.

그렇지만 상대는 혼자가 아니었다.

"미안하지만 본인 하르트넨, 〈마왕〉과 손을 잡은 귀공을 같은 편으로 인정할 수 없다."

청년 성기사가 새로 옆에서 빠져나왔다.

서로 엇갈릴 때, 성검의 날이 없는 부분으로 샤스틸을 때려눕히려고 했지만.

"——성기사라면 일대일로 싸워야지."

"앗?"

빠져나온 성기사의 얼굴을 스텔라가 걷어찼다.

미하엘이 머리를 싸맨다.

"아아, 진짜! 내 입장이 위험한 상황에서 무슨 짓을 하는 거냐!"

"샤스틸은 친구야. 스승님이 준 힘은 친구도 도와주지 못하는 힘이야?”

“……하아. 〈자라키엘〉 자식, 왜 이렇게 골 때리는 놈을 선택한 거냐.”

미하엘은 한숨을 쉬더니 허리춤에서 검대를 풀어서 스텔라에게 던졌다.

“그럼 해봐. 길이라는 건 스스로 개척하는 거다——안 그러냐, 〈자라키엘〉.”

자간의 눈은 경악으로 휘둥그레졌다.

——스텔라가 다음 성검의 소유자…… 라고?

스텔라 자신도 멍하게 입을 벌린 채 굳어 있다.

“진짜 주는 거야?”

“그래~. 좋을 대로 해봐. 하지만 검 외에는 사용하면 안 돼.”

이곳에서 스텔라가 마술을 사용하는 것보다는 낫다고 생각한 모양이다.

자간은 동요를 감춘 채 시원한 미소를 지어 보인다.

“넌 싸우지 않는 거냐, 미하엘?”

“난 중립파라서 이럴 때는 어느 쪽에도 가담하지 않아.”

그 증거라도 되는 것처럼 품에서 담뱃갑을 꺼내서 피우기 시작한다.

공생과 중립은 비슷한 것 같지만 다르다. 샤스틸과 미하엘의 행동의 차이가 바로 그 증거다.

그러더니 문득 생각난 것처럼 성검을 떨어뜨린 세 소년 성기사를 쳐다본다.

"그리고 낙제가 인정된 거기 세 명은 이쪽에 와서 정좌하고 있어. 내일부터 다시 훈련이다."

소년 성기사들은 아무 말도 못한 채, 머뭇머뭇 미하엘의 말에 따랐다.

자간은 혀를 찬다.

——안드레알푸스 자식, 나중에 확실히 설명해야 할 거다.

그런 가운데 자리와 어울리지 않게 밝은 목소리로 스텔라가 대답한다.

"고마워, 스승님~! 이 아저씨, 화가 많이 난 것 같아~!"

"……우습게 보지 마라, 여자!"

"아하~, 괜찮아, 검을 잘 다루지 못하니까 적당히 봐줄게. 아, 잘 다루지 못하면 안 되는 건가. 에이, 뭐 됐어. 잘 부탁해——〈자라키엘〉."

스텔라는 평소처럼 웃으면서 성검을 빼든다.

그 도신은 검은 빛을 발하고 있었다.

"이 녀석, 설마 진짜로……! 에잇, 짖어라——〈자드키엘〉!"

샤스틸과 검을 겨루고 있던 중년 성기사는 이번에는 샤스틸과 검을 맞댄다. 그 대신 하르트넨이라는 성기사가 샤스틸과 싸우기 시작했다.

검극(劍戟)이 시작된 건 그곳만이 아니었다.

"오랜만이군, 바리야카."

"휴란델 경. 당신 정도 되는 사람이 왜……!"
"마음에 들지 않나?"
"난 당신을 용서하지 못해!"
개인적인 원한이라도 있는 걸까, 바리야카라 불린 청년 성기사가 라파엘과 격렬하게 싸우고 있었다.
——샤스틸이나 라파엘에 버금가는 녀석도 있긴 있군.
제일 먼저 탈락한 건 경험이 부족해 보이는 젊은 기사였다.
탈락한 세 명에 샤스틸, 스텔라, 라파엘, 그들과 싸우는 3명. 이것으로 아홉 자루의 성검이 입장을 정했다. 기니어스는 아직도 자신이 속았다는 충격에서 회복하지 못하고 있는 것 같다. 멍하게 서 있을 뿐이다.
하지만 이 자리에 성검은 열두 자루가 있다.
나머지 두 자루는——.

"상대는 〈마왕〉이다. 한순간이라도 방심하지 마라, 유리우스."
"알고 있어, 형."

아무래도 형제인 듯한 젊은 성기사 둘이 자간의 앞에 섰다.
"네피, 조금 떨어져 있어."
"네. 조심하세요, 자간 님."
"음."
뭐라고 할까, 이런 배웅을 받는 게 신선해서 자기도 모르게 얼굴이 헤벌쭉해진다.

그것을 도발로 받아들인 건지 성기사 형제는 움찔움찔 뺨에 경련을 일으키면서 외쳤다.

"성기사장 아르보 유티라이넨! 〈마왕〉 자간, 목을 받아가겠다!"

"똑같이 유리우스 유티라이넨, 간다!"

형제는 착실하게 이름을 밝히더니 좌우에서 동시에 검을 휘둘렀다.

형제답게 호흡이 제법 잘 맞는 협력전이다.

자간은 키 세르를 향해 시선을 떨어뜨린다. 담배는 아직 더 남아 있어서 불을 끄는 건 조금 아까웠다.

키 세르의 불이 꺼지지 않도록 몸을 돌려 참격을 피한다.

"제법 나쁘지 않은 솜씨다. 조금 더 경험을 쌓으면 미하엘이나 라파엘 정도는 될 수 있을지도 모르겠군."

솔직하게 평가하자 형제의 분노는 더 심해진다.

"바보 취급하지 마라, 〈마왕〉——춤춰라 〈샌달폰〉!"

형 쪽 성기사가 성검을 향해 외친다.

파란 빛과 함께 몰아친 건 살을 에는 듯한 냉기였다.

아니, 실제로 살이 찢어질 것이다. 순식간에 피부가 얼어붙어서 한줄기 피가 노출된 뺨을 따라 흘러내렸다

그리고 성기사의 공격이 생채기 하나로 끝날 리도 없다.

"서둘러, 유리우스!"

"나도 알아——춤춰라 〈가브리엘〉!"

동생의 성검에서 나온 것은 흐르는 물이었다.

냉기와 물, 그 두 가지가 합쳐져서 만들어지는 것은——.

"호오, 정말 훌륭하군."

거대한 얼음덩어리였다.

자간을 감싸는 것처럼 만들어진 그 얼음덩어리의 크기는 작은 집 정도는 되었다. 네피가 떨어져 있어서 정말 다행이었다.

질량을 더해가는 얼음덩어리는 그 안에 있는 자간을 뭉개기 위해 부풀어 오른다. 게다가 성검의 영력에 닿으면 마술을 사용하지 못하게 된다. 평범한 마술사가 이 기술에서 빠져나가는 건 불가능할 것이다.

——하지만 경험이 부족하군.

거기서 자간이 취한 행동은 발을 크게 굴리는 것이었다.

보물고 자체가 흔들린다.

그리고 자간의 발밑에 있는 것은 불안정하게 쌓인 잔해더미들이다.

얼음덩어리는 그 잔해들까지 통째로 뒤덮고 있었는데 이물질을 집어삼키고 있는 것이나 다를 게 없었다. 거기에 충격이 더해지면 얼음덩어리도 무사하지는 못한다.

쩍 하고 균열이 생긴 후에는 너무 약했다.

거대한 얼음덩어리는 산산조각이 나서 무너지기 시작한다.

"걸려들었군!"

"응……?"

깨진 얼음덩어리는 이번에는 예리한 칼날이 되어 자간을 향해 쏟아지고 있었다.

"옳거니, 깨지는 것까지 포함해서 만든 기술이군. 아주 잘 만들었어."

얼음덩어리를 깨뜨려도 그 다음에 쏟아지는 얼음 칼날에는 〈마왕〉조차 상처를 입지 않을 수 없을 것이다.

그 파편도 공중으로 높이 올라가 있다. 그 중에서도 크기가 큰 파편을 발견하자 자간은 위를 향해 턱 걷어찼다.

주먹 만한 크기의 파편은 자간의 머리에 쏟아지는 얼음 칼날에 부딪쳐 방향을 바꾼다.

방향이 변한 칼날은 다른 칼날과 부딪치고 첫 번째 돌멩이도 도탄(跳彈)이 되어 다른 얼을 칼날과 부딪친다. 게다가 얼음들끼리도 충돌하는 등, 자간의 머리 위에서는 작은 충돌이 무수히 펼쳐지고 있다.

이윽고 모든 얼음덩어리들이 중력에 이끌려 땅으로 떨어진다.

물론 네피에게 생채기 하나 생기지 않은 것을 확인한 다음 자간은 다시 담배 연기를 즐겼다.

"좋은 기술이다. 하지만 〈마왕〉을 베기에는 아무래도 날카로움이 부족하군."

"말도 안 돼……. 무사, 하다고?"

깜짝 놀란 목소리를 흘린 건 성기사 형제다.

비처럼 쏟아지는 칼날이라고도 부를 수 있는 공격 후에도 자간은 상처 하나 없이 그 자리에 서 있었다.

자간이 걷어찬 돌멩이 하나만이 연쇄 추돌을 일으키는 것처럼 서로 부딪쳐서 모든 칼날을 빗나가게 만들었다.

——이건 키메리에스나 다른 녀석들이라도 전부 다 피하는 건 힘들겠지.

처음부터 바람 마술을 두르고 있었다면 몰라도 저쪽에서 먼저 공격을 가해오면 막는 건 어렵다. 〈마왕〉 중에서도 상처 하나 없이 이 공격을 막을 수 있는 건 시간을 조종하는 안드레알푸스 정도 밖에 없지 않을까.

그런데도 자간이 그 공격을 완벽히 막아낼 수 있었던 건 그가 평소에도 타인이 사용하는 마술을 하나부터 열까지 모방하고 동시에 완성시키는, 흐름을 보는 것에 특화된 마술사이기 때문이다.

즉 벅찬 상대를 만난 것이다.

그래도 성기사 형제는 포기하지 않았다.

"그 정도로 이겼다고 생각하지 마라, 〈마왕〉!"

형제 중에 아르보라는 이름의 성기사가 용감하게 돌진해온다.

——이런, 피하면 네피에게 부딪치겠는데.

자간은 늘 네피를 등 뒤에 두고 감싼 채 싸운다. 공격을 피할 수는 없다. 그렇지만 이렇게 무방비하게 돌진해오는 상대를 세게 치면 죽을 수도 있다.

"답답한 놈이군."

하는 수 없이 아르보의 얼굴을 움켜쥐어서 멈춰 세운다. 녀석은 목에 심각한 타격을 입은 것 같았지만 그 정도는 참아야지 별 수 없다.

그에 상응하는 고통은 있겠지만 아르보의 얼굴에 떠올라 있는 건 미소였다.

"그, 오만함이, 네 명을, 재촉했다."

"뭐?"

그 직후, 아르보를 중심으로 얼음이 펼쳐진다. 안면을 움켜쥐고 있던 자간은 손을 뗄 틈도 없이 거기에 집어삼켜졌다.

자세히 보니 성기사는 자신의 배에 성검을 박아 넣은 상태였다.

――나를 길동무 삼아 죽을 생각인가.

"지금이다――어서 해치워, 유리우스!"

"혀, 형님……."

"우리의 목숨으로 〈마왕〉 한 명을 쓰러뜨릴 수 있다면 이 정도는 아무것도 아니다!"

"제…… 제기이이이이이일――〈가브리엘〉!"

한순간 망설이긴 했지만 유리우스의 결단은 빨랐다.

성검을 몸에 찔러 넣었다. 아르보는 살아나기 힘들다.

유리우스의 성검에서 나온 유수(流水)가 그 몸을 감싼다. 자간을 향해 똑바로 검을 겨누는 모습은 마치 거대한 창 같았다.

아니, 창이 아니라 화살이었는지도 모르겠다.

모든 방어를 포기하고 자간을 향해 돌진해왔다.

성검의 선단에서 소용돌이치는 유수는 직격하면 〈천린〉조차 꿰뚫을 수 있는 위력이 느껴졌다. 무엇보다 그 물은 유리우스의 몸까지 집어삼키기 시작했다. 회전하는 톱니바퀴 속에 있는 것이나 마찬가지다. 설사 자간을 쓰러뜨리는 데 성공하더라도 본인은 두 번 다시 검을 쥐지 못하게 된다.

아마 【고해】를 제외하면 성기사장 중에서도 이 정도 일격을 가할 수 있는 사람은 없을 것이다. 즉 최강의 창이었다.

유일한 결점은 상대방이 그 공격을 피하는 데 성공하면 개죽음을 당한다는 점인데 그건 아르보의 희생으로 극복되었다. 애당초 뒤에 네피가 있는데도 피한다는 선택지는 존재하지 않지만.

궁지에 몰린 상황에서 자간은 질렸다는 듯 한숨을 쉬었다.

"각오는 인정하지만 너희들은 자신의 생명에 대한 집착이 부족하다는 게 단점이다."

그리고 키 세르를 쥔 오른손을 앞으로 내민다.

"――〈천린 · 우천(右天)〉――."

자간의 옆에 〈천린〉으로 만들어진 거대한 오른팔이 나타난다.

잠자코 구경만 하고 있던 미하엘이 휘파람을 분다.

"제법이군. 저 녀석들, 자간이 오른팔을 사용하게 만들었다고. 너희들도 보고 배워."

"무슨 말을 하는 거야, 디크마이어 경! 유티라이넨 형제를 도와줘야지!"

"성검도 내려놓은 나 같은 아저씨가 뭘 할 수 있겠냐? 그냥 보기나 해."

소년 성기사 중 한 명이 매달리지만 미하엘은 웃기만 할 뿐 움직이려 하지 않았다.

교회와 싸우기 위해 자간이 만들어낸 무적의 방패, 그것이 바로

〈천린〉이다.

——유감스럽게도 딱히 성검을 얕볼 생각은 없거든.

이건 성기사장들과 대치한 순간부터 이미 발하고 있던 것이었다. 마력을 부여하지 않고 정지시켜뒀다가 다시 마력을 흘려 넣어서 가동시킨 것이다.

그리하여 최강의 창과 무적의 방패가 충돌한다.

〈우천〉은 유리우스의 성검에 달려든다.

끼기긱 하는 불길한 소리를 내면서 〈우천〉에 균열이 생기지만 마력과 영력을 먹어치우며 그 강도를 높여가는 것이 바로 〈천린〉이라는 마술이다. 파손되자마자 수복되고 그 대가로 성검의 힘을 소비한다.

그리고 무언가 푸욱 하고 찌그러지는 소리와 함께 정숙이 찾아왔다.

성검에서 세차게 쏟아져 나오는 유수는 멎고 오직 밝게 빛나는 오른팔만 남아 있었다.

이긴 건 무적의 방패였다.

힘이 다한 유리우스가 무릎을 꿇는다. 전신에 타박상과 열상을 입었고 팔다리 같은 경우는 당장이라도 떨어져나갈 것 같았다.

"이럴 수가, 우리 유티라이넨 형제의 목숨까지 걸었는데 상처 하나 입히지 못했다는 건가."

아연실색해 있는 아르보의 말에 자간은 깜짝 놀란 목소리로 대꾸한다.

"아니, 난 여기서 〈우천〉을 사용할 생각은 없었다. 그런데 너희들이 이걸 사용하게 만들었으니 자랑스럽게 생각해도 돼."

그리고 키 세르로 얼음을 톡 때린다.

검은 불길이 반딧불처럼 튀자 아르보의 얼음도 부서졌다. 자간과 아르보 모두에게 상처를 입히지 않고 얼음만 파괴한 것이다.

──〈천린 · 귀화(鬼火)〉──낮은 위력이 결점인 줄 알았는데 이렇게 사용하는 방법도 있었군.

〈귀화〉를 다시 평가하면서, 이제 막 숨을 거두려 하고 있는 아르보의 몸에 꽂힌 성검을 잡는다.

──어라? 의외로 아무렇지도 않군.

손을 데일 각오 정도는 하고 있었는데 성검은 자간을 받아들인 건지 거부하지 않았다.

만져도 무사한 건 기쁜 오산이다.

자간은 힘껏 성검을 뽑았다.

"커헉."

몸 전체가 다 얼어붙은 덕분에 검을 뽑아도 출혈은 없었다. 하지만 검이 뽑혀나간 본인이 무사한가 하면 그렇지는 않으니 아르보는 그대로 정신을 잃고 말았다.

자간은 빈사의 아르보를 네피를 향해 휙 던졌다.

"네피, 그 녀석을 치료할 수 있겠나? 여기서 죽게 놔두는 건 조금 아깝군."

"네! 맡겨주세요."

조마조마하고 있던 네피의 얼굴에 미소가 돌아왔다.

──성검으로 인한 상처는 마술로는 치료하기 힘들지만 네피의

마법이라면 치료할 수 있으니까.

완치될 수 있을지는 모르지만 죽지는 않을 것이다.

그런 행동을 보고 유리우스가 당황해서 외친다.

“왜 〈마왕〉이 형님을 도와주는 거지? 아니, 그보다 네놈은 도망치려면 도망칠 수 있었어!”

굳이 〈우천〉을 사용하지 않아도 〈귀화〉로 얼음을 부수면 네피를 안고 도망칠 수 있는 여유 정도는 있었다.

자간은 키 세르를 입에 물더니 맛을 음미하면서 연기를 흘린다.

“뭐, 하나는 샤스틸에 대한 의리 때문이다. 그 덜렁이가 공생파니 어쩌니 하며 뛰어나니고 있잖아. 체면 정도는 생각해줘야지.”

또 다른 이유가 ‘그냥 관광을 하러 왔으니까’라고 하면 분명 화를 낼 테니까 대충 그럴싸하게 대답했다.

유리우스는 마침내 포기한 것처럼 성검에서 손을 놓았다.

“응? 그래도 괜찮나?”

“봐준 것도 모자라서 형님까지 도와줬다. 이 이상 어떻게 싸우란 말이냐. 우리의 패배다.”

이것으로 유티라이넨 형제는 무력화했다. 주위를 보니 샤스틸 쪽도 대충 결판이 나고 있는 것 같았다. 아니, 결판이 났다고 할까, 싸우는 데 질렸다고 해야 할까, 검을 멈추고 자간 쪽을 보고 있었다.

자간은 어깨를 으쓱인다.

“끝났나? 그럼 슬슬 돌아갈까 싶은데.”

“――끝나지, 않았다!”

마지막으로 외친 사람은 기니어스였다.

◇

기니어스는 이제야 정신이 돌아왔는지 성검을 똑바로 겨눈 채 자간 앞에 선다.

"난 귀공을 이해할 수 없다."

"호오, 그래서?"

기니어스는 성검의 날 부분을 잡더니 그대로 피를 흘리면서 외쳤다.

"하지만 내가 할 일은 확실하다――천사【고해】〈라지엘〉!"

자간은 자기도 모르게 감탄의 한숨을 흘렸다.

――안드레알푸스 외에도 이것을 사용하는 자가 있구나.

안드레알푸스와 다른 건 그것이 녹색 갑주라는 점 정도. 게다가 손에 든 무기도 창이 아니라 검이다. 기니어스의 신장 두 배는 될 것 같은【고해】. 더욱이 두 손으로 다뤄야 하는 크기의 대검이다.

기니어스의【고해】가 자간에 검을 들이댄다.

"마술사를 베고 〈마왕〉을 죽인다. 그것이 성기사의 책무다."

자간은 그 용기를 칭찬하는 것처럼 고개를 끄덕인다.

"옳은 생각이다. 그것을 알고 있다면 주저하지 마라. 네 앞에 있는 건 네 적이다."

여유로운 태도로 그렇게 말했지만 자간은 내심 초조해하고 있었다.

——이 즈음에서 실력을 보여주지 않으면, 이 녀석, 교회에서 살아가지 못하게 될 거다.

이대로 가면 이 소년은 〈마왕〉에게 길을 알려줘서 교회의 보물고를 붕괴시킨 장본인으로 이번 사건의 책임을 지게 될 것이다. 마술사인 자간이 신경 쓸 일은 아닐지도 모르지만 그래도 어느 정도는 책임을 느끼고 있었다.

기니어스는 이를 악문다.

"귀공 같은 남자가, 왜냐!"

"……후후, 그러고 보니 전에도 똑같은 말을 들었지."

자기도 모르게 쓴웃음이 나온다.

만난 지 얼마 안 되었을 무렵의 샤스틸은 그렇게 외치며 그에게 덤벼들었다.

최연소의 나이에 성기사장이 된 점도 그렇고 이 우직함도 그렇고, 기니어스와 샤스틸은 비슷한 점이 많았다.

——아니, 성검이 그런 인간을 좋아하는 건가?

그렇다면 이 근처에서 날뛰고 있던 전투광들에게도 똑같은 면이 있는 걸까.

그런 생각을 하고 있자 기니어스가 검을 겨누었다.

"성기사단장 기니어스 갤러해드 2세! 〈마왕〉 자간에게 승부를 제안한다!"

"그래, 얼마든지. 어디 한 번 네 힘을 보여 봐라."

녹색【고해】가 대검을 내리친다.

자간은 〈우천〉을 높이 들어 그 일격을 받아냈다.

——위력은 역시 안드레알푸스에 미치지 못하는군.

〈마왕〉과 성검의 힘을 모두 갖춘 괴물과 비교하는 건 가여울지도 모르지만 일격의 위력을 자간은 그렇게 평가했다.

그런데 그 순간, 【고해】의 밑에 기니어스의 모습이 없다는 사실을 깨달았다.

"호오?"

자간이 뒤를 돌아보니 그곳에는 이미 검을 높이 쳐든 기니어스의 모습이 있었다.

"노래하라 〈라지엘〉!"

바람이 거칠게 몰아친다.

아무래도 '바람'이 이 성검의 힘인 것 같다. 미리 장치해둔 몇몇 마술이 뿌리째 날아갔다.

마술을 사용하지 못하는 무방비한 상태. 이 상황에 성에서 본 알시에라의 수련이 겹쳐진다.

——마술을 사용하는 것보다 더 빠른 사람을 상대로 어떻게 싸울까.

그건 의식한다고 움직일 수 있는 게 아니었다.

"뭐——."

필살의 일격을 가한 기니어스가 넘어지는가 싶더니 허공을 날아가고 있었다.

자간은 성검이 아니라 그것을 쥔 기니어스의 손목에 손등을 더

해서 중심을 무너뜨린 다음 **던진** 것이다.

그대로 바닥에 내동댕이쳐진 기니어스는 무슨 일이 일어났는지 모르겠다는 얼굴을 하고 있다.

하지만 자간의 얼굴에 떠오른 것은 승리의 미소가 아니었다.

"……결국 막판에 사용하게 되는 건 '재주'인가. 데카라비아에 불평할 수도 없겠군."

제일 먼저 배운 살아가는 방법은 '재주'였다.

이것을 가르쳐준 마르크에게는 감사하고 있지만 이 자리에서는 하나도 기쁘지 않았다.

한숨을 쉬고 등을 돌린다.

"어이, 그만 하자. 내가 졌다."

스스로에게 낙담하는 자간을 향해 기니어스가 분노에 찬 고함을 지른다.

"귀공은 나를 우롱할 작정인가!"

"아――, 아니, 그건 내 사정 때문이다."

자간은 머리를 긁적이며 말한다.

"〈마왕〉이 마술 이외의 힘에 의지하는 건 자신의 마술을 부정하는 것이나 마찬가지잖아? 그렇기 때문에 네가 이겼다는 거다."

이것은 자간의 고집이다.

그 고집을 관철시키지 못한 자간은 패자에 불과하다.

기니어스가 분노로 떨리는 목소리로 말한다.

"……웃기지 마. 누구 마음대로 졌다는 거지? 귀공은 자신이 그렇게 강하다고 생각하나?"

"그러면 안 되나?"

자간이 오만하게 대답하자 기니어스는 반대로 조소했다.

"스스로를 긍정하지 못하는 자가 대체 뭐가 강자란 말이냐! 귀공은 약하다. 가여울 정도로 말이지! 그래, 꼬리를 말고 돌아가도록 해. 그렇게 가여운 〈마왕〉을 베어봤자 아무 자랑거리도 되지 않으니까."

어쩌면 정곡을 찔렀는지도 모른다.

자간을 조금 화나게 만드는 효과는 있었다.

'속인 대가로 체면을 세워주지'에서 '딱히 죽여도 상관없나' 정도의 변화이긴 했지만 이 자리에서는 죽음과 동일했다.

왜냐하면 자간은 네피 앞이라서 죽이지 않도록 하고 있는 것뿐, 죽이지 않는 것을 신조로 삼고 있는 건 아니기 때문이다.

유티라이넨 형제를 굳이 도와준 것도 신혼여행(가짜) 중에 죽는 사람이 나오면 뒷맛이 찝찝하니까 그만두자, 정도의 동기 밖에 없었다.

자간이 '죽이지 않고 적당히 상대하는 건 귀찮아'라는 생각을 하는 것만으로도 곧 죽음을 의미하는 실력 차이가 그곳에는 있었다.

——아니지, 어린애이다 보니 잘 몰라서 그런 건지도 몰라.

그렇게 다시 생각을 고치고, 한 번만 충고를 해주기로 했다.

"혹시 내가 죽이지 않을 거라고 생각하는 건 아니겠지? 그렇다면 그건 네 착각이다."

"죽이지 못하는 거겠지. 귀공처럼 약한 남자는 사람을 죽이는 일에서 도망칠 테니까."

공기가 얼어붙는다.
미하엘이 굳은 목소리로 외쳤다.
"어~이, 그 정도로 해둬, 기니어스. 난 〈자라키엘〉이 없어서 도와주지도 못한다고!"
"조금 더 빨리 말렸어야지."
아마 이 소년이 목숨을 구걸할 일은 없을 테고 자간 역시 귀찮으니까 그냥 죽여서 끝내려고 할 것이다.
일단 등을 돌렸던 자간이 다시 기니어스를 향해 돌아섰다.
"그건 그것대로 상관없지만 잘 이해를 못하는 것 같군. 난 물러나겠다고 한 거다. 그야 너희들의 소중한 보물고는 이 모양이 되었지만 〈마왕〉을 한 번에 둘이나 물리친 셈이 된다. 교회의 체면은 충분히 세워지는 것 아닌가? 왜 그렇게 죽음을 재촉하는 거지?"
유티라이넨이 목숨을 걸었던 건 이해할 수 있다.
그들은 자간이 보물을 노리고 온 줄 알았을 테고 체면도 다 깎였었다. 무엇보다 사력을 다하면 쓰러뜨릴 수 있을지도 모른다는 희망이 있었다.
하지만 지금은 체면도 섰고 힘의 차이도 확인했다. 무엇보다 자간은 그만 돌아가겠다고 했다. 죽어봤자 아무 의미도 없고 이겼다 해도 얻을 수 있는 결과는 달라지지 않는다.
기니어스는 이를 악문다.

"귀공들 마술사는 그런 것도 이해하지 못하는 거냐? 제대로 싸우지도 않고 승리를 양보 받다니, 이것을 굴욕이라 부르지 않고 뭐라 부른단 말이냐!"

그렇군, 하고 자간은 고개를 끄덕였다.

자간은 이 자리에서 자신의 힘을 보여주긴 했지만 한 번도 먼저 손을 대지는 않았다. 유티라이넨 형제의 부상도 자폭이다. 이런 건 싸움이라 부르지 않는다.

"흐음. 들어보니 맞는 말이군. 미안하게 됐다."

그 정도로 무시당하면 자신도 똑같은 짓을 할 것이다. 어느새 약자의 심정을 이해하지 못하게 된 모양이다. 이건 자간이 잘못한 거다.

……애당초 자간은 그런 약자가 되는 게 싫어서 힘을 추구했기 때문에 당연하다면 당연한 일이지만.

그래서 자간은 사과의 의미를 담아 **전력을** 다해 상대해주기로 했다.

——뒷맛은 개운하지 않지만 이건 내 책임으로 받아들이자.

나중에 네피에게 사과하지 않으면 안 되지만.

적어도.

자간은 최소한의 정을 생각해서 선언한다.

"그럼 간다. 마지막 순간 정돈 눈을 똑바로 뜨고 있도록 해라."

"얼마든——."

기니어스는 그 다음 말을 잇지 못했다.

자간의 팔이 희미하게 흔들렸을 때는 모든 것이 끝나 있었다.

〈우천〉의 수도(手刀)가 【고해】와 함께 기니어스가 있던 곳을 세게 후려쳤다.

그 움직임을 본 사람은 몇 명 정도 될까. 미하엘과 다른 한 명 정도 되려나? 샤스틸과 스텔라조차 숨을 삼킨 채 굳어 있었다.

그런데 그때 천천히 몸을 일으키는 사람이 있었다.

"……정말이지, 이런 싸움으로 어린애를 죽이다니, 당신답지 않잖아."

구슬이 굴러가는 것 같은 목소리.

이 난전 속에서도 꿋꿋이 움직이려 하지 않았던 오베론이었다.

그 품에는 기니어스의 모습이 있다. 순식간에 감싼 모양이다.

하지만 〈우천〉의 일격 앞에서 아무 상처도 입지 않는 건 불가능하다. 그 얼굴을 가리고 있는 투구에 균열이 생기더니 둘로 갈라졌다.

"뭐, 그 얼굴……."

그런 중얼거림을 흘린 사람은 샤스틸일까.

훤히 드러난 얼굴은 목소리를 듣고 상상했던 것처럼 10대 후반인 소녀의 얼굴이었다.

가늘고 긴 눈 속에 자리 잡고 있는 건 감청색 눈동자. 쭉 뻗은 눈과 코에 연분홍색 입술. 쿠구에서 흘러내린 건 허리까지 내려오는 긴 머리. 새하얀 머리.

그리고 그 귀는 네피처럼 끝이 뾰족한 엘프의 귀였다.

――막아내지 못했다.

오베론이 끼어든 건 알고 있었다. 하지만 전력을 다해 〈우천〉을 발한 자간은 그녀의 일격을 막아내지 못했다.

소녀는 이마에서 한줄기 피를 흘리면서 재미있다는 듯 웃는다.

"그렇지만 별 것 아닌 일로 화를 내는 당신이 더 인간다워서 난 마음에 들어."

그런 소녀에게 뭐라고 대꾸해야 할까, 자간이 입을 열려고 했을 때였다.

「이제야 빈틈을 보여줬군.」

짜증나는 그 목소리는 이미 가고 없는 줄로만 알았던 비프론스의 것이었다.

"아뿔싸!"

알아차렸을 때는 이미 미스릴로 된 지팡이는 사라라락 먼지처럼 무너져서 사라지고 없었다.

――답이 없군. 이게 무슨 꼴인지.

자간이 이를 갈고 있자 오베론은 별 일 아닌 것처럼 머리를 흔들었다.

"난 괜찮아. 그보다 이제 그만 가봐. 너무 소란을 피웠어."

그리고 대좌 근처에 떨어져 있던 지저분한 빗자루를 집어든다.

"……미안하다. 이곳은 맡기고 가마."

자간은 오베론에게 머리를 숙인 다음 라파엘에게 눈짓을 했다.

그쪽도 검을 멈추고 있었는지 자간의 시선을 알아챈 라파엘은 의수에 성검을 수납하고 돌아온다.

자간은 네피의 곁으로 다가간다.

아르보 뿐만 아니라 유리우스의 치료도 해주고 있었던 모양인지 유티라이넨 형제가 누워 있었다.

"돌아갈까, 네피."

"네."

자간이 손을 뻗자 네피는 자기가 먼저 그의 품에 안겼다. 라파엘도 그 뒤를 따랐다.

"네피, 내가 그대로 기니어스를 죽였다면 어땠을 것 같아?"

"가엽다고 느꼈을 것 같아요. 그리고 슬펐을 것 같아요. 그렇지만……."

네피는 자간에게 가만히 기대어 이렇게 말했다.

"자간 님의 가슴이 아프다면 저도 그 짐을 함께 짊어질 거예요. 그러니 괜찮아요."

——못 당하겠군.

떠나기 전에 다시 한 번 기니어스를 돌아본다.

——자신을 긍정하지 못하는 약자라.

화가 날 만큼 건방진 꼬마이긴 하지만 그 점에 관해서는 아무 말도 못할 정도로 그가 옳았다.

자신의 손을 본다.

어린 시절에 배운 '재주'. 마술사가 되면서 버린 힘. 〈마왕〉이 된 지금도 거기에 의지해도 되는 걸까.

정곡을 찔려서 화를 낸 자신은 이번 싸움에서 진 것이나 마찬가지다.

하지만 그런 자신이 좋다고 말해준 사람도 있다.

달콤한 여행의 끝에 아련한 고통과 여운을 남긴 채, 임시 신혼여행은 그 막을 내렸다.

"어쩐 일로 그림자 밖에 다 있네, 발바로스."

며칠 후. 큐아노에이데스. 발바롯가 교회 집무실에 있는 소파에 앉아 있자 샤스틸이 다가와서 말했다.

"아~? 그야 나도 소변을 볼 때는 밖에 나오니까."

"……당신은 섬세함이라는 개념을 좀 배워야 할 필요가 있어."

질렸다는 표정을 지었지만 늘 있는 일이라 샤스틸도 더 이상은 말하지 않았다.

발바로스는 하품을 참으며 묻는다.

"그쪽의 뒤처리는 다 끝났냐?"

"응. 유티라이넨 형제도 일단 목숨은 건졌어. 그럭저럭 성기사장으로도 복귀할 수 있겠지. 미하엘 님은……. 뭐, 이래저래 질책이 쏟아지고 있지만, 그 분이라면 적당히 얼버무릴 수 있을 거야."

"데카라비아 녀석은?"

"그게 좀 골치 아파. 그 싸움에서 스텔라 씨는 〈자라키엘〉의 힘을 사용해보였지. 성검은 그녀를 주인으로 인정했다는 뜻이야. 그런데 미하엘 님의 밑에서 떠나간 것도 아니야."

"그러면 두 사람 다 사용할 수 있다는 뜻인가?"

"그렇게 되지. 이제부터 스텔라 씨와 미하엘 님, 둘 중 대체 누구를 〈자라키엘〉의 성기사장이라고 부르게 될지."

통상적으로 성검이라는 것은 다음 주인을 선택하면 예전 소유자는 더 이상 사용하지 못하게 된다고 한다.

"〈마왕〉이니까 무슨 수작을 부려놓은 것 아닐까?"

"도대체 몇 명이나 되는 〈마왕〉이 교회 안을 돌아다니고 있는 건지……."

이번 사건은 샤스틸도 상당히 충격을 받은 것 같았다. 머리를 싸매고 있다.

――뭐, 결과적으로 이 녀석의 파벌은 커진 것 같지만.

어디까지 계산한 건지는 모르겠지만 자간이 샤스틸에 대한 의리를 공언함으로서 '공생파'가 〈마왕〉에 대해서도 일정한 영향력이 있다는 것이 증명되었다.

그 직후 자간과 검을 맞댔던 유티라이넨도 '공생파'로 경도되고 있다.

즉 샤스틸을 보호할 임무를 맡고 있는 발바로스로서는 만만세인 결과였다.

――자간 녀석이 꼬맹이의 말에 찍소리도 못했던 것도 걸작이었고!

그러고 나자 자간에게 일방적으로 쏘아붙인 꼬맹이의 소식을 듣지 못했다는 게 떠올랐다.

"그나저나 그 꼬마는 어떻게 되었지?"

"기니어스 말이야? 자간이 어떻게 생각하는지는 별개로 제대로 싸우지도 못하고 졌지. 다시 일어나려면 조금 시간이 걸릴 거야."

자간의 자존심에 상처를 입혔다는 의미에서 보면 기니어스는 이겼지만 애당초 실력이 하늘과 땅 차이였다.

——그 자식, 요즘 아주 딴청을 부리더니.

마지막에 보여준 일격은 발바로스의 예상보다 몇 단계는 더 빨랐다. '마술 먹어치우기'에 집착하지 않고 처음부터 그것을 사용했으면 안드레알푸스도 압도하지 않았을까.

왜 빨랐는지 이해한 사람은 얼마 되지 않을 것이다.

——그건 데카라비아와 똑같은 움직임이었다.

허리 중심을 낮추고 두 발로 땅을 단단히 디디고 선 상태에서 왼손을 끌어당기면서 오른손을 곧장 아래로 내리친다. 그 움직임은 데카라비아가 사용했던 '재주'와 똑같았다.

자간이 수치라며 사용을 거부했던 힘이다.

동시에 그것은 〈천린〉으로 주먹의 형상을 선보이는 자간이 사용하면 그 누구도 미치지 못한다는 증명이 되기도 했다.

그 힘을 사용하면 아무리 알시에라가 빠르다 해도 대처가 불가능하진 않을 것이다. 사용할 수 있는 건 무엇이든 사용하는 것이 마술사인데, 참 한심한 이야기다.

어쨌든 자간은 또 다시 강해졌다. 녀석의 목을 베려면 발바로스도 더 힘을 길러야 한다.

"하아~, 어떻게 할까."

그것이 발바로스가 이런 곳에서 추욱 늘어져 있는 원인 중 하나였다.

샤스틸은 다시 어이가 없다는 표정을 지었다.

"또 자간에게 싸움을 걸 생각이야?"

"지금은 해봤자 무리다……. 그나저나 어떻게 알았지?"

"당신과 알고 지낸지도 꽤 되었으니까 이젠 얼굴만 봐도 알 수 있어."

발바로스는 허둥지둥 자신의 얼굴을 만진다. 덜렁이(샤스틸)까지 알아볼 정도로 얼굴에 감정이 다 드러나는 걸까. 역시 위기감을 느끼지 않을 수 없다.

——그나저나 이건 뭐지? 왜 내가 부끄러운 기분이 드는 거냐고?

아니, 잘못한 건 샤스틸이다. 얼굴을 보면 다 알 수 있느니 하면서 자간처럼 쑥스러운 말을 하는 게 나쁜 거다.

당황하고 있자 이번에는 샤스틸이 묻는다.

"당신이야말로 어땠지? 성기사장 중에 있는 배신자가 누구인지 알아냈다고 했잖아."

"아~? 벌써 다 처리했지."

"뭐? 주, 죽인 거야?"

"아~, 아직 살아 있지 않을까? 아무래도 상관없지만."

"아니지, 아무래도 상관없는 일이 아니잖아! 제대로 설명해봐!"

"하아~, 귀찮아 죽겠네."

샤스틸이 귓가에 대고 고함을 지르자 발바로스는 하품을 하더니 사건 직후를 되돌아본다.

◇

"이 자식…… 이 자식, 라파엘……. 배신자! 믿고 있었는데!"

분노를 쏟아내며 성도의 밤길을 걷고 있는 건 바리야카였다.

하필이면 자랑스러운 성기사장 중 한 명이 〈마왕〉의 개가 되었다. 그 분노는 당연한 것이었다.

특히 라파엘은 그 단호함 때문에 그를 신망하는 성기사도 많았다. 바리야카와 카르티아이넨도 그 중 한 명이다.

라파엘이라면 〈마왕〉에게 항복할 바에는 차라리 자결을 할 것이다. 그래서 젊은 성기사들도 그렇게 되기 위해 싸워왔다.

그런 만큼 배신당한 충격이 컸다.

자간과 비프론스라는 〈마왕〉들에게 보물고를 난도질당하고 라파엘의 배신까지 발각되었다.

그건 그 자리에 있던 성기사들을 재기불능 상태로 만들기에 충분한 사건이었고 바리야카의 손에도 지금 술병이 쥐어져 있다. 술을 마시지 않고는 도저히 이 사실을 받아들일 수가 없었다.

구토가 나오려는 것을 참으며 걷던 바리야카는 갑자기 걸음을 멈췄다.

"음, 거기 있는 건 기니어스냐?"

기니어스도 가여운 소년이다.

자간의 교묘한 말에 속아서 보물고로 안내해주고 말았으니 말이다. 그 책임을 지기 위해 그와 승부를 벌였지만 완벽하게 패배하고 말았다.

──〈마왕〉 자간……. 그런 것을, 정말로 쓰러뜨릴 수 있을까?

성기사장으로서 10년 이상 검을 휘둘러온 바리야카조차 자신감이 흔들릴 정도다.

연장자로서 그를 격려해줘야 한다.

샘솟는 책임감에 그럭저럭 기운을 냈을 때였다.

"——앗, 미안."

주정뱅이인가. 한 남자가 옆에서 쿵 하고 부딪쳐왔다.

"아니, 괜찮아. 당신도 조심하는——?"

말을 하다가 깨달았다.

——방금 그 남자, 내 공격 거리를 어떻게…….

술에 취해 있었다 해도 성기사장인 자신의 공격 거리를 쉽게 내주고 말았다.

뒤돌아보려는데 복부에 이물감이 느껴졌다.

"무슨——어?"

아래로 시선을 향하니 그곳에는 단검이 깊이 박혀 있었다.

"으앗, 으아아아아아——억?"

비명을 지르자 입에 나무 토막을 쑤셔 넣는다.

눈앞에 있는 건 건강과는 거리가 먼 얼굴을 한 청년이었다. 목에 무수히 많은 아뮬렛을 걸고 있어서 한 눈에 마술사라는 것을 알 수 있었다.

"시끄러워. 안 그래도 잠을 못 자서 머리가 아프단 말이다. 꺅꺅 고함도 지르지 마. 알겠으면 눈을 깜빡거린다. 딱 한 번만."

——이 녀석은, 뭐지……!

저항하려다가 깨달았다.

자신의 존재 증명인 성검이 없다는 것을.

자신의 입에 물려 있는 것이 성검의 손잡이라는 것을.

배에 박힌 단검이 자신의 것이라는 것을.

무엇보다 이렇게 검에 찔린 느낌은 있는데 통증이 전혀 느껴지지 않는 게 무서웠다.

마침내 자신이 꼼짝 없이 궁지에 몰렸다는 사실을 깨닫고 덜덜 떤다.

서둘러 눈을 깜빡이자 남자는 하품을 참으며 말한다.

"아~, 뭐더라. 맞다——."

"덜렁이를 고립시킨 것과 시어칸에게 정보를 흘린 게 너지?"

움찔 떨었다.

마술사는 나른하게 머리를 긁적이며 말한다.

"솔직히 그냥 죽이는 게 간단하지만 내 고용주는 '경고'를 원하거든. 하긴 죽였다가는 덜렁이가 의심을 받겠지."

아까부터 계속 나오는 덜렁이라는 건 뭐지?

마술사는 당황하는 바리야카를 무시하고 품안에서 작은 종잇조각을 꺼냈다. 메모 같은 게 적혀 있는 것 같았는데 그는 귀찮아 죽겠다는 듯 읽기 시작했다.

"음, 이건 경고다. 그러니까, 어디 보자——하나. 금후 샤스틸이 불이익을 당하게 되는 행동을 금한다——둘. 거기에 반하지 않는 한, 다른 성기사에게 불이익이 되는 행동을 금한다——셋.

그 두 가지에 반하지 않는 한, 민중에게 헌신하라——라고 하네."

다 읽고 난 마술사는 깔깔거리며 웃는다.

"좋은 내용이네. 청렴하고 올바르게 살면 된다잖아. 교회가 주장하는 것처럼 하면 되는 거야. ……아아, 맞다. 한 가지 더 있었지. 이건 경고니까 딱히 따를 의무는 없어. 지키지 않아도 된다는 거지."

뭐가 그렇게 재미있는지 신나게 무릎을 때리더니 단검에 힘을 준다.

"그리고 이건 내 마술인데 이 단검은 너의 배 속을 관통하고 있고 분명 이곳에 존재하고 있지만 존재하지 않는 것이기도 해. 아~, 무슨 말인지 이해가 안 되지? 요컨대 절반만 이 세상에 존재하고 있다는 거다. 그 뭐더라? 그래, 그러니까 유령 같은 상태라는 거지."

그렇게 말하더니 단검을 비틀어서 심장으로 밀어 올린다.

고통은 없지만 이물질이 몸을 지나가는 것은 느껴진다. 머리가 이상해질 것 같았다.

"앗, 움직이지 마. 이게 꽤 섬세한 마술이거든. 손을 잘못 움직이면 죽으니까. 네가 죽는다고! 알겠냐?"

단검은 심장에서 목으로, 목에서 안면으로, 이윽고 이마를 관통하고 나서야 멈췄다.

"여기서부터가 문제다. 지금 네 얼굴로 이동한 이 녀석은 내 기분 하나에 따라 물질화할 수 있지. 갑자기 내가 죽어도 마찬가지야. 마술이 풀어지면서 네 머리는 두 조각이 나는 거지. 일부러 이렇게 귀찮은 경고까지 해주는데 무시하면 당연히 내 기분이 더럽겠지?"

공포로 숨을 쉴 수가 없었다. 한심하게도 사타구니 사이에 뜨뜻미지근한 것이 퍼지면서 큼큼한 냄새가 피어오른다.

마술사는 노골적으로 짜증나는 표정을 지으며 말한다.

"……질질 싸지 말라고. 한심하게 그게 뭐냐! 어쨌든 다 이해했겠지? 그럼 다음이다."

——아직 더 남았다고?

차라리 죽여 달라고 간청하고 싶었다. 하지만 동시에 말을 할 수 있으면 목숨을 구걸할 것이라는 것도 알고 있었다.

마술사는 그런 바리야카를 냉담하게 내려다보며 말했다.

"덜렁이와 오래 알고 지냈지? 아, 이젠 말해도 돼."

입에서 검자루가 빠져나간다.

바리야카는 치밀어 오르는 구토감을 참고 말한다.

"더, 덜렁이? 그게 뭐지?"

"샤스틸 말이다, 이 멍청아. 그런 것도 모르냐?"

알 리가 없다. 불합리한 분노에 바리야카는 부들부들 떨었다.

"그, 그래. 어렸을 때부터 아는 사이다!"

그 대답에 마술사는 만족스럽게 고개를 끄덕인다.

"……그러면 대답해."

"아…… 그, 뭐냐. 그 녀석이 좋아하는 게, 뭐가 있지?"

그 추악한 표정에서 다음 표적은 샤스틸이라는 것을 느낄 수 있었다. 여동생처럼 여기는 소녀를 팔아넘기란 말을 하는 거다.

——벌써 한 번은 팔았던 몸이다! 신경 쓸까 보냐!

바리야카는 생각나는 건 다 말한다.

"그, 그 녀석은 곰인형을 소중히 여기고 있다! 그, 그리고 그 녀석의 집은 밥이 맛이 없어. 그래서 조금이라도 맛있는 것이라면 아주 좋아하지. 다른 건…… 다른 건 어린아이에게 경계심이 없다! 특히 귀여운 것이라면 뭐든 좋아한다!"

스스로도 무슨 말을 하는 건가 싶었지만 마술사는 서둘러 품안에서 펜을 꺼냈다.

"자, 잠깐 기다려! 지금 메모할 테니까. 어~, 그 녀석, 곰인형 같은 걸 가지고 있다고? 뭐야, 난 본 적 없는데. 그리고 맛있는 음식? 기사 주제에 단 음식을 좋아하다니. 제길, 맹점이었어. 그리고 귀여운 것이라. 어린아이는…… 아무래도 상관없나."

아무래도 좋아하는 여자에게 무슨 선물을 사줄지 찾는 남자의 말과 행동이었지만 바리야카는 마술사의 무시무시한 계략이라고 믿고 의심하지 않았다.

그런 다음, 남자는 금으로 된 장식품을 꺼냈다. 마술도구인가. 나비의 날개를 본 딴 머리 장식인 것 같은데.

"마지막 질문이다. 이건 덜렁이의 취향에 맞을 것 같냐?"

"모, 몰라……. 아니, 취향일 거다! 분명 좋아할 거야!"

"그, 그래. 좋아할 거라고? 음. 내 판단이 옳았단 말이지. 음."

왠지 마술사는 안심한 것처럼 몇 번이나 고개를 끄덕였다.

그러더니 잊고 있었던 것처럼 바리야카를 본다.

"아, 용건은 그게 전부다. 그만 돌아가도 돼."

마술사가 손을 떼자 단검은 바닥에 툭 떨어진다. 그 검자루에 도신은 없고 머릿속에는 지금도 이물질이 끼어 있는 것 같은 느낌이 남아 있었다.

——사, 살려주는, 건가?

풀썩 무릎을 꿇자 마술사는 자신의 그림자 속으로 가라앉는다.

"기, 기다려! 난 시어칸에게도 협박을 받고 있다. 어, 어떻게 하면 되지?"

시작은 5년 전 '희귀종 사냥' 사건 때다.

바리야카가 이끄는 성기사 중대는 〈마왕〉 시어칸과 조우했고 괴멸되었다. 샤스틸의 오빠가 전사한 것도 그때다. 하지만 성검 소유자였던 바리야카의 목숨은 살려줬다. 교회의 정보를 전해주고 시어칸의 편의를 봐주겠다는 약속과 바꾸었다.

그로부터 5년. 시어칸은 죽고 이제야 해방되었다고 생각했다. 그런데 시어칸은 다시 나타났다. 그래서 그가 보낸 사자인 쌍둥이를 보물고로 안내해주고 자간의 전력을 줄이기 위해 샤스틸을 고립시키려 했다.

마술사는 쓰레기라도 보는 것처럼 질렸다는 표정을 지었다.

"그건 내 알 바 아냐. 어차피 죽을 거니까 좋을 대로 하지 그래?"

"——왜지? 왜 라파엘은 용서를 받고 나만 이런 꼴을 당하는 거냐고!"

바로 그 점을 가장 용서할 수 없었다.

자기는 이렇게 비참한 꼴을 당했는데 왜 라파엘은 〈마왕〉의 오른팔처럼 신뢰를 받고 있는 것인가. 〈마왕〉에게 굴복한 건 똑같은데 이 차이는 뭐지?

바리야카의 통곡에 마술사는 그거야말로 아무래도 상관없다는 듯 이렇게 말했다.

"그거 아냐? 의협심의 차이?"

내가 할 말은 아니지만——그 말을 남기고 마술사는 사라졌다.

그 뒤에는 부끄러운 것도 모른 채 흐느껴 우는 바리야카만 남아 있었다.

◇

그리고 지금, 발바로스가 힘없이 늘어져 있는 또 하나의 이유로 돌아와서.

——취향은 대충 파악했는데 이건 어떻게 건네주면 되지?

호주머니 속에는 나비 모양 머리 장식이 들어 있다. 사건 이후로 이래저래 열흘 이상이나 지났다.

애당초 이런 일로 고민하고 있는 자신이 이상하다. 자각이 있는 만큼 괜히 더 건네주기 어려웠다.

발바로스의 고뇌를 알 길이 없는 샤스틸은 시계를 보고나서 중얼거린다.

"슬슬 쿠로카 씨의 치료가 시작되었겠군. 잘 되어야 할 텐데."

"아아, 자간과 엘프 여자가 치료해주는 거지? 뭐, 괜찮지 않겠냐?"

솔직히 말해 그 고양이 소녀가 어떻게 되든 알 바 아니다. 이런 저런 살기의 목표물이 되어 있는 발바로스 입장에서는 그대로 자간의 성에 살아줬으면 하는 바람이었다.

네프테로스도 함께 갔기 때문에 오늘 교회는 조용하다.

즉 샤스틸에게 선물을 건네기에 절호의 기회라는 뜻이다. 그래서 발바로스는 그림자에서 나와서 여기서 이렇게 갈팡질팡하고 있는 것이다.

"맞아. 친구인 내가 믿어야지 누가 믿겠어."

자신을 타이르듯 그렇게 말했지만 샤스틸은 책상에 앉아서 이리저리 몸을 비틀고 있었다.

"어이, 덜렁이, 화장실에 가고 싶은 거라면 어서 갔다 와."

"자꾸 그러면 진짜 화낼 거야."

"앙? 아니야? 그러면 왜 그렇게 안절부절 못하는 거지?"

지적을 받은 샤스틸의 얼굴이 갑자기 빨개졌다.

"그, 그건, 저…… 당신이야말로 아무것도 알아차리지 못했어?"

"뭐?"

발바로스는 소파에서 몸을 일으켜 자세를 고쳐 앉았다.

그리고 샤스틸의 모습을 다시 살펴본다.

"옷깃의 훈장이 하나 더 늘어난 것 말이냐?"

"어, 어. 이번 라지엘 방위 훈장인데 좀…… 이 아니라!"

아닌 모양이다.

그 외에 다른 복장의 차이는 보이지 않아서 자리에서 일어나 샤스틸의 얼굴을 가만히 살펴본다.

"그러면 머리를 묶는 끈이 평소와 다른 것 말인가?"

"아냐, 이건 어쩌다 보니 아침에 늘 사용하는 끈이 끊어져서…… 잠깐, 왜 그런 것까지 아는 거지?"

"매일 옆에 붙어 있으니까 그렇지."

이 자리에 꼭 자간이 아니더라도 다른 성기사가 있었더라면 '누가 그런 걸 알아보냐'라고 진지한 얼굴로 대답했을 것이다.

하지만 둘만 있는 이 방에서 샤스틸은 당황하며 머리카락을 매만졌다.

"그, 그래? 같이 있으면, 그런 것도 알 수 있는 건가……."

안심한 것 같기도 하고 놀란 것 같기도 한 복잡한 목소리였다.

그러더니 깜짝 놀라며 손을 붕붕 흔든다.

"——아니지! 그런 건 알면서 왜 냄새는 알아채지 못하는 거냐!"

"냄새?"

책상 너머에서 당황하는 샤스틸에게 얼굴을 가까이 가져간다.

샤스틸은 눈을 빙글빙글 돌리며 당황한 목소리로 외쳤다.

"그, 그게, 얼마 전에, 땀 냄새가 나냐고 물었더니 수상쩍게 말을 얼버무렸잖아! 그, 그래서, 저기, 네피에게 향유를 얻어서……."

말의 후반은 입안에서 웅얼웅얼 굴리는 듯한 목소리였다.

잘은 모르겠지만 냄새를 신경 쓰고 있는 것 같다. 발바로스는 얼굴을 가까이 댄 채 킁킁 냄새를 확인해본다.

"하앙? 그러고 보니 왠지 달달한 냄새가 나네."

"——마, 마마마마맡지 마, 이 바보야!"

"으엑?"

샤스틸이 힘껏 떠밀자 발바로스는 소파 위에서 다시 굴러 떨어졌다.

——왜 나한테 화를 내는 거지?

벌렁 나자빠진 발바로스를 보자 샤스틸도 얼굴이 새파랗게 질렸다.

"어어, 미, 미안. 떠밀 생각은……."

자세히는 모르겠지만 이 기사에게도 여성스러운 감성이 남아 있다는 뜻이겠지. 그건 기뻐해야 하는 일이 아닐까 싶다. 아마도.

발바로스는 한숨을 쉬며 몸을 일으킨다.

"어른스럽게 멋을 내봤다는 건가?"

"나, 나도 여자로서의 자신을 버린 건 아니——어?"

눈을 피한 채 변명하는 샤스틸의 손에 금으로 된 머리 장식이 쥐어져 있었다.

"멋을 내려면 그 정도는 해야지."

"……? 에에, 나한테 주는 거야? 왜?"

"뭐? 그야, 저기, 얼마 전에 발견한 예쁜 여자가 하고 있더라고!"

"왜 화를 내는 거지?"

불합리한 분노에 샤스틸의 당혹스러움도 깊어졌지만 서로 대화가 어긋나는 것도 늘 있는 일이다.

샤스틸은 묶은 머리카락 아랫부분에 머리 장식을 달았다.

"어때?"

"……뭐, 나쁘진 않은 것 같군."

"당신이 그렇게 말할 정도면 잘 어울리는 거겠지, 아마도."

"그런 말은 안 했거든!"

시기가 완전히 지나가서 〈아시엘 이메라〉의 선물이라는 건 알아채지 못했지만, 그래도 샤스틸은 손거울을 보며 미소를 짓는다.

——뭐, 괜찮아. 무난하게 잘 건네줬고……. 좋아하는 것 같으니까.

그런 소녀의 얼굴을 보는 건 나쁘지 않은 보수였다.

◇

"그럼 잘 부탁드릴게요."

같은 시각, 자간의 성에 있는 옥좌의 방.

쿠로카의 눈을 치료하는 날이 다가왔다. 옆에는 샤크스도 있었는데 서로 손을 꼭 잡고 있었다.

그리고 치료를 맡은 네피, 그 외에는 자간과 네프테로스, 집사인 라파엘, 이렇게 여섯 명이 모여 있다.

네피는 작게 호흡을 가다듬은 다음 쿠로카의 앞에 앉았다.

결국 마법에 의지하는 것 말고 다른 방법은 찾아내지 못했다.

——괜찮아. 자간 님이 기분전환도 할 겸 데리고 가주셨으니까.

긴장으로 몸이 굳어 있는데 네프테로스가 말한다.

"……괜찮아? 얼굴이 새파래."

"괜찮아요, 네프테로스."

자간은 물론 이번에도 옆에서 지켜봐주고 있다. 컨디션은 최고 상태. 남은 건 자신을 믿는 것뿐이다.

두근두근 빠르게 뛰는 가슴을 누른 채 네피는 의연히 선언한다.

"그럼 시작하겠습니다."

마법의 본질은 기도다. 무수히 많이 존재하는 정령들에게 부탁해서 소원을 이루는 술법이다. 그래서 네피도 모든 망설임을 버리고 최선을 다해 기도한다.

그런데…….

——정말 정령들이 대답해줄까?

원해서 손에 넣은 힘은 아니다. 그래서 지금까지 마주하려 하지도 않았다.

그런데 이럴 때만 기도하고 의지하는 이기적인 행동에 과연 정령은 응답해줄까?

그런 의문이 치밀어 오른 건 한순간이었다. 순식간에 약한 자신의 마음을 쫓아내고 기도에 집중한다.

하지만 순간적인 흔들림은 점점 마법 그 자체로 퍼져간다.

가슴 속이 싸늘해진 그때였다.

"그게 아니야. 기도는 자신의 내면을 향해 하는 거야."

구슬이 굴러가는 것 같은 목소리. 깜짝 놀라 눈을 뜨니 어느새 그녀의 옆에는 하얀 머리를 한 소녀가 서 있었다.

성기사의 갑옷을 입은 소녀는 네피의 손에 자신의 손을 겹친다.

"세상에는 신 같은 건 없어. 있다면 자신 안뿐이지. 그러니까 기도는 자신의 내면을 향해 하는 거야. 자신을 위해 기도하고 자신을 믿도록 해. 그게 마법을 사용하는 방법이야."

겨우 한두 번 만났을 뿐인 소녀, 맨얼굴을 본 것도 아주 짧은 순간뿐이었다. 그런데 그 말은 놀랄 정도로 네피의 가슴에 반향을 일으켰다.

"네!"

자신을 믿는다.

자간의 손에 거둬졌고, 샤스틸과 마뉴엘라 같은 친구도 생겼고, 포레라는 딸까지 얻었으며, 네프테로스라는 여동생까지 생겼다.

많은 사랑을 받았다.

그 사랑에 부끄럽지 않은 자신이 되고자 앞을 향해 걸어왔다.

――맞아. 그게 바로 내가 믿고 싶은 나야.

사랑 받아온 네피는 거기에 상응하는 자신이 되고 싶었다.

그런 자신은 분명 이런 일로 좌절하지 않을 것이다. 쿠로카의 눈도 후유증 하나 남기지 않고 완벽하게 치료할 수 있다.

요동치던 마법이 바람 한 점 없이 잔잔한 호수처럼 안정되었다.

옥좌의 방이 쥐 죽은 듯이 조용해진다.

"끄, 끝난 건가?"

머뭇머뭇 입을 연 사람은 샤크스였다.

네피가 고개를 끄덕이자 쿠로카가 눈을 뜨려고 한다.

"아, 잠깐만요."

그렇게 만류한 다음, 쿠로카를 샤크스 쪽으로 돌려 앉혔다.

――쿠로사 씨가 제일 먼저 보고 싶은 것도, 그런 자신을 봐주었으면 하는 것도 분명 샤크스 님일 거야.

샤크스는 당황했지만 이내 결심을 굳힌 것 같았다. 쿠로카의 앞에 무릎을 꿇고 앉아서 눈높이를 맞추었다.

"괜찮아, 쿠로스케."

쿠로카의 몸이 움찔 떨린다.

그러더니 천천히 붉은 눈을 드러낸다.

지친 청년의 얼굴을 비추더니 눈물이 그렁그렁 맺힌다.

더 이상 참기 힘들어졌는지, 쿠로카는 얼굴을 가렸다.

"어, 어때……?"

샤크스의 말에 쿠로카는 작게 고개를 끄덕였다.

"보여, 요. 아직 희미하긴 하지만, 샤크스 씨의 얼굴이, 똑똑히, 보여요."

"――! 다행이다."

"앗?"

샤크스는 진심에서 우러난 미소와 함께 아무 망설임 없이 쿠로카를 꽉 끌어안았다.

쑥스러운 표정을 지었지만, 쿠로카도 조심스레 그 등에 팔을 둘렀다.

그 뒤에서 라파엘이 무언가를 꾹 참는 것처럼 자신의 팔을 마구 쥐어뜯듯이 꽉 잡고 있는 모습이 신경 쓰이긴 했지만 반쯤 멍한 상태에 있는 네피에게는 물어볼 기력이 없었다.

——제대로 잘 치료된 것 같아.

믿을 수 없다는 듯 그 광경을 바라보고 있자 자간의 손이 가만히 그녀의 어깨를 잡았다.

“잘 했다, 네피.”

“……네.”

칭찬을 받자 새삼 기쁜 감정이 치밀어 올라와서 눈물이 흘렀다.

“축하해, 쿠로카. 네페리아도 수고 많았어.”

네프테로스가 흐뭇해하며 말해줬지만 그 시선은 네피 너머, 자간의 옆에 서 있는 소녀를 향해 있었다.

그렇다. 이 소녀의 조언이 있었기 때문에 네피는 마법을 성공시킬 수 있었던 것이다.

“저, 감사합니다. 오베론 님…… 맞죠?”

오늘은 투구를 쓰고 있지 않아서 확인하듯이 그렇게 말하자 자간이 곤란한 표정을 짓고 네프테로스는 어이없다는 얼굴을 했다.

“네페리아, 형부에게 펜던트 못 받았어?”

“펜던트?”

그러고 보니 예전에 자간에게 미스릴로 된 펜던트를 받은 적이 있다. 류카온의 바다 도시에서 어머니의 유품이라는 말과 함께.

가슴팍에서 펜던트를 꺼내자 네프테로스는 어쩔 수 없다는 듯 그것을 잡았다.

여동생이 펜던트의 가장자리를 살짝 매만지자 펜던트가 열리더니 안에서 그림 한 장이 나타났다.

엘프 모녀의 초상화였다. 아기는 네피일까. 사랑하는 내 딸에게 준다는 글자가 새겨져 있다.

그리고 어머니로 보이는 여인의 얼굴은 눈앞에 있는 소녀와 똑같았다.

"……어?"

이해가 되지 않아서 머릿속이 새하얘진다.

자간은 그런 네피 앞으로 소녀를 떠밀었다.

"네피, 소개하마. 타이타니아 니무에=오베론. 지금은 오리아스라고도 불리고 있는, 네 어머니인 분이다."

"어머, 니……?"

오베론은 당황한 미소를 지었다.

"이제 와서 네게 그렇게 불릴 자격이 있다고 생각하진 않지만 혈연적으로는 맞단다."

어떻게 대답하는 것이 정답일까.

네프테로스에게 어머니가 살아 있다는 이야기는 들었지만 자간을 만나기 전까지 가족이라는 것 자체와 인연이 없었던 네피로서는 어떻게 받아들이면 좋을지 알 수 없었다.

도움을 구하는 것처럼 자간을 올려다본다.

자간도 조금 당황한 얼굴을 하고 있었지만 이내 웃으며 이렇게 말해주었다.

"나도 부모를 본 적이 없지만 나와 네피가 포레를 걱정하는 것처럼 이 사람도 네피를 걱정해주고 있다는 게 내 생각이다."

고민에 고민을 거듭한 결과 그대로 말하기로 한 듯한 대답을 듣자 네피도 웃을 수 있었다.

마침내 네피는 오베론과 마주 선다.

"저기, 제 어머니라고 하면, 좀 더 나이가 많으실 줄 알았어요."

오베론은 자신의 모습을 확인하는 것처럼 내려다본다.

"널 낳았을 때의 모습이, 이랬지. 이러면 더 알아보기 쉽지 않을까, 싶었는데, 그런데……."

자신의 어머니――왠지 무서운 사람이 아닐까 하는 생각을 했었는데 그 얼굴은 진심으로 불안해하는 것 같아서 거부의 감정은 도저히 떠오르지 않았다.

"막상 어머니라는 말을 들어도, 여전히 실감이 나지 않아요. 그러니까, 저, 앞으로 가르쳐주시면, 기쁠 것, 같아요."

자신의 마음을 간신히 말로 표현하자 오베론은 의외라는 듯 눈을 동그랗게 떴다.

"난 네게 한 대 맞을 각오를 하고 이곳에 왔는데……."

"제가, 당신에게 그런 일을 할 수 있을 정도로 자랑스러운 딸이, 되었나요?"

반대로 그렇게 되묻자 오베론도 씁쓸하게 웃었다.

"그렇군. 확실히 우리는 서로에 대해 잘 몰라."

"네. 그러니까 앞으로 알아가고, 싶어요. ……네프테로스도 그렇지?"

"……! 뭐, 그런 셈이지. 네페리아."

걱정스러운 얼굴을 하고 있던 네프테로스도 그제야 웃음을 보였다.

이게 올바른 건지는 잘 모르겠다.

하지만 자신이 좌충우돌하며 포레를 맞아들인 것처럼 이 세 사람도 좌충우돌하며 서로를 알아가는 수밖에 없다.

오베론은 머뭇거리며 빗자루 하나를 내밀었다.

"받아."

"네?"

어디선가 본 기억이 있다.

——맞다. 성도에 있는 보물고에서 본 빗자루야.

지팡이를 빼앗긴 후, 오베론이 주웠던 것이다.

"이건 〈아자젤의 지팡이〉——내가 〈마왕〉 오리아스를 죽였을 때 사용한 거야."

그 말에 자간과 네프테로스도 눈을 커다랗게 뜨고 빗자루를 응시했다.

"뭐, 이게 그거라고?"

"이게, 지팡이라는 거야?"

오베론은 어깨를 으쓱인다.

"이름의 유래 같은 건 몰라. 하지만 이게 얼마나 편리한지 알아? 마법과 신령마법 모두 사용하기 쉬워지고, 이것 봐, 이렇게 하늘을 날 수도 있거든."

오베론은 왠지 당황한 모습으로 말을 쏟아낸다. 빗자루를 옆으로 놓은 다음 그 위에 올라앉자 신기하게도 그대로 공중으로 떠올랐다.

자간이 그렇군, 하고 고개를 끄덕인다.

"포레에게 읽어준 그림책에 그런 마녀가 나왔었지."

"마녀……. 뭐, 틀린 건 아니지만 다른 예는 없어? 딸에게 처음으로 하는 선물인데."

오베론이 귀 끝을 빨갛게 물들인 채 뾰로통해 있자 자간은 두통이라도 생긴 것처럼 미간을 눌렀다.

"……미안하지만 평소 모습으로 돌아와 주면 안 될까? 정신이 하나도 없거든."

"고메리와 달리 말투까지 달라지는구나."

네프테로스도 적응하기 힘든 것처럼 뒤로 물러나 있었다.

그런 모녀의 맞은편에서 샤크스와 쿠로카가 한 발 물러나 서로 속삭인다.

"우리는 산책이라도 가는 게 좋을 것 같군."

"맞아요. 그나저나 네피 님이 기뻐하시는 것 같아서 조금 안심했어요."

친어머니와 이번 생에서 작별을 고한 쿠로카는 기쁘기도 쓸쓸하기도 한 목소리로 그렇게 대답한다.

그렇게 해서 두 사람이 자리에서 일어났을 때였다.

부스럭 하는 소리와 함께 샤크스의 품안에서 뭔가가 떨어졌다.

"헉, 안 돼——."

"이게 뭐예요?"

샤크스가 말릴 틈도 없이, 쿠로카는 바닥에 떨어진 것을 주워들었다.

그건…… 무려 속옷이었다. 그것도 여성용.

그 주위에 흩어져 있는 것은 평소 쿠로카가 즐겨 입는 옷——그러고 보니 최근에는 입지 않았다——이다.

——그럼 저건 쿠로카 씨의……?

잠시 후, 그것이 자신의 속옷이라는 사실을 인식한 것일까. 부들부들 떨기 시작하더니 눈물을 글썽이는 얼굴을 붉힌 채, 사타구니 사이의 꼬리까지 세우고 있었다.

"흐에……? 에, 에, 왜, 이건, 내……?"

"잠깐 기다려, 그게 아니야. 진정해, 쿠로스케. 이건, 그러니까, 그거다."

샤크스가 새파랗게 질려서 변명이랍시고 한 말은 이랬다.

"연구 재료로 쓰기 위해 내가 잘 맡아둔 거야."

"냐아아아아아아아아아아아아아아아아아아아아아아아앙!"

쿠로카는 발톱을 힘껏 세우고 샤크스를 할퀴었다.

두 번 다시 빛을 비추지 못할 것이다. 그렇게 생각했던 눈동자에 빛이 돌아온 직후 보게 된 것은 사모하는 은인이 가지고 있던 자신의 속옷이었다. 누가 그녀를 비난할 수 있겠는가.

"자, 자간 님, 보지 마세요!"

네피는 재빨리 자간의 시야를 두 손으로 가렸다.

“그건 알고 있지만 어서 라파엘부터 말려. 샤크스가 죽을지도 모른단 말이다.”

“자, 잠깐, 뭐하려고 그러는 거야!”

소리가 나는 곳을 보니 네프테로스가 라파엘의 허리에 매달려서 필사적으로 막으려 하고 있었다. 별로 효과는 없을 것 같지만.

“막지 마라, 네프테로스 아가씨. 이건 부모로서 허용할 수 있는 범위를 벗어난 것.”

“……그렇게 말하면 말릴 수가 없잖아.”

오베론도 라파엘의 주장 타당성을 인정하고 제지를 주저한다.

모녀의 대면도, 기적의 순간도 모두 엉망진창이 되었지만, 네피도 어느새 웃고 있었다.

그런데, 하고 생각한다.

――자간 님의 부모님은 어떤 분들이실까……?

부모로서, 딸로서, 신경이 쓰이지 않을 수 없었다.

후기

여러분, 오랜만에 뵙습니다. 『마왕인 내가 노예 엘프를 신부로 삼았는데 어떻게 사랑하면 되지?』 9권을 선보이게 되었습니다. 테시마 후미노리입니다.

이번에는 고메리 할머니를 떼어놓고 도피행! 그런데 갑자기 단 둘이 있게 되니 무슨 이야기를 하면 좋을지 모르겠습니다! 라서 부부 플레이를 하기도 하고 비밀 명소에 몰래 숨어들어가기도 하고 알콩달콩 애정 행각도 벌이다 보니 화가 난 성기사들과 싸우게 되었습니다! 그렇지만 본제는 네피와 오리아스의 재회와 쿠로카의 눈 치료입니다, 신혼여행 편!

그나저나 더 이상 두꺼워지지 않도록 선처하겠다고 했지? 그건 거짓말이다.

정말 죄송하게 되었습니다. 보다시피 엄청난 두께입니다. 이래 봬도 상당히 많은 양의 페이지를 잘라낸 건데 이게 최선이었답니다. 자간과 라파엘이 오리아스의 집 앞에서 우왕좌왕 했던 일, 포레와 알시에라 사이에 있었던 일, 데크쉬아와 아리스텔라가 어떻게 되었는지 등, 이런저런 것들이 많이 있었지만 다음에 해도 괜찮은 것은 통째로 컷.

하지만 그만큼 지난번에 뿌려둔 떡밥은 만족스럽게 회수되었다고 생각합니다.

쓸데없는 이야기는 이 정도로 하고, 이번에는 알려드릴 일이 있습니다!

첫 번째는 코믹 제3권이 발매되었습니다! 본편 2권에 나오는 '누구게?' 하는 장면도 수록되어 있답니다. 이번에도 추첨으로 귀여운 아크릴 키홀더를 드리니 모두 열심히 응모해주세요!

그리고 두 번째! 띠지에도 기재되어 있지만 드라마 CD화가 결정되었습니다! 예~이, 자간과 네피가 말하는 걸 들을 수 있는 거예요~! 드라마 CD는 마르크 때 이후로 처음이니 대충 10년 만인 것 같네요.

각본을 쓰는 건 사실 처음이라서 이래저래 고민하면서 썼습니다. 그 결과, 왠지 본편에서는 한 번도 나오지 않았던 목욕 장면이 제일 길어졌다는 이야기가.

그 외에 다른 일도 하지 않는 건 아니지만 아직 여기서는 보고드리기에 이른 감이 있네요. 내년 초가 되면 조금씩 나오지 않을까 싶은데요, 마왕 엘프의 다음 권과 어느 쪽이 먼저 나올지 궁금하네요.

그럼 이번에도 신세를 진 분들에게 감사 인사를.

이렇게 많은 페이지 수를 보고도 불평 한 번 하지 않고 원고를 받아주신 담당 K님. 이번에도 귀여운 새 코스튬을 완성해주신 COMTA 님(데이트 의상, 너무 귀여워서 문제). 만화판을 맡아주고 계신 이타가키 하코 님(독자 선물 아크릴 키홀더, 너무 귀여워서 문제). 코믹 파이어 담당 편집. 그 외에 표지 디자인, 교정, 광고 등에 힘써주신 여러분. 그리고 이 책을 구입해주신 당신.

감사합니다!

2019년 7월

그러고 보니 *레이와(令和) 들어 처음으로 나온 책이네,

테시마 후미노리

Twitter : https://twitter.com/ironimuf8

*레이와: 2019년 5월 1일부터 적용된 일본의 새 연호.

마왕인 내가 노예 엘프를 신부로 삼았는데 어떻게 사랑하면 되지?
9

2020년 10월 5일 제1판 제1쇄 인쇄
2020년 10월 10일 제1판 제1쇄 발행

지음 | **테시마 후미노리**
일러스트 | **COMTA**
옮김 | **권미량**

발행인 | 오태엽
편집팀장 | 김충영
편집담당 | 안세연
한국어판 디자인 | Design Plus
라이츠사업팀 | 이은선, 조은지, 이선, 백승주
출판영업팀 | 안영배, 이풍현, 경주현, 김정훈
제작담당 | 박석주

발행처 | (주)서울미디어코믹스
등록일 | 2018년 3월 12일
등록번호 | 제 2018-000021
주소 | 서울특별시 용산구 새창로 221-19(한강로2가)
전화 | (02)799-9181(편집), (02)791-0752(마케팅)
팩스 | (02)799-9334(편집)
인쇄처 | 코리아 피앤피

ISBN 979-11-367-2619-3
ISBN 979-11-89126-22-3 (세트)

●잘못된 책은 구입하신 곳에서 교환해 드립니다.

2020년 10월 애니메이션 방영 개시!

신들에게 주워진 남자
7

공작가 저택에서 기다리고 있었던 것은
다정한 사람들과 보내는 즐거운 시간——

초판 한정
책갈피
증정!!

이세계 전생자 소년 료마는 신세를 졌던 자밀 공작가에 방문할 기회를 얻는다. 세르쥬나 피오로 같은 친한 상인들과 함께 찾은 공작가의 저택에서 라인하르트 가족들과 오랜만에 재회한 료마는 그곳에서 생각지도 못한 사람의 결혼 이야기를 듣는다. 결혼식 준비를 도와달라는 부탁을 받고 흔쾌히 승낙한 료마는 그 준비를 하다가 어쩌다 보니 슬라임을 이용한 새로운 상품 개발에도 착수하게 되는데——?!

반가운 사람들과 함께하는 좋은 시간은 물론, 인재 확보를 통해 새로운 동료도 늘어나는 이세계 슬로우 라이프 판타지, 제7막!

지음/**Roy** • 일러스트/**리린라** • 옮김/**권미량**

NEXT